THE ORIGINAL
ECOLOGY OF THE HEART

心的原生态

梅锦明 著

北京时代华文书局

图书在版编目（CIP）数据

心的原生态 / 梅锦明著 . — 北京 : 北京时代华文
书局，2021.10
ISBN 978-7-5699-4286-6

Ⅰ . ①心⋯ Ⅱ . ①梅⋯ Ⅲ . ①散文集－中国－当代
Ⅳ . ① I267

中国版本图书馆 CIP 数据核字 (2021) 第 144938 号

心的原生态
XIN DE YUANSHENGTAI

著　　者｜梅锦明

出 版 人｜陈　涛

责任编辑｜张彦翔

装帧设计｜马　佳

责任印制｜刘　银

出版发行｜北京时代华文书局 http://www.bjsdsj.com.cn

　　　　　北京市东城区安定门外大街 138 号皇城国际大厦 A 座 8 楼

　　　　　邮编：100011　电话：010-64267955 64267677

印　　刷｜天津雅泽印刷有限公司　022-29645110

　　　　　（如发现印装质量问题，请与印刷厂联系调换）

开　　本｜880mm×1230mm　1/32　印　张｜12.25　字　数｜265 千字

版　　次｜2022 年 1 月第 1 版　印　次｜2022 年 1 月第 1 次印刷

书　　号｜ISBN 978-7-5699-4286-6

定　　价｜68.00 元

目　录

序言：诗情画意说乡村

李鸿声

乡村里充满着诗情画意，梅锦明时刻不忘记自己是个乡村里成长起来的孩子，他这一本散文集，是献给他多姿多彩、诗情画意的乡村的。

翻了这本散文集的目录，最逼人眼球的就是诗情画意，"凤眼蓝，不凡就在名字里""面馆里的文学味""麦子熟了""过寿知仁""一湾太湖点燃的热爱激情"……一长溜的名字，直到"琐说梅家巷"，一直是这味道。

其中最出色的，除却大别山的奇山异水，当属"乡人的花花世界""香在传统里的油车巷"等篇目。

东亭、荡口、羊尖、厚桥……每一处都人文意韵深厚，轻易摸不得，但小梅偏摸了，而且拿捏得很准确。东亭，他从盲人阿炳说起，带出唐代大诗人李绅、元代大画家倪瓒、明代翰林大学士华察等，说得头头是道。小梅一出场，就宣布"羊尖两个字就是刚柔相济的化身"。他从《易经》说起，说到绿羊农庄、水墩上、严家桥老街，顺势托出宛山荡与宛山石塔的故事。从袁仁仪的锡剧前身"东乡小调"到唐懋勋落户严家桥，梅锦明不无得意地宣称:《淮南子·精神训》说:"刚柔相成，万物乃形。"羊尖，不管是以前，还是现在，乃至将来，其"形"总是涤荡在"刚"与"柔"的"相成"里。

至于三月十八游吼山、游鞋山、游安镇，应朋友相邀，偶尔去过，但没有留下多少记忆，想得起的只有山上山下、街头巷尾到处的人，到处红得发紫的荸荠和高过人头的甘蔗，还有家家户户的热闹景象。

哪像胶山，山北有商朝贤大夫胶鬲辅德之墓，山南有安国豪宅、名园西林、南林，山顶有玉皇殿，个个名声威震四方，甚至名噪朝廷。吼山，则因了泰伯洞居、七云道院、一壶泉等名扬天下，顶礼膜拜者络绎不绝。

在凤凰山、鸡笼山相望的山坳里，一条条河塘清波荡漾着山的青翠倒影，树呀竹的婀娜多姿。河面上一张张如盘的荷叶耀着晶莹的水珠，不时有蛙你传我、我附你地鼓噪出一片嘹亮。从水中升起的河滩，穿过树荫的斑驳，通向一排排二层的农家院落。在山的背景里，在绿墨般的浓重中，一座座农家院落你挨着我，我偎着你，就如唱响的一曲山村吴歌。整个村庄虽然不气派、不奢华，但整齐、洁净、宁静，时不时还会披上一层山的氤氲之气，让山村笼罩上几分神秘，几分朦胧，几分诗意。

巧合的是，京沪高铁就从凤凰山与鸡笼山的交叉口里穿过。因为安镇东站近在咫尺，车打北京过来，到达凤凰山已是慢速滑行。打上海过往，正好进入加速前奏，高铁在这里始终有着舒慢的节奏。这是不是就是一种宿命，既方便了凤凰山人在家里清楚地看高铁的流动、高铁的时尚，又让车里人可以清楚地看凤凰山的美景，领受凤凰山的诗情画意。很可能下一回，车里人就有了停步这里的念头，走进世外桃源般的凤凰山，领受世间自然而为的另一番美好悬念……

以上摘自梅锦明《心的原生态》，这篇文章反映了小梅是多么关心家乡的建设和发展，即使没有诗情画意的篇章，小梅也是娓娓道来，写出了"终结电话座机时代""大妈舞""闹心恼怒说产品""死亡在时代病""本可不必的逼仄""迎龙桥，度你彼岸无弱者"等篇目，都是以身边人、身边事为例，指出不要一时被经济所牵所累。

有时候，你觉得梅锦明就像身边一只蛰伏的狸猫，当生活发生诗情画意时，他会激灵地竖起根根毛发，舐舐自己的巴掌；有时他又会像一只黑熊，有所谓地打量周遭，疾恶如仇，做出必要的反应，发出一声两声"吠叫"。

古人早有所云："宛山之乐乐无极，云庆之景景有情。"

愿与梅锦明后会有期。

（作者系无锡市作家协会副主席，写于 2021 年 3 月 9 日。）

凤眼蓝，不凡就在名字里

　　我用最好的景德镇牡丹粉彩花盆养着最贱命的水葫芦，并不是我一时的失误或者草率。前年养过，去年养过，因了她不凡的长势和花朵，没少给牡丹粉彩花盆增色添彩。

　　今年初夏刚到，竖起的碧绿圆叶堆里，一簇簇如穗花朵突然冒了出来，一袭紫色，脆脆的紫，心蕊里点点金黄，像个小小太阳，引得蝶儿、蜂儿不断地飞来。嗡嗡叫声，如同唱响的赞歌，没完没了。从此，花儿不断地冒出来，一茬又一茬，持续时间长达三个月。她好像是魔术大师，有变不完的戏法，圆圆的叶子里藏着无穷无尽的紫花。

　　早几年，我是从大运河面上捞到她的。雨季里河水一涨，水葫芦像野地里的流浪猫、流浪狗，一堆堆的四处漂泊。撞到河岸、碰到树枝就有不少停留下来，孤独地打着盹。我下到水里，抓住树枝，捞上一把。拿回家，顺手扔进屋后的一只陈旧水缸里，从来没有想过去管她。

我知道她是太贱命的草，困难时期从国外引进，丢在野河里随她生长。盛夏，要不了多长时间，整片野河长满了这贱命的草，密密麻麻，厚厚实实，好像河不见了，只是铺了一层碧绿的地毯。

农民们自管去打捞这水草，拿回家丢进猪圈里。猪喜欢吃这绿色植物，吃得满屋子哗啦哗啦响。渐渐地猪长大了，卖了好价钱。河里的水葫芦还是满满的，一村庄的猪也吃不过水葫芦的生长速度。

到了花季，一河的紫色花穗镶在碧绿的圆叶中，远远看去，天都变紫了，云都被她陶醉，像一道风景线。最好看的是她的叶柄，鼓鼓囊囊的，像怀了孕的大肚子，用力一压，砰的一声，像气球炸裂。

但没有人去欣赏她，也没有人知道她的情怀。

农民发家后，猪没有人养了，水葫芦却还长在河里，慢慢地把河道堵了，船难行了。后来，烂在河里，水变浑浊了，发臭了，成了公害。

人们花九牛二虎之力，想着法儿消灭她，但总在这里、那里有她身影。她顽强地生长着，照旧开着她紫色的穗状花朵。

有天我回头去看她，果然一缸的紫色花儿，蓬蓬勃勃，把那只老缸染得满眼春光。

抓一把，移进了家门口两只牡丹粉彩大花盆。从不需要侍候她，连每天浇水也不需要，过个十天半月给盆里加点水即可。从无病过，也无虫害，由着她长，任着她展现勃勃的生命力。

即便出门远行，十天半月不回，也根本不打紧。一到家，迎接你的仍然是生机勃勃，圆叶盎然，叶柄挺着肚子，像将军一样欢迎你的归来。顿时心情愉悦，一路远行的疲劳丢到了脑后。

花开季节里，天天早上打开大门，一盆紫花与你笑脸相迎，似有紫气东来的感觉，一天的好心情油然而生。

后来我想，对于所有生命来说，贵与贱只是人站在自己的角度做的自私的评判，无关生命自身的各种表达形式，最贱的生命也都有她最华美的一面。是的，每个生命都是天地精气神的化身。不同的命理，让世界有了多样性，生活有了多姿多彩。

告诉你，她本来有个好听的名字：凤眼蓝。对，像凤眼，还是蓝色的。她的不凡就在她的名字里。

面馆里的文学味

我喜欢去小镇上的双喆面馆吃面。

有意思的是，小镇人大多会将双喆面馆说成"双吉面馆"。我老婆也读"双吉面馆"。读错字是因老板娘用了个冷僻字，人们看到两个"吉"字连一起，感觉是比一个吉利还要吉利的面馆。

我不是为图吉利去这家面馆吃面，而是喜欢这家面馆的文学味。

历来面馆就是吃面的地方，要说选择，讲究面的下法、作料、浇头、味道或者服务等，当然还有环境。

我喜欢从这家面馆吃出文学的味道，不外还有面的特别滋味。

吃出文学味道，这是很让人喜出望外的。小镇上有十多家面馆，没有一家有这样的味道。这个味道，不是随便有的，也不是随便能吃出来的。

走进面馆，一整面东墙上贴着红色手剪字："今天你吃面了吗？愿我们的生活像面条一样顺滑和长长久久。"字剪得大大小小，粗粗细细，组合成半圆形，煞是显眼，看得出老板娘的心灵手巧和她与人独到的招呼。

坐下来等面，眼睛立马被桌子玻璃下的手抄纸吸引，都是黑墨水字，字迹有潦草的，有端正的。字中间大多配有自画图，看得出都是一气呵成的。

每张桌子的玻璃下，都嵌着这样的二三张手抄纸，有的是整篇美文，有中国的、外国的，有的是名人名言、警句什么的。

有一篇文章抄的是苗向东的《悦己者王》。我记下了这样几句："悦纳自己，是高高兴兴地接纳自己，不仅包括对自我价值的肯定，还包括对自己的不足甚至残缺的接纳，对失败挫折的包容。即使自己不够英俊或美丽，不够高大或靓丽，仍能欣赏自己的可爱之处。"旁边一张桌子上抄的是："真正的喜欢应该这样的，我们因喜欢他人而更加喜欢自己，我们因他人喜欢我们，而让我们更加美好。"

有一次我去吃面，看到了抄的李嘉诚的《行动英雄》一文，记得最清楚的是这样一段文字："当知识、责任感和目标融汇成智慧，天命就不一定是命运……有能力的人，要为人类谋幸福。"

有时抄的是一些关于吃的话题："不可不醉，不可太醉。不醉，品味不出酒的妙处，进入不了酒的佳境，难为人酒合一、水乳交融。""不饱对不住美食，太饱对不住身体。"

星云大师的话也有抄录："立身处世也好，成功立业也好，先要安于幕后，等到自己的表现慢慢被人肯定，届时因缘成熟，即使你不想向前，别人也会拥戴着你……"

过一段时间换一批手抄纸，涉及内容五花八门，短小精悍。

算得上是读书笔记，老板娘既是写给自己看的，为的是激励自己，温暖自己，拓展自己；压到桌子底下，也是给别人看的。吃面人，一边等或者一边吃，桌子玻璃下的文字就赫然入目，自觉不自觉会录入眼睛。像我，还钻进脑子里，记在心里，也成了我的座右铭。

吃面多了，知道了老板娘的情况。她是一位文学爱好者，读初中的时候特别喜欢读书，但父亲不让她读书，家里穷，要紧的是挣钱，这让她一辈子留下遗憾。

自开面馆，她规定自己每天只做三百碗。三百碗只做最精制的面条和馄饨。所以工艺特别讲究，味道绝佳。吃的人多，到中午，三百碗就卖完了。

卖完就关门，关门不是为休息，而是赶回去看书，她说要看遍古今中外的文学名著。

光看不够，看到好文章、好句子，抄下来，拿到店里，压进桌面玻璃下，她要让更多人欣赏到好文章、好句子。吃面的时候，伴着吃进一点儿精神食粮……

真敬佩她这样开面馆，面馆不再是光为生活，而是有了生活以外的精神延伸，给了自己一份生活的精彩。

花儿守门家不俗

家门口的花儿开了，开得满园子红红火火。

像是一幅画，把房子拥戴在花的陪衬里。人进进出出，出出进进，花儿夹道摇曳，犹如一群手摇小红旗的小朋友，似乎还听得到美美的童音。

每年这个季节，花像归家一样，突然从绿叶里探出脸来，冒出头来，守候于家门口，给我欣喜，给我奏响一曲春的圆舞曲。心里像天时一样，升起暖暖的春意。

世上有千千万万的花，如果开在别人家的门口，与自己一点儿关系都没有，开得再漂亮，看上去都有一层冷冷的陌生。就像一个漂亮女人，不是你的，阅得到漂亮，却阅不到温度。

花其实有自己的思想和灵魂，你熟悉她，她就会熟悉你。她的熟悉就是惊喜你的眼睛和内心，展尽她的芬芳，写满花的诗意。就像家里的宠物，你就是它的中心。花一点点开起来，一点点吐露芬芳，循序渐进，持持久久地滋润着你本来俗不可耐的日子。就像写文章，一个字一个字展开来，文章渐渐才有头绪，才有高潮。花的高潮往往是在一场春雨后，每张叶片都吸足了水分，闪着嫩嫩的水光。花儿则凝聚水的张力，绽放出水灵灵的妖娆，一颦一笑像极了花仙子。

家门口的花懂你，是因为你懂她。你的每一次培土，每一次施肥，每一次修剪，每一次浇水……都因了她的呼喊，她的需要。一次次，她牢记心头，凝结在胸，用心地、默默地成长，默默地酝酿。即使冬天的寒风里，也酝酿着花蕾，把花蕾护佑在叶片之中。从不脱口成章来显耀自己，或者夸出海口迎合你。她用一天天的时间，安静地守候在你的家门口，陪伴你进进出出，出出进进，用一点点、一点点升华起的芬芳让你迷醉，让你内心也写满花的世界。

她把心声集中在春天，告诉你，你的付出，你的钟爱，当用盛开来回报！盛开是她最大的厚爱！

是的，盛开就是妖艳，就是奔放，但又不失以静守心。待日守静，就有了不俗的意境和诗的悠远……

我喜欢一年四季都有这样的花来守家。

麦子熟了

麦子熟了，麦子黄了，麦子上场了……人宅在家里，天时还是按她的节奏赋予了麦子的命运。麦子为土地开花，为时间结果，为人们收获。

一片片金黄，一片片成熟，一片片催人忙。阳光耀在麦穗上，麦芒根根竖立，向着天空，好像在说天时的故事……这是农村的景象，现在已经很少见了，得特意下到农村去找。

终于看到，还有像样的农村，像样的麦子，像样的晒场。

有点兴奋，有点感慨，有点沉醉！

这样的农村是纯粹的，家前有庄稼，开门、闭门都是庄稼的味道。庄稼包围了村庄，团团围住一栋栋农家宅院。村庄好像演化成庄稼的一分子，交相辉映，一派生机勃勃。多少个时日来，村庄忽而染上绿色，忽而染上黄色，忽而白水汪汪……像极了一幅变幻的油画。

乡村人就跟上这幅画，悠闲地生活，勤奋地劳作。种下庄稼，看住颜色变幻，心里那样的踏实，那样的单纯，那样的充满希望。庄稼人的心里一片亮堂：有播种就有收获，庄稼人也有的是耐心，等着庄稼的回报。

土地也是真实的，做着盘古开天辟地以来恒定不变的事：敞开胸怀，任由庄稼人翻耕劳作，任由庄稼扎根、吸食营养。土地从来都以为这是最本分的事，最合天意的付出，乐此不疲，世世代代，无怨无悔。

土地、庄稼、村庄，成就了农村千百年来的延续和辉煌。农民不能没有土地，土地不能没有庄稼，土地上长出庄稼的同时，也长出了村庄。因为早已融为一体，在人的眼里也早已成为一种自然，就如天然自成，包括天然自成的美，天然自成的节奏，天然自成的风韵……

就在土地上渐渐长起高楼大厦、工矿企业、道路广场以及人的无尽欲望的时候，我和许多人一样，突然感觉这种天然自成是多么珍贵，多那么净化心灵，升华灵魂！我在内心里一遍遍呼唤：我们需要土地、需要庄稼、需要村庄的生生不息！

我听到了土地、庄稼、村庄金黄色的回音：麦子熟了。

过寿知仁

六十、七十、八十……我说的并不是一串数字，而是人的年龄步入的一个个新节点。用"新"这个字，只是为放松心情找借口，其实是"老"，说穿了就是人步入老年阶段，再上一个台阶，就是暮年。

老话总是说，姜还是老的辣。这个"辣"表现在中国传统里，就是到了六十、七十、八十、九十寿辰，子女定要为其大刷存在感，以显示做子女的孝顺。于自己，其实也想大显身手，以表明一辈子活出的价值，包括有财有势、有情有义、子孙满堂……

最俗的办法，也是上千年来最盛行、最有效的办法，设寿宴，做寿辰，也叫庆寿、祝寿。聚拢一帮亲朋好友，老的小的，近房的远房的，或者在家，或者来到一家像样的酒楼，奉上丰盛的菜肴，摆上名酒好烟、饮品茶水……宴会大厅一派灯红酒绿，喜气洋洋。

高潮总在寿星派出红包之时。凡小辈、小小辈人手一份，有漏的过后也会补上。大人、小孩顿时喜形于色，兴奋劲儿跃然脸上。理所当然，红包越厚喜气越足，即便你能力有限，也要打肿了面孔充胖子。人最不甘的就是老了再丢面子，为了脸面即便过后的日子紧点、苦点也在所不惜。

几千年来，人们大概率都是这样过的寿，就是仙界的王母娘娘过寿，据说也会邀请包括八仙在内的各路神仙，在瑶池举行蟠桃盛会，同样难逃俗套。

但是，友人老陈过寿却完全不是这样，老朱过寿也完全不是这样，从两人身上我看到了过寿的一个全新视角：过寿与个人阅历、见识、个性、教养等有极大的关联。

老陈是读书人，也是有钱人，不是一般的有钱。他七十年代末期就开始办厂，至今一大家子办有五六家厂，成长起五六位有一定知名度的企业家；全家年销售二十来亿，其中一家厂上市，登上亚洲第一，分厂建到泰国。老陈的知名度决定他的关注度，六十岁时，当地政府打算给他过个有意义的寿，上门与他通气，他一口回绝："不做寿。"他说，你们诚心要给我一点鼓励，就给我送一套《二十四史》。

从此，这套《二十四史》天天铺开在他家的沙发边上，他一有时间就沉浸在《二十四史》中。洁白的纸片上多有他的打折、记号。

老陈是六十年代初期的大学生，在江西劳动大学做过讲师，知识、历史、人文、企业管理、商标设计一直是他孜孜不倦的追求。

今年是他的八十大寿，从没办过寿酒的他，照例还是没有过寿的安排。

大疫来临，他像所有人一样宅在家里，但他日思夜想最多的是人活着的意义，追问人类克服苦难的办法。

他觉得一切都在人，事在人为。只要人们掌握知识，揭示科学真理，拨开层层迷雾，一切都能解决。人是一切的希望，是未来命运的发动机……

他曾经想过，人紧要的要有一颗善良的心，要有灵魂的归宿，心灵的升华……所以他一次次出资，支持像灵山大佛、开元寺等诸多寺庙的建设。九十年代后期起，他担纲一手创建福慧寺，从大雄宝殿到观音菩萨，从舍房到藏经楼，从东殿到西殿……一座雄伟寺院拔地而起，当下已有总资产上亿元。

从办厂中，他最终领悟，社会进步最需要的是教育。教育是一家工厂、一个单位，乃至一个国家的致命命脉。他决定——他铁了心，向江南大学捐款三千万元人民币。三千万元，是的，三千万元。可能也算得上江南大学有史以来最有影响的一笔个人捐款。这是他给自己八十岁设定的一个新的背景音乐，新的人生征程，也在家族里做出一个新的示范。他不让企业开支一分钱，分分都是他们夫妻俩的积蓄，夫妻俩的私房钱。

四月中旬，三千万元交接仪式就在他的家里举行，除了江南大学几名领导到场，老陈这边没有邀请任何领导前来捧场和做证，根本就没有一点仪式感。陪在他身边的仅有老伴、儿子、孙女。他的样子也太像一个宅家男，上身一件藏青色夹克衫，下身一条厚实棉裤，脚上一双水灰色棉拖鞋。你会发现，这是时下很难得见到的穿戴，要换在别人身上，或许你还会觉出一些寒酸、紧巴的滋味来。但这一切对老陈，表明的就是他的财富观，他八十岁的人生态度。

彻悟在他，无处不在。《二十四史》一页页的明理，也好像写在他的整个身子之上。

更有意思的是他请来孙女到场，当着江南大学领导的面，他让孙女一如既往关注江南大学，关注捐款的后续……

可以感受得到，老陈的心被教育所照亮，也照亮着教育！

老朱也是位老板，改变他人生追求和价值观的也并不是金钱，而是他的楹联创作。

冥思苦想的楹联里，无不反映出他对人生的思考，对生活的热爱，对事业的渴望和追求，也传扬出他的文化价值和人生品位。

"骏马常怀千里志，雄鹰永翥九重霄""有关家国书常读，无益身心事莫为""学问详明德性坚定，事理通达心气和平""中华儿女红，大地桂花香"……一副副楹联创作出来，他不满足于铅印成书，而是过一段时间请来一些志同道合的书法家，把他的楹联录到宣纸上，然后装裱成对。一年年，他积累起了上百副白宣纸、红宣纸、丝绢写成的楹联。

七十岁这年，他来到常熟市图书馆，在这里举行了一场"2020年朱明华楹联展"，引得无锡、苏州、太仓、常熟等地各界人士前来观赏，尤其很多中小学生驻足楹联前，在指指点点的评说中，可以感受得到他们有着不小的震动和收获。很难说会不会在他们小小的心灵深处，种下一颗文学的、艺术的种子，随着年龄增长，成就一棵大树。

老朱的创意是让楹联和书法出色地融合在一起，融成一个艺术整体，给联和字注入新的生命力，最大限度发挥出艺术效应，让人从感观到心灵，都受到一股力量的冲击。就像一种文化大餐，延伸出无止境的香味。

这是他一介平凡之人，献给自己七十岁的非凡之举，让他的寿辰从俗套里脱颖而出，赋予人生新的内涵。

孔子说："仁者寿。"孔子又说："大德必有其寿。"这个仁，这个德，岂能每个人都有相同的理解，岂能每个人的做法都一样？也许，每个人每个阶段的理解和做法还会变化，变化是恒定的。但是有一点，我从老陈和老朱的行动里看到，寿者，一定要有仁、有德，有新作为、新延伸……

文字与爱心的人性美

华董事长 2020 年 2 月 5 日在锡山作家群转发了一张照片，说的是新冠肺炎来临之时，日本捐助物资给武汉，在物资上留的附言："山川异域，风月同天；岂曰无衣，与子同裳。"华董事长肯定是被这四句诗所感动，不由自主地转发给同仁们共赏的。

而且，转发这张照片肯定是有分量的。因为作为年销 200 多亿的江苏兴达集团董事长的他，2 月 4 日，就在立春这一天，他做出了一项重大举动，由公司向武汉捐款人民币 100 万元。

这个时候，他正好看到"山川异域，风月同天；岂曰无衣，与子同裳"这四句诗，感慨万千。他立马行动，给武汉捐款，表达兴达人的一份责任。不过，同是华夏人，献上一份爱心，他觉得不值得大惊小怪，不值得做什么宣传，自己心安就好。

他从寥寥四句诗里，感受到了中国古文化的魅力。是呀，即便是敌人看到都会流出眼泪来。这文字里充满了无国界、无种族、无贫富的温情，极富理性，又充满人性，没有口号味，超越政论见解，穿过万水千山，越过漫漫历史，甚至比"本自同根生，相煎何太急"还要充满人性之魅力！

原来，"山川异域，风月同天"这两句来自鉴真东渡的故事。说的是1300多年前，日本为了广施仁术，以道义传天下，让佛教普度众生，有位长屋王恳请唐代高僧鉴真东渡去日本传经播法。他们为表达真情，给鉴真及众僧送来一千件袈裟，每件上都写着"山川异域，风月同天；寄诸佛子，共结来缘"这四句偈语。意思是说，虽然地处不同国度，但我们就如风月一样同处在一片蓝天之下。鉴真深受感动，决定东渡日本，由此谱写了中日关系最辉煌、最感人的篇章。

"岂曰无衣，与子同裳"两句诗，同样出现在这次日本发往武汉防护服的包装上，出自我国的《诗经·秦风》。意思是说，不要说你没有衣服，我和你共用一件衣裳。特指当人面临困难和危急之时，及时伸出援手，给人以帮助和前行的力量。日本这次援华，运用这四句中国古代经典诗句，让每个中国人感叹，因为相比我们的眼下国学、国语，大有肤浅、直白、粗糙之嫌！

江苏兴达集团的捐款，让我们感受到了一个企业家内心的仁爱，涓涓仁爱！把古人的"岂曰无衣，与子同裳"落实在了行动之上。倒也不是说一定要捐多少款才摸得到心的大爱，捐款是一种行动，一种给苍天的表白！是对人本身倾注的真情！100万不是小数目，每次国难时刻，华董事长总会带头，100万、200万的捐。决策者做出决策不容易，这是一家工厂的血汗，一位七十岁（华董事长已七十有余）志士老骥伏枥的践行，也是他一身俭朴的表率，真所谓"风月同天，爱怜可倾"！

华董事长让我们看到了资本并不是像有些人说的充满罪恶，恰恰相反，没有资本，这个社会什么都不是。疫，无钱可治；病，无钱可医；生活，难有保障！当资本掌握在仁爱者的手里，这个资本一定是高尚的！一定会像阳光一样的灿烂！

无锡民族工业先驱的荣家，就是历史的证明！

有人说："唐在日本宋在韩，明在南洋清在湾，老祖宗留下来的古老文明，我们不知道还有什么……"这确实是一个令人心痛的现实问题。但中国人毕竟是龙的传人，中国文化的根在华夏，只要有一批像华董事长这样的有识之士和企业家觉醒，共同努力，中国文明一定会回归自然和人性之美！中国人的大爱行动也会直击人心，凸显最淳朴的真情。

年初八的阳光

年初八，以前每年是睡不上懒觉的，单位上班、企业开工，八点不到，满天空的爆竹便开始震响，让休息了一整个长假的我心里突然绷紧，然后弟弟会打来电话，告诉我他厂八点十八分放开工爆竹。当然我会按时去凑个热闹，这已是他开厂十多年的习惯，爆竹声一响过，机器声就随之隆隆响起。

2020年的年初八，什么都没有发生，手机安静地躺在床头柜上，我呢，比手机还安静，钻在暖意浓浓的被窝里，享受着好梦。不用上班，不用放开工爆竹，不用急着扒拉早饭……一切静悄悄的，一切好像止步在原点。

起床开门，看到太阳早已升过屋顶。成排的房屋顶上铺满了暖暖的光斑，光斑里还有成群的麻雀在欢腾跳跃，我心里立马升腾起轻松来。

一个念头也瞬时在我心里闪过，这太阳武汉晒到了吗？黄冈晒到了吗？北京晒到了吗？问过三遍，太阳没有回答我，但我知道太阳一定同样也晒在武汉，晒在黄冈，晒在北京……因为我看到瓦楞上，太阳正把一片片水印吸干，我相信太阳会把吸去的水印凝聚起来，送到最需要的地方，如武汉、黄冈、北京……我还看到门口的老橘树和竹子上，凝重的叶片已经开始转青，几只蜜蜂在叶缝里嗡嗡地奋飞，她们准是已经感受到了春的气息，有种春心关不住的急切。

站在阳台下，我迎着太阳拍背、敲腿、伸腰……身子活络后，一夜睡下的疲乏感好像也让太阳收拾了去，顿然神清气爽起来。

转身刷屏手机，看到一串朋友一大早发来的年初八祝福："特别的春节，特别的祝福，大年初八早安！衷心祝愿天天安好，百毒不侵，百病不入，平安健康……"这些话，这几天几乎天天涌来，内容很类似，但在这个时节里，看到这些重复的文字，感觉还是特别的舒心，好像人与人在精神上结成了健康联盟。

十点不到，接到弟弟打来的电话，预料他不会是为工厂开工的事。政府通告2月8日工厂才能复工，弟弟工厂生产再急，也肯定会执行这样的铁律。

他开口说你的盆翻了吗？肥料下了吗？哦哦，我心里马上明白，他是说花盆里的土翻过了没有？他是有了闲时，有了闲心。春的气息一来，他早早开始了花盆的侍弄，这是跟春融合的节奏。

他说他泡发了很多黄豆，把黄豆都沤到了树根底下，让我去他家拿点儿黄豆回来，把家里的花盆都沤上。

我说以我的经验，黄豆沤花肥力太大，不少花草会被烧伤根系的。

他说自己在家侍弄两天了，都沤下去了呀。

我说反正有的是时间，心定定，把多沤的黄豆挖点儿出来。

他正犹豫的时候，听到孙子叫他的声音，孙子说："爷爷，爷爷，金鱼缸里的鱼我都喂过了……"随后传来弟弟着急的声音："有没有少喂点儿？"

"盒子里的料都叫我喂了。"孙子的声音很清脆。

然后是电话中断的嘟嘟声……我突然意味到，当下有一种什么都过剩的麻烦。

十一点出头，老婆把做好的饭菜从厨房间端到阳台下边，一张藤条小圆桌，两个旋转小藤凳，几个香喷喷的小菜，两个人边晒太阳边吃中饭。一只隔壁家的大白猫，大概闻到了清蒸青鱼的香味，从花坛里探出头来，眼睛瞪圆了望着我俩，头还歪扭歪扭的，讨要吃的。老婆一边吃着饭一边刷手机，看的是赵本山二十世纪九十年代的小品，边看边笑，好像饭里也藏着笑料一样。

一位邮差骑着摩托车来到我家门口，他头戴头盔，嘴上戴着白口罩。一抬腿，送上来一份《健康文摘报》。我一阵感动，打招呼说："你们上班啦？"邮差点着头，在我连连的道谢声中，快速掉头，一眨眼摩托车开离了我们的小区。

我顺手打开报纸，全是新冠肺炎疫情的防范办法，有上海专家的，有北京专家的，还有日本专家的。我瞪大了眼睛，一个字一个字认真地看。真是及时雨呀！

太阳光越来越强烈，报纸上的字被晒得更耀眼，墨香、饭菜香都被晒浓了。老婆对着手机不由自主地笑出声来，笑声不时传进我的耳朵。

那只白猫已经啃上老婆丢给它的咸肉骨头，头摇来晃去地咬着。一条尾巴不住地拍打着水泥地，好像水泥地是一面鼓似的。猫沉浸在它的欢愉之中。

我看着猫，有点被猫的行为所感动……

田野上的显灵

看到你时，你低头，再低头，就在这十月的朗朗天气里。

那低头的姿态，那千千万万身影没有任何的偏差，没有一点做作，完全是一副自然、自觉的姿态。

生命的样子，最美的生命的样子。

太阳并没有被秋气感染，连打个喷嚏的迹象都没有，高高地挂在蔚蓝的天空中，迸发出热烈的光芒。泻下温暖，大地和大地上的所有生灵为此明媚开颜，灿烂欢笑。

你是向着自己的脚底低头，也好像回望自己生命的来路，与大地一起回忆你的成长，成长的快乐，还有你的成熟，成熟的美丽。

你知道感恩大地。是大地养育了你，呵护了你，给予你水分，给予你营养，给予你生命的动力。你真诚，甚至虔诚的感恩姿态，我看到就谱写在大地上，没有一丁点犹豫，没有一丁点杂念。

你一直会低下去，再低下去，直到生命的最后。

有人说你是因为成熟，成熟就该是这样的姿态？

你曾经也奉迎太阳，或者说崇敬太阳。太阳从哪里升起，你的脸就在哪里张开，总是灿烂地笑，以你的欢笑陪伴太阳的温暖，让太阳缠绕在你的身上，就像女人戴的真丝围巾，昭示出太阳的力量和美丽。

开始，你不过是一只"丑小鸭"，种下时，伏在水里，被水泡着，软绵绵的，直不起腰。慢慢地太阳扶正了你的身子，让你的腰板硬朗起来，挺拔在田头，铺天盖地于田野。

是的，太阳照耀着你，陪伴着你。你呢，不负太阳所望，像太阳的情人、小精灵，不离不弃，缠缠绵绵；也像一位胸怀大志的书画家，发挥自己的能量，重新装扮大地。用自己的生命本色，把原野涂抹成碧绿，让大地化身为一幅画，一幅有生气、有质地的油画，养人的眼，也醉人的心。

深秋到来，你由绿转黄，最后演变成一片金黄，纯真的金黄。金黄得亮眼、耀眼，就像遍地铺着的黄金。

凡是有你的地方，都少不了绽放金黄，好像穿越到了皇家。这是你心声的颜色，代表你的心愿，你的目标，你的价值。

对，绝对不会用红色。

红色虽然更显眼，更热烈，但不是你成长的目的。落下种子的时候，你就牢记不是为了好看，不为花开花谢的浪漫。即便花开，也是钻石样的小花，纯白纯白，总还掩盖在青绿的叶片之中，没有多少人注意得了，没有多少人看得清楚。但你有金子一样的心愿，自然要用金子一样的颜色来表达，虽然你平时的生命像草一样简单，结出的果实比鱼肉还廉价。有时还有人轻贱你，把你喂猪喂狗，甚至丢进垃圾桶，但你骨子里比黄金还金贵。人少了黄金照样能活，但不能没有你。没有了你，人活不出滋味，活出的生命比柴草还要轻贱，甚至生命会随风飘去。

别怪现在的人，他们从城市里走出来，只为去田野专程朝拜你，看你的金黄，成片成片的金黄。

你或长在村庄边，把乡村衬托出世外桃源般的意境；或长在水塘边，倒影映衬着一池清水也染上金色；或长在绿树的包围里，风在树头哗哗掠过，好像只是为你唱赞歌，你在拖曳中，轻歌曼舞地自在成长；或长在低洼处，用你的生命把低洼垫高，给本来的荒芜之地填上丰收……

一切因为你本性里的不奢华、不高傲、不华贵、不牛气，说草像草，说庄稼是庄稼。播种在哪里，生长在哪里，成熟在哪里。犹如种你的庄稼人，以一身的真诚和朴实，乐于扎根任何一块地方。从不嫌弃任何一块地方的肥沃与贫瘠、遥远与偏僻、高冈与洼地，只要落根那里，那里就会铺上绿色，覆盖金色。

金灿灿的大地，一块块，一片片，煞是好看，就如佛祖显灵一样，终究成全了土地一世的向往和追求的目标——丰收在望、硕果累累。

哦，庄稼一枝花，我挚爱不尽的水稻！

电视机里的精彩节奏

中秋、国庆佳节到来前夕，家里决定更换一台电视机。中国人有很强的传统心理，双节来临，欢欣时节，必须给家里添点欣喜，才能让双节过得更加丰富美好。

从淘宝网上选定，到电视机送上门来安装好只花了一天时间，跟去商场里买电视机送上门几乎一样快速，令我十分意外。

开始只敢在淘宝网上买小件，后来到买电视机这样的大件，完全是个人理念的飞跃。没有看到实货，就凭图片和影像，就把电视机买下，是不是有点轻率？收到货才知道，这是一台了不起的电视机，精美绝伦的电视机。我从小小的电视机上看到了改革开放的巨大成就，看到了国家科技的高速发展，看到了百姓生活日新月异的变化，更看到了人们追赶美好生活的节奏。

这是一台小米牌 LED 电视机。我的第一感觉是屏幕特别的大，43 英寸，放在房间，足够像小电影屏。但分量特别轻，拎在手里轻得有点儿不相信是电视机，仅仅几公斤的分量，好像拎起一盒绿茶的感觉。又特别薄，就像以前装修房子的一片三夹板。这样的电视机，可想而知容纳了多少高科技！这是国家大规模集成电路发展后，在电视机领域的应用。把电视机制造成像手机一样轻便，有点儿太不可思议了。更不可思议的是价格才 1000 多元，相当于一瓶五粮液的价格。

想想以前，二十世纪九十年代后期吧，我家里买了一台 48 英寸的 TCL 荧光屏电视机，不仅价格贵，体积还庞大。我们夫妻两个人根本就搬它不动，要移动它，非请上几个兄弟来家才能办到，尤其是老家拆迁，再买新房，几次搬家，这台电视机很伤脑筋。后来真的很后悔买回来这样一台又笨又重的黑大个儿。

新买的电视机更神奇的是可以接收 WiFi 信号，不再受有线电视的限制，可以收看上千个频道，多得让你犯迷糊，由着你看新闻、综艺、纪实、电影、巨片、卫视、旅游、动物世界等。小朋友尤其喜欢，里边有看不完的动漫片、动画片、学习讲授、世界百科知识等。中秋假期里，小孙子一个人抢着看，什么《托马斯》《熊出没》《蜘蛛侠》……看得如痴如醉。

遥控器也神奇，按住上边的麦克风钮子，你对着它说想看什么，就会有什么片子跳出来，实在很方便，就连七八十岁的老人也会操作。

看电视早已成为每个家庭必不可缺少的一项日常生活内容，无论饭后，还是闲暇时间，人们都会打开电视机，或者了解世界大事，或者走进娱乐空间，或者享受世间风光……人们对电视机几乎有了依赖症，只要有电视机的陪伴，人们便不再孤独，也不再孤陋寡闻。世界都在电视里，地球也变小了，人与人有了更多更深入的了解。

最早，二十世纪八十年代的时候，电视机还是紧俏物品，我托了人才从供销社店里买回来一台17英寸的黑白电视机。家里阳台上从此多了一根高高竖起的毛竹，上边安着一排天线，一个人在家看住电视屏幕，一个人在外边旋转天线，看到图像了，大声喊："有了！有了！"然后把天线绑定在一个位置上。看着看着，会跳出一条条黑黑白白的横线。那个时候，看电视有一种奢侈的感觉。村里好多小兄弟都会挤到我家里来，蹭着看电视。大多数人肯定心里都在企盼：要是我也有一台电视机多好。想不到后来家家户户都添上了三五台电视机，有荧光屏的、液晶的、LED的，越来越精致和轻巧。

随着日子越来越好，日本彩色电视机进来了。那个时候，人们迷信日本货，认为质量好、色彩好，争先恐后以买日本电视机为荣。我也咬咬牙买了一台21寸的松下彩色电视机。看到电视里出来的画面像真实世界一样，那个兴奋劲别提多大了！看上电视能有满满的幸福感。那个年代，《渴望》《水浒传》《三国演义》《红楼梦》《西游记》不断推陈出新，好片一部又一部，看得人沉醉于电视，甚至痴迷于电视。每个人的生活都像插上了翅膀一样，深深地感受到生活的丰富多彩和满满的希望，也许这就是电视机行业得以飞速发展的深层原因。

电视机以现在这样的神奇神态融入生活，愈加美化了生活，让人享受到了生活节奏的诸多美好。

满街石屋墙状活虎皮

这个镇上静静地坐落着满街的石屋。我转悠在南街、北街的石屋前，马不停蹄地拍照，享受得不肯迈步移动。

拍完照，细细地看，伸手摸一摸，石头是硬的，不摸也知道。摸过了还想再摸，摸到了石头的温度，凉的；摸到了石头的沧桑，粗糙得像树皮。树皮有生命，这毕竟是石头，坚硬处像刀口，重一点有被划破指皮的可能。岁月没有磨蚀掉石头的棱角，倒是加剧了石头的纹路，让石头更有了画的感觉，品相如同写意画。

这是一种铁血石，含铁量高的地方，一片片红得发紫，红得发黑；淡的地方，一片片露出浅黄来。色彩千变万化，图形千奇百怪，凡你想象得到的，墙上都能找到。弟弟非说这块石头是紫砂，可以磨成粉，然后做出一个个经典紫砂壶来。碰上制壶高手，一个壶能卖几万、几十万。

我们争论不休，一位老者给我们解释，这肯定是石头，不可能是紫砂，要是紫砂，这屋早被扒下来变钱了。紫砂是泥，经不起雨淋日晒，也留不到今天。

是什么已经无关紧要，重要的是这一栋栋石屋透出的时代气息、文化氛围和历史厚重感。

这里建造的石屋表现出一种就地取材的聪明。镇南是座焦山，翻过运河，横卧在平原上。山上有取之不竭的铁锈石，老人给我们说，当时石片每吨二元，肯吃苦的人自己用板车拉回来，劳累是劳累，但挣一个工分是二三毛。焦溪街上多的是会垒墙的石匠，一块钱一工。用石头垒墙比用砖砌快，看准一块石头，几个人三下两下往上一抬，这里敲敲，那里垫垫，就放端正了。石块大的，支个三脚架，手拉葫芦一吊，轻轻松松摆上了墙。垒得高的，底层楼全是石块，低的，二米三米之间。再上面，就用红砖或青砖接上去。

石缝用糯米饭石灰镶嵌，咬得牢，那弯弯扭扭的线条，比青砖白缝好看，极富特色。清末，镇上最大的徐地主家，造了三进四合院式的石屋，连围墙都是石头砌的，小贼头挖墙洞都难。

石屋看起来粗犷，整面墙像张老虎皮，或者像豹子皮，花俏、华贵。但住在屋里少有的实惠。据老人给我们说，冬暖夏凉，根本就不用开空调；隔音也好，家里杀头猪，外人很难听到猪叫。

当年讨媳妇就得有石头屋，硬气。你想，哪有石头不硬气的！石头，还有回归感。按进化理论，人从山里来，与石头打过几千万年的交道，连《红楼梦》也是《石头记》开的篇；孙猴子更了不得，是由石头孕育……人对石头有天然的亲近感。

可惜，当下人们喜新厌旧，觉得再住石屋丢面子。一栋栋石屋正在被推倒，再用砖头重建，建起千篇一律的房子。住进千篇一律房子的人们，亲戚上门千篇一律像掉进迷魂阵，好像这才是现代人的生活。

我打心眼里喜欢这石屋。不仅仅因为其写照着一个时代百姓的真实生活，沾着时代气息，更是因为其彰显着一种质朴、清纯的石头文化，虽然没有金山石、大理石这般气派、金贵，但也不失为可以万古千年地流传。

有机会，我会再来到石屋小住，与石头为伴，体味曾经生活里的自然、清纯、朴实……

酒杯里的孝

周同学每双休日总会赶百来公里从常州回无锡老家看望年近八十岁的母亲，晚上住一夜。他的同学都知道他是个大孝子，也晓得他是常州一家最大医院给人开头颅的高明医师。这个周六，老弟约上周同学等几位一起聚个晚餐，我也有幸参加他们的同学会。

四十年的同学聚会，总有说不完的话，喝不尽兴的酒。喝的是极品贡酒，一杯又一杯，愈喝愈来劲。菜上来一道又一道，大盆、小盆、明炉、铁板烧……后边还有几道好菜，谁也不清楚。

酒兴才刚刚开始，大约也就中途……吴同学突然不肯喝了，再三劝酒也不从。理由非常简单，又非常实在，七点得准时回去给父亲洗澡。给父亲洗澡？父亲还要你洗澡？吴同学解释：父亲九十好几，近来身体不爽，躺倒床上，每天要抱他进卫生间洗澡，隔一天都不行。父亲做了一辈子老师，特别爱干净，吐一口痰，非得擦三块纸巾。更怪的是洗澡还非得小儿子帮着才行。他们有兄弟五个，加上女婿，本可以谁在家谁给他洗。大家也没有推辞，没有一句怨言，但他就是不要，非得小儿子洗才合他的心意。这就绑架了小儿子的时间，晚上小儿子有活动都不敢出门，即便偶尔出个门，非得七点前赶回去，过了点老爷子会不高兴，说："你不知道我一辈子都是八点钟睡觉？过了点，我会睡不稳妥，闹失眠，早上也起不来早。"儿子们便说："你都不用上班了，早上还要早起干吗？睡个懒觉不成？"老爷子说："睡懒觉我会一上午没有精神。"儿子们回敬他没有精神不正好再多睡会儿。他就有点儿不开心，带点脾气地说："你们不知道我一辈子习惯了？你们一个个只顾自己，没有一点儿孝道！"

儿子们便服了他，说好的好的，都依你，你怎么说我们怎么做。老爷子这才开心得展开来笑。

吴同学说酒不再喝，真就收住了，任凭周同学再怎么劝，酒就是倒不进去。吴同学说："酒喝多了，父亲又会骂我一身酒气怎么洗澡？他会不放心，怕我失手摔个跤什么的。还会有点儿感伤地说：'我都这把年纪了，经不得摔了，会见阎王爷的。'口气里还有点儿可怜的样子。"吴同学又说："听父亲这么说，我常常会掉下泪来，心里酸酸的，又有点痛。"

吴同学说父亲的事的时候，张同学也不肯再喝酒了。双手按住酒杯，任凭哪个同学倒酒都滴酒不进。谁都知道张同学是酒瓮头，商场上从来不喝一斤不过门。今天才刚喝半斤，竟然推辞得比吴同学还坚决。说出的理由居然与吴同学异曲同工，也是要为长辈洗澡，只是换了个角色，他是给母亲洗澡。大家非常吃惊，说怎么给母亲洗澡？你大老板有的是钱，不好请个保姆帮忙？他说母亲都生了自己，怎么不可以洗澡？他说母亲有点胖，早几年中风了，谁都弄不动她，只有他才行。母亲每天会等他回去洗过澡才肯睡觉，不洗，会一直等他。保姆服侍母亲倒不是没有想过，主要是母亲坚决不要，自己也不放心呀！

同学们这才知道，出得校门四十年，现在几乎人人都是上有老下有小，成了一家的顶梁柱。父母亲少不了他们，子女们拖大带小也少不了他们，他们来不得半点闪失，天天得顶天立地！

于是，大家你一句我一句聊怎么服侍父母亲，怎么应对父母亲时不时发出的"刁难"，怎么在兄弟之间带好头，尽好一份孝道……周同学说，一个双休日才回来一趟，忠孝难全呀！

就在大家聊得当劲之时，吴同学突然站起来，挥挥手，算给大家打招呼，义无反顾地走出门去。菜没有上完，主食更没有来。他的身影在眼前一闪而过，可以真切地感受到他对父亲的"唯命是从"。

张同学有些犹豫，但他再三说，酒不喝了，他也得先走了。再三催促服务员，主食上来了。大家都不再劝酒，放下酒杯，两下三下，吃开主食。然后一个个站起来，一个个握手告别。

突然有些隆重，有些肃然起敬！再见声中，月影之下，每个人的背影像闪电一样，眨眼就消失了……

心的原生态

什么是"心的原生态"？其实我自己也说不清，书本上没有对这个词条的解释。但说不清不等于我不明白，在我的内心里，对"心的原生态"其实很明亮，有一个清晰的轮廓。一想到，不仅为这心的原生态而感动、而向往，也企盼这世界上的每个人，心里都能装着心的原生态，让心的原生态坦诚于这个世界的每个角落。

我与李总一行多次到过大别山，在深切感受和体验大别山"原汁原味原生态"的美好环境及人文的同时，我一次次发现和真切地看到了大别山人的心的原生态。就如同环境的原生态一样，虽然心的原生态无形又无踪，但用心去感受，明明就能看得见，摸得着。她一次次地感动我的心，纯净我的心，让我的心也回归到原生态的境态之中……

在大别山深处的斑竹园镇，那是一个远离都市的山村。从六安市出发，不少于两个小时的高速公路路程。下了高速，再要一个多小时的沿山小道，小道只能容一辆车过去。一弯又一弯，一个陡坡又一个陡坡。车穿行在永无止境的山林中。山一层又一层，林一片又一片，村庄一个又一个，溪水一条又一条，眼睛一刻不停地盯着窗外，就像公园里被食儿激活了的鱼，只想向车窗外游。我们因美丽风景而陶醉的呼唤声，不由自主唱出的小调，响彻在车里，此起彼伏，大家无不激情满怀。

原来，原生态，生态美，能够让人燃烧心的激情，回归心的诚朴。

目的地是一户姓王的人家，我们在那里歇脚。房子就在山脚边，是栋两层小楼，只有后窗，没有后门。房后一大片的下坡地，田块一圈圆弧又一圈圆弧，种的都是庄稼，呈现出庄稼的不同层次、不同长相和不同色彩，如同一幅幅油画一样迷人。我住在这里，只想在二楼成天倚着窗，拿本《安娜·卡列尼娜》或者《安徒生童话》，一边看书，一边赏景。把书里的故事演化在这世外桃源般的景里，再把这景粘贴进书的故事里，让大别山高远的天空进来，让田地里庄稼的清香进来，让山溪的潺潺流水声进来……自己渐渐化身书中的主人公，心里怎样想就怎样生活，怎样生活就怎样宣泄。就这样只需要在一个单纯得不能再单纯的旖旎风景里日出而作，日落而息……

没想到的是会在这王姓人家吃晚饭。毕竟一大桌子人，人家都没有一点准备，可能老家人到了时间只是客气客气。可是我们的带队人怎么拒绝都拒绝不了，主人说，家里什么菜都有，他已让老婆从镇上提前回家，在路上了。

喝开酒才知道，这是户很特殊的家庭，他们家在抗战中牺牲过两位亲人。而牺牲就牺牲了，至今也没有享受到什么优待。胖乎乎的主人说，打仗哪有不死人的，要什么好处？只要我们记得他们就可以了。这像是新闻联播里被人教好的客套话。事实上确实没有人让他们怎样说，尽是酒台上随便的家常话。后来才知道，这家人，我们的带队人也不是很熟识，请我们吃饭就有点无缘无故了，很可能得不偿失呀！

女主人在镇上开了家小理发店，精干得很。一回家，丢下自行车就忙开了。厨房间的水龙头哗哗地响。男主人下田拿回来很多蔬菜，放进暖锅里，现烧现吃，那新鲜滋味，没有一个人停得住筷子。被我们风卷残云后，没有剩下一片菜叶子。主人拿出来一大瓶药酒，那瓶子足装二十斤酒，是用大别山上的灵芝泡制的，颜色有点深，喝下去醇香醇香的。主人请来了姐夫给我们作陪。姐夫应是匆匆而来的，身上的衣服还有劳动的痕迹，但他很爽直，一杯又一杯敬我们酒，快言快语，说的都是大别山好景致、好菜肴什么的。不想一大瓶子酒喝掉了一半。可能，这酒是主人为自己壮身、治病泡制的，我们也够贪的……其实不然，实在是你不懂我们身在其中那份心情，这酒有多滋润、多美妙、多率情呀！

还值得一说的是，吃饭之前，我们一行登高去一户人家拍摄了一处风景。那是山脚边一栋二层楼，顶上有个三层阁楼，我们要到那个至高处。山里连续几天都在下雨，我们拍照时，雨还时断时续的。鞋上沾满了泥土，有的人鞋肚里都灌进了水。这可了得，一群人进去，不得把他们的家弄成一塌糊涂，明眼人一看就会是这个结果。有人帮我们找来了主人，主人二话没说就打开门让我们进去。我们极其不好意思，嘴上一个劲地打滚：不好意思，脚底却因好景致而根本顾不了人家，一派城里人的虚伪！进去才知道，这是户新婚人家，大红喜字新崭崭的。处处油漆一新，楼梯都刷了绿漆。我们一鞋的泥土，哪里踏得下脚，可能一脚脚全踩在人家心坎上！家里各个房门都是敞开的，即便是二楼的新房。主人没有跟我们进屋，他们在场头只顾收拾自己的东西。

拍完照出来，我们为取得了好景而洋溢着一脸的欣喜，见了主人个个点头哈腰赔不是，说不尽的歉意。可是赔不是又有什么用，留给他们从底楼到三楼的一地脏。主人一脸笑哈哈，连说没事，没事！满脸的朴实和真诚，没有一丁点儿的虚假情绪，彻头彻尾的真心实意，心口一词，就像一张洁白的纸展开在我们面前。

我们感受到了，也亲眼看到了一颗心的纯净，心的洁白，心的真诚，心的坦荡……心的原生态！

饭后，我一个人背上相机走出村子，心里被大别山"心的原生态"感动得要落泪。我远远望着这个大别山深处很不起眼的村庄，举起相机拍了一张又一张。我们的汽车开走了，我一点儿也不知道，同行们也一点儿不知道丢下了我……我被留在了深山里，多想就这样呀！

王家主人发动摩托车，让我坐在他的后边，带上我直向开远的汽车追去。大别山的风在我耳边呼呼地叫，像唱的一首歌，一首大别山心的原生态歌……

一湾太湖点燃的热爱激情

这是一湾有些特别的太湖。

太湖对面是无锡新安港，远远的一条长堤伸进太湖深处，像是拦腰环抱着太湖。满堤绿树郁郁葱葱、高低错落，远看有点山的样子。堤岸的收口处，一泓清水灌进一个巨大豁口，穿过一座大桥，淌进古老的蠡河。我坐在屁股底下的堤岸，一溜长弧线，被太湖水不住地舔着，灵光闪动。

身边坐了太多的人，都如痴如醉地望着太湖。太湖的风从水面上拂过来，带着水的气息和滋润，不紧不慢地吻在脸上，撩动起头发，灌进胸腔，心里生发出无尽的惬意。

这里是望亭港，竖着一块牌子叫"姑苏御亭"。御亭是望亭最早的叫法。遥想当年，这里曾经有过异常的繁华和喧嚣，千百条渔船停靠在湖边。"太湖三白"从这里起水，经过蠡河、鹤溪（古运河）源源不断地送进苏州和上海。蠡河现在叫望虞河，南起太湖沙墩口，北至长江耿泾口，全长 60 余千米，兼备着太湖泄洪、引江济太、南北运输等多种功能。

公元前 475 年蠡河由越大夫范蠡开凿。西施陪伴范蠡在这里，一边照料生活，一边安抚沿河百姓，感召百姓共同出力治理太湖。至今沿河两岸留下很多关于范蠡、西施的传说，类似西施墩、施村、蠡村等，因纪念他们的地名一直沿用至今。

眼下，除了太湖和蠡河的原址还在之外，各处风貌早已不是当年的模样。为治理太湖，沙墩口渔港撤了，改天换地成了御亭广场，太湖恢复了宁静和悠然。放眼望去，一汪清水，碧波荡漾。水岸处，水草青青，随波摇荡，不时有小鱼从水草里飞跃而出，或许它们正在水草底下捉迷藏，或许是比谁跳得高。蠡河的太湖入口处，一座现代大桥上汽车飞驰。蠡河两旁，黄石驳岸，堤上绿树成行，岸下一个个村庄隔田环抱，路网交叉，绿树掩映里一幢幢粉墙黛瓦倾诉着江南水乡的富裕和繁华。

就近有个村庄叫稻香小镇，以崭新的田园牧歌场景满足着人们对农耕生活的怀恋。我去的时候适逢"五一"长假，可谓人头攒动，尽情陶醉。可以想象，要是西施再生，恐怕她也会不肯离去，即便范蠡的爱情也不一定拉得回她的迷恋，除非范蠡也留在这样的乡村。

整整半天，我和太多不熟悉的人就这样静静地坐着，把自己和心绪都留在这太湖的无尽广阔里，享受满目太湖水的轻波荡漾。我把幻觉千百遍地投放进那金灿灿的波光里，忽而想象自己是一条船，忽而想象自己是一条鱼，甚至乐于把自己想象成一棵水草……我被太湖的景、太湖的情、太湖的诗意所迷醉。

我和所有人一样因景而静，静得像太湖里的水，像水岸边开着一朵朵黄花、蓝花的菖蒲。与湖呼应，与风亲吻，与水对话，尽情地绽放自己的柔和和美好，纯粹得如同这大自然中的一个细胞、一朵浪花。

太阳开始西斜，湖水潮红起来，波浪好像在悠然的红色绸缎上迈着细碎的脚步。慢慢地，太阳与水吻在了一起。水面上有一个大火球，既像在燃烧，又像新娘子羞答答的嫩脸蛋。人们坐不住了，一个个像注射了兴奋剂，一边跑动，一边举起手机拍个不停。我和弟弟各自操着长焦距相机，一会儿这个角度，一会儿跑进河湾另一端，一个劲儿地拍不停。

人们的激情被点燃，心里对太湖的热爱在燃烧。

一条停在湖口的老旧渔船，融化在红光里。从逆光里可以看到，船的倒影是黑的，船的轮廓线是黑的，活生生一幅浮在水面的行船剪影。

几条小船从湖的红火里驶来，先是一个起起落落的黑点，渐渐移近，船和人影清晰起来。火红的光芒吞没了他们，融化了他们。他们沐浴在火中，好像走来的不再是人世凡夫，而是仙界佛祖、天外来客。我被那弥漫的无尽神秘、无限美好所感染、所感动……

我们兄弟俩的相机"咔嚓咔嚓"响个不止。相机的节奏与我的心声产生了共鸣，奏出一曲《太湖渔舟晚歌》。太湖就在这歌声里欢腾曼舞，带给天地美轮美奂的诠释。

我的心跟着太阳的身影，喜不自禁地一起钻进了太湖的怀抱……

水墨云天来"仙子"

与玄鹤子长老相聚在大别山龙井山居时，恰好是个初春的雨天。层峦叠嶂的大别山，迷蒙在薄薄的雨雾中，俨然一幅天然的巨幅山水画，让人如入仙境胜地。

眼前突然冒出个飘逸着雪白长发、尺余长须的鹤发童颜的老人，着实让我吓了一跳。怀疑自己是不是误入了仙宫，碰上了个水墨云天里的仙子？正捉摸不透的时候，听到了他洪亮的呵呵笑声，看到了他与人们一一抱拳作揖的谦卑姿态，让我恍惚间又回到了现实。

很显然，他迅速引起了包括我在内的所有人的关注。后来听了他有关"尊德贵道"的传统文化大课后，才更加知道他内在的非凡才学。

他是香港人士，祖籍山东，祖父系有名望的民间中医，外祖父为武举人，他自幼承父亲崂山道长（玄中子）传授道家养生学，一辈子研学中国儒学、道学文化，成了国际著名的养生学家、中医学家、哲学家、道学家等，出版发行了《养生秘方》《性爱情缘》等数十本著作。眼下他虽然已是上寿之龄，但他介绍自己仍然是"四十岁的身体，三十岁的心态"。课堂上看他讲课两三个小时一直站如松、行如风、运功出手神速如箭，惊叹他的介绍一点也没有夸张。

他还擅长书法。熟悉他的人都说他随便到哪里都乐于给他的粉丝留下墨宝。他擅长运用他的书法，向人布道他的人生教诲。

这天下午，龙井山居的一角成了他的书法道场。他以特有的长发、长须，鹤立鸡群地站在长长的书桌旁。桌上铺陈着白色的毡毯，笔、墨、宣纸都整齐地码着。

大家敛声屏气地等着他出手。

玄鹤子凝视宣纸，略作沉思，提笔伸进墨池，饱蘸浓墨，然后一气呵成三个字："精气神"。字字雄壮洒脱，气韵非凡。写罢，他挺身站立，给人解释：人最需要的是精气神，精气神是一个人的本源和气质。同样，办厂、做生意也要精气神，这就是诚信、品质、做强、做精。他说他把这幅字送给李老板，希望他一如当年从无锡来到大别山帮扶的初心，扎根大别山，做振兴西山药库的带头人。李老板点头称是。

写第二幅字时，他将着长长的白胡须想了想，然后看了下纸面布局，写出了隶体风格的四个字："实真灵芝"。他说："我为何没有写'真实灵芝'，而是写成'实真灵芝'？我觉得做灵芝，'实真'比'真实'重要。灵芝是种出来的，没有好的环境和技术当然种不出来。但种灵芝一定要实，实实在在原生态，有实实在在的功效。

深加工要实，不玩半点儿虚的，讲究实在、实效、实惠，让百姓都消费得起，给每个人带来健康。"这一幅字显然又送给了扎根大别山种灵芝的李老板。

一位女经理毫不犹豫地讨求一幅字。他凝神看了几秒钟女经理的脸，再听了女经理的心愿。手里的笔不停地在墨池里打转，显然在开动思路。随后他提笔下墨，一气写下了"益利之道"四个字。搁下笔，他解释说："我为何没有写'利益之道'，而是写了'益利之道'？利益，只是讲赚钱，有钻入钱眼里的感觉。'益利之道'重点在益上，所有的利要有益于人，有益于社会，有益于良智，这就是生意之道。这样做，路才能走得远，企业才能兴旺发达。"大家不自主地鼓起掌来，他也开怀大笑起来。

有一男经理向他索字。他还是先看人，再落笔下字，似乎在找针对性。大家都有点紧张，不知道他会写出什么字来。一会儿，浓黑的字又出现在了大家眼前："益利德道"。大家细看，发现"德"字中间少了一横，空气有点凝固，没有一个人敢发声。他用手指着"德"字，深沉地问大家："这个是什么字？"大家都说"德"。他笑了。他说这个"德"字少了一横，是德，但这一横你要去挣回来。生意场上永远不要忘了这个"德"字。尊德不容易，一辈子讲德更不容易。请记牢，"德"少了中间一横其实不是德字。人少了良智、诚信，也就没有了德。

听他讲完，大家没有了声音。我感受到大家似乎都在敲打自己的心灵，一定都记牢了这个"德"字，必须挣回少了的一横。

男经理的内心体会到的是什么滋味，谁也琢磨不透。

广东一经理请求他写一幅字。这个经理看上去两眼放光，头脑灵活，表现出一副聪明劲。玄鹤子自言自语说："给你什么字呢？"他捋了捋胡须，然后弯腰捉笔。先写出了一个"睿"字，顿下，一气呵成写下后边三个字"达善为"。大家看清楚了，这次写的是"睿达善为"。玄鹤子手上握着笔解释："一个人可以用聪明实现目标，但一定不要忘了一个'善'字，善而为之，为之而善。善是创业的目的，聪明更要用在善为之上。"

大家肯定都听懂了，不然不会突然爆发出热烈的掌声。

字还在继续写，玄鹤子足足写了三个小时，没有表现出一点疲惫，相反他越写越情绪高昂，幅幅语出惊人。

难得入境于这样一次有意义的书法现场。书法的背后，不再仅仅只是留下几个有范儿的字，更多的是留下了玄鹤子长老的思想和精神境。我想这也就是他长寿和不老的"精气神"。

"精气神"三个字，看来既是他写给别人，也是他魂魄的体现。

斗山新茶香书院

吸浩渺太湖水之灵气，长于七星斗山之沃土，受独特矮脚雾之滋润，太湖翠竹雨前茶像天仙一般，以亭亭玉立的翠绿身姿，灵气十足地漂浮在我眼前的杯子里。

还没有喝，茗香就顺着气雾，钻进我的鼻孔。于是更舍不得喝了，只眯起眼静静地痴看着杯子里的叶，真有菩萨显灵的感觉，一片片叶，翠翠地绿起来，像是又回到了树上，活了，站起身姿，微微地展开。先浮于杯的上边，稍等一会儿，像鱼一样慢慢往下游，撞到杯的底部，然后众茶叶聚集一起，它们好像先打了个招呼，又叙说起长在树头的往事……哦，哦，我被这灵仙的样子所感动！

喝的时候，江南书画院门外，山林里的鸟脆脆地叫成一片，还夹有远处三三两两翻过山林的狗吠声和鸡鸣声。刚刚上山看到的满山的油菜花、玉兰花、桃花……好像也扑腾进了杯子里。一杯好茶，好似是一幅斗山画卷的幻化。我如同一个斗山仙子，神情里有了飘飘然的感觉……哦，哦，斗山尽然写满了春的诗意和人间的美好！

更有诗意的是这座书画院。屋内满墙挂着老书画家邓柏良的焦墨山水画，宛如整个太湖的山山水水都装进了这里。摆饰都是古色古香的红木家具、明清瓷器、花格木门……在一张红木老台子上，我和主人邓公子一边喝茶，一边聊天，说太湖翠竹的前世今生、炒作工艺；谈书画笔墨的浓淡雅趣、线条意境。他得父亲传道，精于茶业，斗山脚下自种几十亩茶林。一年四季，一边做着农事，一边挥毫弄墨。或者静坐书画院，会友，喝茶聊天。云天之下，山角之边，悠然自在，过着斗山隐士般的生活。

他承袭了老父亲的气节。邓柏良有三大热爱，一爱这座山。家居山脚边，一辈子不曾远离过这山的滋养。他历经几十年精心打造，让山村、河塘、茶园、桃林、树木……融合成一个他想象的世界。他自筹资金建起一栋二层楼的江南书画院，白墙青瓦，马头风火墙，别具江南民楼风格。旁边亭台楼阁、小桥流水、穿茶步道，俨然一个世外桃源。二爱喝茶。他有自己的茶林，翻土、施肥、修剪样样都是自己干，采茶、炒茶更不在话下。他一辈子最爱喝自己炒的翠竹绿茶。绿茶养眼，绿茶提神，绿茶输送给了他太多的灵感和意趣。凭着特别的感觉，他引伸来第三个爱好：一辈子的书画追求。他把山里的每一棵树，每一个在脑子里升华起的意境，用浓浓的焦墨，泼洒在洁白的宣纸上，创作出太湖一角特有的一幅幅江南水乡的画卷。这些画卷曾经进军北京，展览在中央美术馆，引起很大反响。这一辈子他最自豪的是从山里走进画里，又从画里回归山里，让自己活出了一幅画一样的精彩人生。他更自豪的是太湖翠竹茶在富裕他生活的同时，还给了他书画的灵感和丰厚的精神回报！欣喜的是这一切在他儿子的身上又得以生根发芽。好似在重复，恰恰发生的已是另一番景象，那就是一个活生生的青年人心静背后的远大抱负。

活在斗山，是一种幸运里的幸福；喝上太湖翠竹，是一种融化在大自然的精气神享受。如果再有一份书画的创作热爱，便有了人生境界的超然释放……斗山，哪一天都有七星下凡的气概在等你！

前寺舍喊你过大年

　　无锡向西，绕过太湖，在接壤常州的地方，有座不高的山，叫阳山。这些年，阳山出了大名，因为三月有桃花，遍地尽染粉嫩色。小小的阳山，被人山人海包围，人们陶醉于花的艳美，留恋于乡村的纯朴。五六月间桃果上市，家家门前都成了市场，硕大锦桃馋死人，阳山桃果美名誉天下。

　　不想今年大冬天，阳山脚下一个被桃林包裹的小村庄，着实热闹了起来。这个叫前寺舍的小村，因村主任一声喊：请你来过大年！人们便从四面八方奔涌而来，都来凑个过大年的热闹。连中央电视台也被惊动了，开上转播车，向全国人民转播这里过大年的热闹情景。

　　这些年，人们都在找年。大年年年过，却越过越不像年，丢失了年的味道。小小前寺舍，仅仅85户人家，不到300人，倒是拾起了过年的味道。家家门前挂起红灯笼，村前巷尾充斥着农家年货。

有各种腌咸菜，青绿的雪里蕻，从缸里拎起，汁水直溜溜地挂。我一下子买了六斤。看来一个年节里，有了雪里蕻豆腐汤不愁吃饭不香。还有咸菜洋生姜，腌红萝卜干、白萝卜干……全是阿婆们自己种，自己收，自己晒，自己腌制的，爽脆、青绿、鲜嫩。整排整排的年糕，有白糖水、红糖水、绿汁的……看了都眼馋。酿制白米酒是这里的民俗，在周氏名贤馆，一口大缸里酿制了三百斤大米酒。米白得耀眼，年轻漂亮的服务员笑盈盈地给进来的每人送上一杯品尝。刚送到嘴边，我就闻到了一股浸心的醇香，一口下肚，一股清凉凉的甜润润的酒香，直扑心间。小时候家里老父亲做的米酒，就是这个味道。多少次，我们兄弟几个都喝醉在酒缸边，一睡半天起不来。

我说，再来一杯吧。服务员说，家家门前都有自家酿的米酒，你尽可放心地多带点儿回家。

中饭时刻，我没有了上饭店的心思，就在农家门口，端上一张小板凳，点了一碗豆腐花、一张萝卜丝饼、一碗青菜馅馄饨，吃开来。这都是大嫂们现做现卖的，着实大开了一回胃口，觉得山珍海味都比不了这新鲜的美味。

打着饱嗝，顺着热闹人流向南走，整个村庄粉墙黛瓦。一汪莲花池出现在眼前，满池倒垂的枯莲叶，映在白苍苍的水色里，尽现江南冬色。踏过临水台阶，居然还有爱莲亭、爱莲泉、观莲台……一枝黄梅临池开，满树黄花尽展春。这里吸引了太多的少女、少妇和孩子们来玩耍、拍照。

村东写春联的摊位前，里三层外三层的人，都想着法子要当场写一副好联。一个老头坐着轮椅也来要春联，他要的是福字联，一连五个福，拿在手里舍不得收拢，一直展示给别人看。

我在肚里拟了一联：大年阳山俗，桃花寺舍美。一位张姓老先生着实为我卖力地运起了笔，字写得壮实、洒脱，令我好不欢喜。

走出村庄的时候，舞龙队在喧天的锣鼓声中迎面走来，紧随其后的是福禄财神方阵、红衣仙桃挑脚队、大阿福方阵、唐僧猪八戒沙和尚团队……尽管有点儿俗不可耐的感觉，但带给围观人们的无不都是欢天喜地，一片片的欢笑声传上云天……

前寺舍淹没在过大年的欢乐声中。

站过水平线

农历2019年正月初二下午，春光暖暖地照在丁蜀镇的东坡书院。我与几位朋友坐在素心轩琳琅满目的紫砂壶收藏室，边喝茶边论壶品茗。整整半天，我们都沉浸在壶和茶弥漫的氛围里，好像时间里都透着茗香……

真正的香气，是从静默的紫砂壶里轻柔地飘出来的。我们一小口一小口地抿着茶，话说得很缓，情绪像游丝一样，一点一滴从话里释放出来。

眼前是一套仿铁紫砂壶，壶和杯极有铁器的质感，凝练、稳重。

四个圆形小杯散淡随壶，像壶的孩子。喝茶前，主人把杯举起来，把杯上的字一个个展示给我们看。字是金色的，每个字我都认得，但字的体格我第一次见，顿时让我产生了浓厚的兴趣。还有这样写字的？"静、道、空、禅"，每个杯上一个字。字极度的变形，变形的还都是下半身。那种拉长，超乎寻常的夸张，就好像让每个字站过一条水平线，上半身被高高地抬了起来。

字在夸张中显现出艺术的张力，好像在告诉我们字以外的意境或者寓意。

是的，尽管每个字我都认得，但我还是轻轻叩问自己：你真的还认得吗？

一口口好茶，我们一边滋润着喉咙，一边慢条斯理地述说着这四个字，极尽心智地理解着这四个字变形的寓意。

"静"，因为拉长了下边的"月"和右边的一竖，让我感悟到人心静来之不易。需要你站得高，才能睁大眼睛看得远。看得远，看得清，心里才有真的静，透彻的静。不然所谓的静，都是装的。或者是一种愚，无知而静，无耻而静。

"道"，走之旁远远大过它的"首"部。是呀，简单来说，路全是靠脚走出来的。如果要进入"道"的境界，倘若你没有善的行动，很难成为一个首屈一指的人，或者很难有一个精彩的人生。一切决定在行动，行动是一切结果的前提。

"空"，拉长的是下边的"工"，中间一竖还打了个弯折，宝盖头显得特别短。人生路上，如果你不努力工作，不克服工作中的挫折或者困难，哪会有美好的生活！以至于你的家都会很可怜，真的空，空也！

"禅"，夸张的是视字旁和右边"单"的一竖。我引导自己走进这个字的意境里，感受到，如果没有你的顶天立地，即便跪下，即便作为一个禅士，你也不过只是身上披了一件单单的袈衣，其禅意、禅的境界离你很远，很远。

　　……茶喝过四五壶，字意在你一句我一言中渐渐清晰起来。茶喝得愈发加厚了滋味，心也愈加静好起来，好像自己的灵魂也起过了某个水平线……

哦，惊慕不尽的雪

你来了，来了！踏着新年的节奏，真的来了……

你没来，我也一直在等你。等你给年染上最最本真的喜欣，等着释放给你最纯真的惊喜……

你真的到来了，让我异常兴奋。我背上相机，走进村庄，下到田地，满世界对焦、抢景。

你梦一般地出现在我的镜头里，活生生，洒脱脱，一张张定格。梦境变身为童话的世界，美轮美奂的世界。

是的，我看到了，看到了！你是那样的白，那样的纯净，没有一点瑕疵。就是以鸡蛋里挑骨头的眼光看你，也经得起任何的挑剔。你的白，一点没有矫揉造作，白得那样的自然，那样的细腻，那样的令人遐想，遐想里还不掺杂一点点非分之念。你唯有白的圣洁，圣洁得能够照耀人的灵魂，洁净得宛如一把刷子，能够刷清人的内心，或者内心里残留的哪怕一点点污垢，就是小河边、大路口、村巷尾堆满的垃圾，都被你从我的眼前清除干净。朋友立强兄用诗说你："全无半点染，原来世界可以如此洁净。"我为他的发现感动，内心为之震颤。一个不曾洁净的灵魂，怎能发现你的"如此洁净"。是的，因为有你，世界的美原来可以如此简单。

我还摸到了，摸到了你超乎寻常的嫩……这真是你的外表？真是你的嫩肤？是谁赐予了你如此的水嫩？碰一下，染上的唯有冰清玉洁。难不成是上帝？是的，在我目之所及的世界里，极尽想象，也找不出上帝以外的力量。你的水嫩不仅让我不敢碰，更让我生起敬畏，怯生生地面对你的水嫩。但是却又忍不住想碰你，摸你，甚至想在你的怀里打个滚。俗一点说，你充满着诱惑，诱惑着我的精神世界，让我心生波澜，会像儿童一样，做出摸你、抱你、在你怀里打滚的稚嫩动作。

也许，历经岁月的人，更会知道嫩的珍贵，嫩的不可重复，嫩的时不我待。嫩就是天使，就是幼童，充斥着无限活力，无尽自豪！我羡慕，我向往。我也想再回头嫩一回！再嫩一回，就嫩一回！像你一样，哪怕稍纵即逝……

我还听到了你悄悄的诉说声，忽而稀疏，忽而密集。你是在跟谁诉说？跟我吗？还是跟我的朋友？朋友立强兄说你："悉悉而又悉悉。"在朋友的感觉里，你有说不完的话，话里有音乐般的节奏，有轻声细语的温柔。我感受到，你不光说给朋友听，还说给大地听，说给小树听，说给河流听，说给庄稼听……哦哦，大家都听到了，听懂了，你是说："我爱你！我爱你！我爱你们……"不然，人间怎有瑞雪兆丰年的预示。

但是，在你到来不久后，就像春天里的一阵风，说走就走了，义无反顾，甚至有点绝情绝义。纵然有我和世人的衷肠热爱；有我和世人的挽留，却也动摇不了你让度春天的坚定信念，动摇不了你返还大地本来面目的责任。

在你的身上，我看到了世间的一切美好都会在短暂中显得异常珍贵，稍纵即逝中显出崇高价值。你无愧是天使，天地的精华！

就如你的到来，你的离去一样充满着精彩和遐想……

下次，像朋友立强兄说的，我会点一风灯，在静夜里独坐，等你，直到天荒地老……

哦，我惊慕不尽的雪！

觉悟大觉寺

张渚下着雨，来到大觉寺，同样下着雨。

大觉寺的雨同样阴冷，打在身上同样湿漉漉……生活总是相同的，但一个个佛的故事却并非雷同。

我和弟弟从大门进去，沿着由雨水而起的佛光泛照的路，轻轻地走，用一步步的虔诚踏在佛地的步道上。佛音从雨地里飘来，绕在我身边，灌进我耳朵，空气里都弥漫了灵动和佛性……我的影子在水光里移动，忽而长，忽而短，忽而全然被雨水淹没，我感觉自己像是跟了佛的脚步。

止足大雄宝殿一幅幅佛的故事的雕塑前，风无痕地刮在雕塑上。我的脸上感觉到风的厉害，也体会到寒气逼人的杀伤力。雕塑上既没有风的痕迹，也没有冷的留印，唯以它凝固的安静，向我展示似曾相识的一个个生活场景。

佛黄裟加身，每一道衣褶里都透着安静，脸上更是静默舒展，写满慈悲。佛既是细心的，又是耐心的，一个个人生故事、凡夫俗事、人心丑态，都在他的点拨下羽化成善。佛心无限，就像显微镜，把人间的每件琐事和细枝末节都放大在了慈悲和觉悟里。一个个故事成就了佛，佛开悟了故事的真谛。佛，好像真的走到了身边！

星云大师镶嵌在墙上镜框里的书法写道："若能转物即如来，春至山花处处开。自有一双慈悲手，摸得人心一样平。"

看得出来，慈悲之手，比慈悲之心还重要。一切的"物转"，无用的是说教，伸手即温暖，温暖传递在手与手之间，即所谓予人玫瑰，手留余香。

从高高的白塔出来，看到一尊佛，肚子一段是空的。佛端坐在花坛里，雨从佛的头顶一直淋到他盘着的腿上。佛前是白塔的影子，在雨地里演化成黑色，佛的影子也演化成了黑色，它们呼应着，雨演化成了景……

我的肚子条件反射地饿起来，心突然为之颤抖！哦哦，我的空处不空。所源，都为七情六欲。转念又想，佛也从七情六欲而来，"转物即如来"，七情六欲也可转物成佛心之源……我边感悟边往寺外走去。

雨还在下，佛音还在送来。然而步子迈在来时的路上，却再也找不到一个去时留下的足印……

雨夹雪

出门时，雨夹雪已经大起来。天是灰的，地是灰的，雨点子、雪点子看得清清楚楚，打在瓦楞上、树叶上、汽车上……滴滴答答一片杂乱的抖擞声。

直觉得冷，头往衣服里缩。

瓦楞会觉得冷吗？树叶会觉得冷吗？汽车会觉得冷吗？它们往哪里缩？

趁着元旦假期，先去看望娘舅。到娘舅家门口，地上已经盖上一层雪。地上的灰色不见了，取而代之的是一片洁白。

舅妈的耳朵灵，戴个大帽子从打开的门缝里探出头来，见我们夫妻大包小包站在大门外，立刻眉开眼笑地迎接我们。

娘舅正躺在气派的皮沙发里看电视。电视机是液晶的，占据客厅正墙的整个墙面。色彩非常艳丽，里边的人物晃动着笑脸，好像比真人还大。娘舅、舅妈都八十来岁了，看电视是他们最大的消遣。

后来聊天，感觉他们讲的大多是电视里欢天喜地的事情，好像他们就生活在电视中，乐趣无穷。是呀，有这么大个电视机陪伴他们，家里像开了个电影院，要多开心有多开心。

热闹的寒暄过后，忽然觉得屋子里比外面还冷，手摸沙发，好像摸到冰块，指尖有点刺痛。我赶紧双手捧住舅妈泡上茶的茶杯，但脚底还是禁不住有点轻轻发抖。

这才看清，娘舅穿着很厚的外套，整个身子盖在被子里。他们真会生活，这样躺在沙发里看电视，无疑是一种很好的抗寒办法。

舅妈应该也不会冷到哪里去，除了头上戴的厚厚的毛绒帽子，身上还穿着厚实的花棉袄，下身是棉裤。人有点臃肿，行动有点不方便，但毕竟暖和了。

我脑子里在转，为何不开空调？想把话说出来，转了几下还是打住了。因为怕娘舅、舅妈说我娇气。

记得去年年底来拜访，也是一个寒冷入骨的日子，也是他们老夫妻俩在家，老远就听到空调外机轰轰响，把外机旁一棵橘子树的叶片吹得直转。走进家里，一股暖气扑面而来，人顿然就精神起来。

今年为何不开空调？空调坏了？还是儿子出差他们老夫妻俩不会摸索开空调？但我立马否定了这个想法。娘舅退休前是一家国营大厂的总工程师，什么难题在他手里都能迎刃而解。

娘舅家是高厅大屋，一个正厅就有近百平方米，屋高足有四米。四周墙面贴着大理石，显得气派和华贵，但阴冷就从这样广大的空间和装修里涌出来，待在家里让人有点受不了。

早些年，他们花几十万元在一个街镇上买下一块宅基地，然后自己投资，造起了一幢足有三四百平方米的三层别墅，式样中西合璧，连装修总共花了二百多万元。我们去参加新屋落成典礼，隆重热烈，楼上楼下看下来，那个气派！那个豪华！那个非同凡响的装饰！既让我为娘舅家高兴，又感觉自己望尘莫及，想想自己也许几辈子都奋斗不出这样一栋房子。

娘舅家的儿子，是我的表兄弟，他早早办起了私营企业。娘舅、舅妈退休后在厂里一起帮忙，尽管吃尽千辛万苦，但享受到了生活的精彩和幸福。我一直以为这是他们应该得到的，有付出，就有收获，正是所谓勤劳致富。他们是这个时代的典范。

话开始多起来，从身体状况，到家庭生活；从儿子、儿媳忙得不见人，到工厂发展碰上瓶颈；从产品难销，到厂房出租；从借贷还款，到资金困难……无所不谈，渐渐地我的心开始揪紧，意识到他们家企业今年碰到了前所未有的困难和压力，他们正想尽办法在调整企业，顶住压力，克服困难。但娘舅、舅妈毕竟都八十来岁，再无能力帮上一把，可是他们又不甘袖手旁观，觉得有责任与儿子共克时艰。最直接的办法就是不开空调，收紧每一分钱的开销，哪怕在家受寒熬冷，哪怕搬出老棉袄老棉裤穿上，点点滴滴，以行动忍受企业衰退带来的生活变化，以生活变化迎接着时艰对企业生存的挑战。

是的，他们每个人都与企业息息相关，企业是他们的依靠，他们的生活希望。企业兴旺，他们的生活就会富足；企业衰败，他们的生活无疑会遭受重创。

出来的时候，舅妈一个劲说他们没有什么回头礼送我们，感到不好意思。说着，舅妈转个身，又说屋前园子里一棵橘子树今年结了很多的橘子，个头不大，但很甜，带上点儿吧！舅妈拿过一个红色塑料口袋，从大匾里挑起好的橘子，一个个装起来。我连说少一点儿，少一点儿，心里突然酸酸的。倒不是说这橘子不好，更不是怀疑舅妈的一片真情。

我感受到，舅妈这真情里也藏着她的心酸，一些外人无法察觉，无法理解，甚至无法诉说的心酸。

出了门，我的心里更酸涩起来，尽管看见送到紫铜色大门外的娘舅和舅妈还是满面笑容，但我回头看到，他们身后的房子实在太高大了，高大得像一座山，人显得那样的渺小。

我挥手，深情地说："娘舅、舅妈保重……一定保重！"

他们也挥手，直到我们坐进汽车。

雨夹雪停了，汽车挡风玻璃上结起一层薄薄的冰。冬天才刚刚开始，下一场大雪不知什么时候到来……

我们赶紧往家逃。

以貌取食

经济发展后，面貌、外貌、容貌……显得越来越重要。大城市讲面貌，小城市也讲面貌，乡镇紧跟上也讲面貌，所到之处，公路呀、河道呀、树木呀，就是一座桥、一座厕所，都要讲面貌。人就更不用说了，外貌都成了通行证和好名片。当下的貌，成了一切外在因素中最重要的部分，甚至都有了"貌经济"。时装就是貌经济，美容、整形、保健、健身、健美等，都成了"貌经济"发展的重要元素。

"貌经济"步步惊心，非同寻常。

"以貌取人"的主体就是貌。估计，这个成语发明之前，以貌取人的现象就已经很盛行了，不然不会有这个成语的流传。

以貌取人，其实错不到哪里去，人的天然本性也。虽然这成语带有些贬义的成分，但是人哪有不爱美的，大千世界，无论人类，还是整个自然界，有思想的，没有思想的，都争先恐后向着美。外在美，似乎成了一个不可抗拒的重要目标。诸葛亮娶丑婆娘，也不能说明他不爱美。要不然，他不会对人说，丑婆娘，可以安分守己，可以静心待夫，可以成就男人的伟业。他所谓"非淡泊无以明志，非宁静无以致远"，同样体现在了他的婚恋观里。诸葛亮不是不懂得美与丑，他说"美恶既殊，情貌不一"，说明他很懂得"情貌不一"是什么东西。他内心里也知道自己的媳妇黄月英并不美，承认是"丑婆娘"。他再有智慧，也不会以婆娘的丑为荣耀，夸的只是婆娘的内在美。长得美丑，是人都懂。

除人之外，植物也一样，哪个都在行动，想着法儿开出最美的花，就为惹来蜂呀蝶呀。一棵草，如果没有开花，终究是一棵草，没有人会理会它。如果花开不俗，就变身成了盆景，可以卖钱。花越美，卖的价钱越高，这是读书人都懂的常识。

现实生活中，为貌而得福或者得祸的大有人在。有家农业生态公司，专业种植蔬菜和葡萄之类的水果。有着高大上的规模，始终追求原生态的耕种方法，为的是生产出安全并有益于健康的农产品，让人吃得放心，吃出健康。即使运用一些科技手段，也是不背离健康主题、安全主题的。比如，翻地用拖拉机；灭害虫，夜里点灯，白天吊粘纸；防雨水过多、太阳曝晒，搭建塑料大棚，既调温，也控湿，蔬菜生长更自如。更值得称道的是，肥田只用有机肥，花钱到鸡场、羊场等处买回来鸡粪、羊粪，经过发酵、除臭、灭菌后才施以作物，绝对不用化肥、农药、除草剂、催长素、甜蜜素、膨胀剂等。明知难种，还是不用。每天，一大排农村妇女，不是拔草，就是治虫、调理、采摘，这样长出来和采摘下来的蔬菜、瓜果，可以称得上原汁原味原生态。

好品好质好健康，本应是当下人们最该追捧的安全、健康农产品，但是，事实并非如此。公司的销售一直有瓶颈，不顺畅，尽管价格不比市场贵，批发买还有很大的优惠，但销售总是不尽人意，被挑三拣四后留存下来的，大多只好捣碎了喂鱼、喂鸡、喂鸭、喂猪。捣的人时常很手软，叨叨着说："这么好的东西，捣碎了可惜，太可惜了！"有的人边捣边眼眶里含着泪花。乡下人是最简单的，他们痛惜这些用汗水种出来的好东西。

卖不出去，绝对不是品质不好。公司有品质保证，经过了农业部门的认证，不仅安全、健康，更为纯真、鲜美。但因为自然生长，没有用各种药物人为干扰，大多长相一般般，不中看，有的是弯的，有的是有麻点的，有的大小长短不一，这就大大背离了人们的审美观。很多人眼睛一扫就不由自主地皱眉，嫌弃说："长得太难看了，叶子上还有虫眼。"给他解释："我们不用农药，不施化肥，拒绝生长素、膨胀剂……这是天然长相，像人一样，布衣素颜，当然不是很好看，但品质好呀，保你安全，保你健康。"解释无济于事，人还是走了。批发商更是挑剔，说这样长相的东西，批发给谁？不赚钱呀！零售商也不要，说会烂在手里……说到底，这么多年来，人们早已经习惯了用化肥、农药、膨胀剂、甜蜜素、催长剂等炼出来的农产品，似乎认准了匀称、好看、鲜亮、美艳、水嫩……对自然生长、自然状态、自然长相、自然面貌的农产品，反而不认可、不接受，哪怕电视上时常在说用化肥、农药、除草剂、催长素、甜蜜素、膨胀剂等炼出来的农产品，危害人的身体健康。宣传归宣传，人们照例还是按照自己的眼光来评判蔬菜瓜果，恰如现在市场上充斥的翡翠 B 货、C 货、D 货，因为经过药液浸泡，杂质清理，内在填色，这些物品显得异常漂亮，你给她或他说多少道理都没有用。这就是一门心思乐于戴这种货，还十分地满足，到处显耀。也如现在的假老婆——小三们，因为往往总比真老婆或者有姿色，或者年轻，或者风骚而让男人们执迷不悟。不过，往往结局是害人又害己，多少男人身败名裂，甚至家破人亡！

人，自古总被外貌所迷惑，经济上去了，这种迷惑却愈加激烈，就是明知危害，还是不见棺材不掉泪。就像一场三角恋爱，明知引火烧身，玩火自焚，还要往里跳。

以貌取食，不亚于也是一场玩火。到头来，人们很可能再难吃到安全、健康的果蔬。

花好月圆最美时

中秋的日子，庭前屋后遍地有盛开的花，高的矮的，长的短的，红的粉的，紫的黄的，白的蓝的，可谓多姿多彩，五彩缤纷。

这时的花，浸润在秋的云淡里，气的清爽中，褪去了春花的娇羞和柔弱，开得如此丰满、坚挺和成熟，就像秋天的果，释放出来的更多的是丰收在望和重重的甜味。

妙在还有圆圆月亮的陪伴，把天地人间映照得犹如一幅画，一幅尽善尽美的地球胜境。如果只有天上月，月是孤单的，清寂的，嫦娥去了月，也会逃回家。如果只有花，花就缺少灵气，也缺少仙骨。最好是花好月又圆。月圆耀花艳，月圆陪花靓；花盛捧月亮，花彩染月静。这样的圆，有了无边的风月，有了扎心的感动；这样的艳，有了月的华光，有了花的芳香。天涯共此时，怎能不美好，怎能不思乡，怎能不想家……

花好月圆时，人醉如仙，仙醉思人间！

东亭，历史长河里的自定义

东亭很光鲜，光鲜得不能用语言描述！

东亭却又很难理解。历史的长河里，东亭有着太多令人仰慕的人人事事。可以感动中国，感动世界，甚至对中国文化有名垂青史的影响！

小小东亭，竟然以历史和文化的支点屹立在一块不平凡的土地上，了不得！

光听盲人阿炳（原谅我直呼其外号，并非不恭，只是还华彦钧以平民身份）的《二泉映月》，你会突然明白，中国音乐竟然会震撼出对人的巨大同情，宣泄出对人生的无尽抗争。那种对人的深度理解和感化；那种心灵在震撼中的觉醒……哪一种音乐都不会如此淋漓尽致，至少我是这样认为。

小小一把二胡，就像种田人的耙子，在阿炳的手里相随相伴一辈子。他不仅把二胡玩得滚瓜烂熟，挥洒自如，还在倾诉与哭泣中，说尽家长里短，人世恩怨，世态炎凉。

一把二胡，就如他身上长出的一双手臂，也像他盯住人生的另一双眼睛，拨动出的每一个音节，每一点颤动，都通晓他心里的风风雨雨，心里的愤愤不平，心里的企盼和向往……

多少次，多少次，在我迷茫、无处诉说时，打开《二泉映月》，无需一点灯的光芒，就在漆黑中，她会一点点吸干我痛苦的潮湿。我听着听着，把头低下去，低下去……就像要咬住自己的心。这是一种无尽的宣泄，好像《二泉映月》懂得我的痛，懂得我的迷茫乃至绝望。她用一种无法言语的能量，鼓励我哭，安慰我哭。

我哭了又哭，直哭到血管里的血凝结、发黑、发臭……继而，一种风暴般的洗礼袭来……随着音乐的激荡，我泪干后惊醒，惊醒后觉悟，觉悟后力量汹涌。音乐让我抬起头，再抬起头，双眼喷出渴望的光。人生的美好向往就这样回到我的身体里，理想和希望在心坎里再次萌生。人生最难，没有难过阿炳的，最苦也没有苦过阿炳的。阿炳在音乐中懂得心的天晴，心的温暖。这就是阿炳对苦难的大彻大悟，对苦难的最温暖理解……

多少次，阿炳就是这样激励我前行！

日本指挥大师小泽征尔说《二泉映月》："我应该跪下来听……"中国人都知道，除了对天地可以跪，对父母可以跪，对祖宗可以跪，竟然无可选择是《二泉映月》。

我虽然从来没有跪的行动，但在心里早已跪下了，对阿炳也跪下了。这种跪下是一种新的站起，且站起在一种新的高度！

一位英国音乐家在美国的一场音乐会上听了《二泉映月》，激动不已，说："中国的贝多芬！中国的《命运曲》！"

是的，就是中国的命运曲，也是阿炳的命运曲，你我的命运曲……

盲人阿炳恰恰是东亭的。

不过，他只是东亭的一位现代人物。他出现在东亭文史馆的形象，戴着一副有些痞气的漆黑眼镜，下边标注着人物介绍。他活着的时候，曾经是一棵草，只有长衫、墨镜、二胡陪伴着他。他流落在无锡的街头巷尾，除了好心人在他面前的破罐子里丢上几个硬币，博得更多的是嘲笑和奚落。要在现如今，他很可能会被收容。我到过阿炳在东亭小泗房巷的故居，一栋太平常的房子，感受得到当年阿炳过上平常生活也不容易。有位阿炳的老邻居，不小的岁数，一直做着竭尽全力保护阿炳故居的努力。老阿姨悄悄对我说："阿炳其实是个私生子……"

故居夹杂在林立的高楼缝隙中，不说逼仄，就是太阳也短斤缺两。房子里成天放着阿炳的《二泉映月》，在我听来，好像是音乐，又好像不是音乐。我站在房子一侧，心又被《二泉映月》感染。有人嘻嘻哈哈地笑，争着拍照留影，我却一点也笑不出来。

人生世俗，人间沧桑，生命渺小，是什么让阿炳活了下来？是什么让阿炳在心里生根、开花，《二泉映月》还流芳百世于人间？阿炳不会告诉我，那些所谓的阿炳传记也不会告诉我……

慢慢悟到，东亭在告诉我什么……

还有同样是东亭人的唐代大诗人李绅、元代大画家倪瓒、明代翰林院学士华察等，一个个被历史沉淀又沉淀的人物，即便经过上百年、上千年的大浪淘沙，却依然让人敬仰。

凶险不绝的历史长河里，东亭到底对他们起了什么作用？东亭给了他们什么土壤和庇护？

说实在的，以现今眼光，无论李绅也好，倪瓒也罢，抑或华察等，虽然他们与盲人阿炳相距上几百几千年，但细细追究，不难发现他们有着共同的特性：就是个性里、骨子里的不合时宜。李绅有两首著名的《悯农》诗："春种一粒粟，秋收万颗子。四海无闲田，农夫犹饿死""锄禾日当午，汗滴禾下土。谁知盘中餐，粒粒皆辛苦"。我小时候读过，还能倒背如流。父亲曾经当作经典教育我，让我懂事一辈子。

明眼人一看，就知道这字字句句有对农人的无限同情，对当政者的愤慨和不满。别怪他的同榜进士、浙东节度使李逢吉怀着一颗不可告人的心，向武宗皇帝告黑状，说李绅"写反诗发泄私愤"。皇帝也有不昏庸的时候，读过诗，跟李绅说了一席心里话："久居高堂，忘却民情，朕之过也，亏卿提醒。"李绅因祸得福，被武宗皇帝封为尚书右仆射，有了与皇帝共商朝事的权力。

李绅的背后，像盲人阿炳一样，是故乡东亭给他的悲悯和启发，触发了他的真情流露和创作灵感；也是故乡百姓的疾苦给了他胆略和勇气。不管李绅后来宫廷争斗结局如何，李绅的《悯农》一诗从东亭走进世人的心，感化世人的心，唤醒当政者和社会的良知，即使再过一万年，也不会为时过晚。

长大厦人倪瓒的画，可能更是以家乡为背景。那山，不免就是芙蓉山；那树，不免就是山上的松、柏、樟、楠、槐、榆；那水，不免就是兴塘河。他的存世作品《渔庄秋霁图》《六君子图》《容膝斋图》《枫落吴江图》《安处斋图》等，一幅幅都是邈远寒寂、意境萧瑟的景象。

这是倪瓒的高明，他以物象写心灵，以心灵反观现实。他在淡烟老石与茅亭流水中，隐含有大悲苦。在大悲苦中有大禅悟，在大禅悟中又升华出大寂寞。这是不是也是他心底的一种高洁？一种不满？一种反叛？一种呼唤？要在当今，他会不会被警告或抹杀？但在当时，他早已与黄公望、王蒙、吴镇齐名，被世人称为"元四家"。但是，名声在外的他，即便官宦张士信出重金要他的画，他照样一口回绝。张士信让手下痛打他的皮肉，有人问他："怎么熬得住不喊一声痛？"倪瓒的回答是："一出声便俗了！"这样的清高和自傲，令多少当代人甘拜下风！

历经元、明、清、民国……时代一次次更迭，他的画却像瑰宝一样流传人间。世人至死爱他的作品，敬仰他的作品，因为唯有他的画可以与人共鸣，与人同呼吸，与人说世道……

不怪乎，英国《大不列颠百科全书》要列倪瓒为世界文化名人。

顺着友谊路、芙蓉大道，我到过芙蓉山下的倪瓒纪念馆，拜谒过他的墓。每次去，都有种感觉，他站了起来，从画里走出来了，冷峻地对我说："长大厦好吗？祇陀寺好吗？"我心中无底，愣愣地站在潮气扑鼻的纪念馆里，像个木头……

逝去几百年，他最关心的肯定是他的家乡……

华察肯定也最关心他的家乡，尽管东亭是他的第二故乡，但他以"五不欺"的做人准则，由荡口一迁至东亭就大兴土木，建造起了民间传说的"龙庭"。

不管这说法属实与否，有一点是绝对的，他热爱东亭，他要扎根东亭。至今，虽然他的"龙庭"不再，但"明华学士坊"还以雄伟的气势矗立在东亭中心小学的大门口，诉说着曾经的辉煌，曾经的曲折。

以我理解，华察"千日造龙庭，一夜改东亭"之说，肯定是后人借题发挥，或者索性是个讹传。就像《唐伯虎点秋香》，根本是个戏本，是有人笑里藏刀，对华察一家的报复与丑化，却有人硬要说成是真事，贻笑天下。

华察是因为官场失势而退隐回乡的，其实以他的身份和做人准则，即便大兴土木，也不会高调到要把自己的府邸说成是"龙庭"。作为翰林大学士的他，给东亭起个别名倒是很有可能的。东亭，很可能就是他的意为。这是个方位加寓意的名字。东，无锡城东也；亭，我以为很可能不会是亭子的意思。介绍刘邦身世，有"泗水亭长"之说。亭，秦汉时代设置的一级政府组织，这里很可能用来借喻乡或镇的意思。这就告诉我们一个信息：东亭，早在明朝时期就是一个"城边乡"，按现在说法就叫"城乡接合部"。

这就有了华察从荡口西迁的意义：靠近城市，又不在城市，是个乡不乡、城不城的地方。相对于行政管理来说，官员照顾得多，来去得多，就是说信息量大。你想，就在元朝，杭州的张雨、常熟的黄公望、湖州的王蒙、嘉兴的吴镇等有名望的人物，就能自如地来到倪家做客，品茶、写诗、作画，要不是借助城市的驿道等交通，很难做得到。还有管理上的"灯下黑"，很容易出现有意无意的管理疏漏，这就慢慢有了东亭上流阶层思想的相对自由和活跃，他们追求人格的独立，意趣的超凡脱俗。

"渔舟一叶，聊且避风尘""孤篷听雨，灯火江村"，就是倪瓒心里的人生极致。

这就给东亭的性格注入了包容、宽厚、融合、敢先、拼搏等非常灵性的特性，像是一种个性的自定义。反过来，又为东亭的人才辈出埋下了伏笔。这就不难理解在二十世纪五六十年代，如此禁锢、封闭的岁月里，能在东亭创办起中国第一家乡镇企业——东亭造船厂；八十年代创办起第一家私营企业——林芝祥发公司。后来，开放更像开闸，在东亭的土地上引入了台资企业，成立了台创园；设立了省级直至国家级开发区。经济、文化、社会事业建设从此日新月异。现在，走在东亭的任何一条马路上，城市化就像火车头一样轰然而来。

这一切的一切，都是东亭性格里注定要得到的荣耀。

与东亭街道王主任闲聊，说到政府大门口因为挡上一条由西向东的地铁高架而有损观瞻时，王主任不以为然，信口说："大家都说这才是政府门口崛起的一条真龙。"我顿然眼前一亮，这难道不是当代东亭人一种更包容、更宽厚的胸怀和更远大的眼光吗？

是的，地铁时代已经来到东亭。东亭赶上了好时光，以后的路，注定会超越先前任何一个时代。

珍惜每一把蔬菜

种一畦菜田，在我思想里一直以为是最容易不过的事情，翻土、撒子、浇水、发芽、长苗、收获，闭上眼睛都知道这些程序要多简单有多简单。

从前，一颗不小心散落在地边的种子，即便你不管不问，没把它当回事，它照样长出来，往往还能长成一颗硕大的菜，成为一份喜出望外的收获。

二十世纪八十年代，我种承包地的时候，因为要上班，工作紧张，哪有心思去细管责任田。但不管交不了账，总不能把好好的田荒着吧。于是稻还没有上场，就在一个雨天后把麦子撒了下去。田地里一边长着稻，一边麦子在稻脚边发起芽。这在当时有个专用名词"懒污麦"。从来不用费什么心思，从来不担心麦子不长芽儿。到稻子收割上场时，田地里已是一片青翠，麦苗嫩嫩的在秋风中摇曳。

有几年播秧落谷，有充裕时间的人家总把秧板做得方方正正，平平坦坦，水在秧板上均匀地躺着。沉淀清了的水，像面镜子一样平整。我哪管得了这样细致，用条扁担，三下两下就把三垄秧板整了起来。再用扁担在秧板上耥几下，算是平整过了。人家干一整天的活，我显然没用多少时间。当然活是粗糙的，秧板的形状有点歪歪扭扭，板面高高低低，有的地方水汪一片，有的地方隆起一块。我也不管它，庄稼贱着呢！只要有水有空气，不怕不长苗。从来没有想过水和土壤会不会损害苗子，更没有想过种子会不会不出苗，一切好像理所当然，一切都不用人去瞎操心，多顾虑。有的只是坦然和胸有成竹。

只是会遭一些"老把式"说三道四，说我做农活粗制滥造，不像农民的样。我不怕，因为知道自己不是种田的料，也预料到种田迟早不是我的事，应付得过去就行了。因此，即便有时间，也只管抱本书，晒在太阳下，惬意地沉浸在文章里。

从来不因为我的粗制滥造而长不好苗，相反，秧苗总好像乐于为我争气，季季长得既有力又粗壮。所谓"勤快人反被懒人笑"。追根问底，个中原因其实简单得很：粗糙的泥土包含更多的空气，高低不平的秧板，少不了干干湿湿。稻谷发芽初期，最喜欢的就是这样的生长环境。呵呵，有点歪打正着吧，不是吗？曾经一个历史时期，种麦推行薄片深翻山芋垄，插秧实行拉线定点，土地折腾得没有个生气，庄稼吃足了苦头，自然长不好，结果年年减产，庄稼人最后连饭都吃不饱。

这是庄稼对人们无知的报复。

我在屋后开垦了一块菜地，没有一点种不好菜的心理准备。先去种子店买韭菜、苋菜、小白菜种子，发现包装袋印着"日本原种"，着实让我吃惊。难道小小一颗菜种子也要从日本进口？店老板支支吾吾："大概国内公司不值得弄吧。"我立刻有种危机感，这可是国计民生呀，从国外进口不仅品质是个大问题，安全性也没有保障。要是人家给你的是转基因的怎么办？店家说现在一统天下都是日本种子，我一介开店的，只管有货卖，哪管得了别的。

无奈，种子拿回家，除草、翻土、平整……前期忙了几天。等到种子种下去，浇水、盖膜……做得比任何时候都细致。

有闲时和闲心，有一小块田地侍弄，有种回归的感觉。

春天的太阳很容易催生种子。我想只要风一吹，种子就会像姑娘一样蹦出芽儿来。然而等了一个星期，丝毫没有动静。膜旁边的牛毛草倒蓬蓬地冒出来。还有水花生，细细的芽儿，透着红红血性，顽强地延伸出一节节。第十天，膜下终究什么也没有长出来。只得去种子店问究竟，而店主强调种子肯定没有问题。那问题出在我身上？店主问浇没浇自来水？有没有施尿素？尿素没用，自来水倒是肯定的，不浇自来水还能浇什么水？河水？周边哪还有河！河在街上都成了稀罕物。除非往公园去，可以见得着一两条人工河。店主用肯定的口气告诉我："种子被自来水里的氯成分烧死了，以后自来水隔几天再浇。"这可让我长见识了，现在的菜种子，岂不像现在的人一样娇贵了？吹一阵冷风，犯一个感冒，少不了进医院挂三天盐水。

从头再来，这回我更加小心了。屋后有口化粪池，长年没有打开过，池内的粪水一定既败火又肥沃。想起当年父亲种菜，种子一撒下去，总爱浇些清水粪，他说清水粪很容易催籽发芽。一露芽，肥料充沛，芽儿也粗壮。从来，每茬菜他都种得肥肥壮壮，青翠叶嫩。我按部就班施行下去，岂料一等十天，韭菜也好，苋菜也罢，还是一粒也没有长出来！旁边的牛毛草、水花生倒是长得特别疯狂，莫不是粪水的营养都叫它们吸收了？这回，我真怀疑受日本人捉弄了，莫非这就是假种子？

再到店家反馈信息。店家说，你买种子那天，有四五个人买了与你相同的种子，人家都出得好好的！店家说得有根有据，那又是我的原因了？我冥思苦想。店家说问题肯定还在浇的水上。说到了化粪池。店家说清水粪好是好，只是现在家家户户都用洁厕粉之类的东西，浇种子难保浇不死。哦，我突然明白过来，家里经常用洁厕粉，粪水里一定有很高的含量。原来粪水早被污染了。日常生活中的我们，每一天都在有意无意地做着为一利生百害的事，这是不是现代人对大自然的另一种伤害？不过，我还是有些不服气，因为杂草为何长得好好的？店家说，是呀，庄稼哪比得了杂草，要除它都难。像动物世界，越野性越能生存。现在的庄稼也像人一样，靠化肥、尿素、复合肥，早退化成贵族了！

那就先除草吧。我买了一瓶封闭型除草剂。店家说用过三五天，杂草死光后，放心播种好了。草除了，土晒了，我想这回万无一失了。下种那天，我特地开车去乡下弄来河水。细心的背后，其实隐隐有一种心理恐惧。

真所谓越害怕的事越找上门来。给你说也不会相信，第三次种下韭菜、苋菜、小白菜，一个星期还是没有出芽。这回好了，连草也不长了，白白的一块光田，晒在进入小伏的天空下。

赶紧再去种子店。店家也不相信，说我像侍候皇帝一样侍弄这些种子，难道真成冤家了？排查来、排查去，店家说要么出在你用的除草剂上，是不是量用多了？我怕他不信，把瓶中余下的带了去让他看。不看不要紧，一看店家大叫起来："错了，错了，可能你拿错了。这下好，你至少半年不能种什么东西了。呀呀呀，草干灵，最毒的一种药……"

这回是土壤沾上毒了。看来，种点菜再不是那么容易的事了。真是为菜农们捏一把汗。

饭桌上，我向家人吐出一句心里话：从今往后好好珍惜菜场出来的每一把蔬菜吧！

找土下种

站在地球上，谁都不会怀疑，最不难找的是你脚下的泥土。

通俗点说就是泥巴。说泥巴，可能会让有些敏感的人生出不适来，皱眉，摇头，甚至恶心。小孩子玩泥巴，沾在裤子、鞋袜上后，大多会被家长骂得狗血喷头：你玩什么不好，玩泥巴？没出息！看看你一身脏，夜里去跟猪睡。玩泥巴都与出息不出息相提并论，嫌泥巴脏是最小的成见了。

但是，现在你就是想弄上一身泥巴，几乎都不太可能了。人们为了干净，为了文明，为了时尚，大街小巷都覆盖上了厚实的水泥、柏油、花岗岩、大理石、瓷砖，至少也是石子。泥巴不仅被屏蔽在了人们的生活之外，连视线所及都不一定能看到。不知是泥巴可怜，还是人们自身可怜？

屋后有块空地，一度铺上了石子，就差没有浇上水泥了。还土复耕是我多时的想法。种点蔬菜、花草什么的，既可以休闲，又有收获的喜悦。随着年岁的增长，也算回归农人，放松在自得其乐里。

从哪里去弄泥土成了我的心病。到物业处借来辆垃圾车，车身上尽是肮脏痕迹，它一定见过许许多多的垃圾，但不一定见过一块像样的泥土。它要能说话，一定会告诉我真相。我拖上车子满街头地跑，目的当然很明确，找上几车泥土。但是，出人意料，除了晒在太阳下的水泥路、柏油路、瓷砖路，哪找得到一点泥土的踪迹！

泥土都被压在了路的底下。我抹把汗，望着硬邦邦的路面，用剑一样的目光直想问一声底下的泥土，你压在路下安好吗？你记忆里有太阳吗？想过雨水的滋味吗？依然有蚯蚓在你的怀抱里拱来钻去吗？泥土没有回答我什么，我的心里涌起丝丝的伤感。唉，泥土，其实连我的一丝声息可能也听不到，它甚至都可能不知道我的存在，感受不到我脚步的声响、脚底的点滴温暖。它隔绝了我，虽然就在脚底下，但跟远隔重洋有何区别？

泥土还是有的，只不过都被人们圈了起来，当了宝贝样的稀罕，或者说做了亮眼的点缀，就像家里养的狗呀猫呀的，侵犯不了。大多的花坛里，有的种上了花木，有的种上了草坪，有的堆上了太湖石……我不见得把人家的花木、石头扒了来满足自己一块小田的私欲吧？

拖上车子不死心，一路跑一路找。车子拖起来很轻，风在街道上卷来卷去，车子有些飘。是呀，要是有泥土，恐怕没有哪一种轻飘压不住。车子撞击着水泥路面，发出咣当咣当的声响，好像嘲笑我自作多情什么的。泥土就像良家妇女，早怕丢人现眼，远离城乡，躲进角落里去了。

在一处垃圾集聚区，我终于看到了一堆泥土，有种喜从天降的感觉。后来发现，其实不能说尽然是泥土，它只是各种垃圾长期累积又腐蚀的结果。用铁耙盆开来，泥土黑乎乎的。再盆开，庐山真面目不断显露，里边夹杂最多的是塑料袋，拉起来哗哗地响。真像有些书上说的，即使埋上几十年，还是一只只塑料袋。也许这些塑料袋埋在泥土里，正耐心等着翻身这一刻的到来，也许它们还在做着什么美梦？

再有，少不了的就是玻璃碴子、碗片、瓷块等。一见天日，都亮晶晶地耀着光。我一边细心地捡拾出来，一边丢进旁边的垃圾桶。一不小心，手指割破了，血滋滋地冒出来。唉，这样脏的地方，该不该去医院消下毒呢？还是用清水洗洗算了，懒得小题大做，用纸巾止住血就过去了。但心里不免有些不安，怕感染。

又翻出来一片片的药包装，锡纸都新崭崭的，有的里边还原封不动地包着药。人哪，你轻手一丢，莫不是把土地也药苦了？

半天，看得见的垃圾捡了一大堆。嗨，还有看不见的呢，如重金属，再如化学元素等。我一车车拉着泥土，却又一次次怀疑，一次次后悔，担心种的蔬菜会不会被毒死，或者索性变成了毒蔬菜，危害自己和家人的健康，得不偿失。

难怪有家灵芝公司，每年三月份都得邀请专家对种植的土地进行清洗。开始，我怀疑是不是多此一举，或者有意炒作，现在明白，一点不过分。土地的肮脏已经到达了骨子里。

可怜呀，即便有土地，也不是理想中的土地了。

还靠什么来种植和养殖健康的植物、动物呢？后屋的泥土花些气力，算是填满了，但该花多少心思去治理呢？所以总迟迟不敢下种……

山前吟草

山前并非仅仅是一个地名，还有方位和地理意义。把方位和地理包含进地名，地名里注入方位和地理。可见，这个方位和地理对于山前人来说是多么重要。

山前，顾名思义是在一座山之前，还应该在山南。非同小可的是，这座山叫顾山。

顾山地理位置十分偏僻，离无锡 30 千米，离江阴 40 千米，离常熟 20 千米，处三界之交，所谓鸡鸣闻三地。然而，恰恰就是这不绝的鸡鸣声，几十年来让山前村远离了浮躁，远离了喧哗。

山前人一直在顾山南坡的阳光里、明媚下、茂盛中平静、安乐地生活着，他们既享受顾山自古以来盛名的荣耀，又接受顾山盛名的洗礼，渐渐地，倒也顺理成章地形成了自己的独特区位、独特文化、独特民俗的风尚，让现今生活在大都市的人们，在顶礼膜拜时，大呼小叫，惊叹这里是"无锡最美的村庄"。

　　山前，除了名字给人山和空间的许多遐想外，还可以从顾山与村庄浑然一体的相融中感受。

　　山里有庄，庄里有山。一草一木，一桥一亭，一墙一瓦，一塘一水……处处浸润着墨一样深的山的灵性和人的气脉。你尽可以从景致与人文的一脉相承中，领略传说和故事的感动，感叹当年梁太子萧统在这里的闲情逸致和零零碎碎的风流。你也尽可以从一排排农家大门的敞开和紧闭里，体味一家家日久天长的温馨和劳作。

　　这一切，其实还不足以让你真正了解山前的美、懂得山前的美。我在依山傍水的吟草轩，静静地端坐和感悟，想从这亭的气韵、这山的剪影、这水的荡漾中，找到山前大美的缘由和依据。

　　吟草轩……呵呵，有意思。一般来说，哪怕就是一个不起眼的小亭，只要有依山傍水的雅致，都会很刻意地起个附庸风雅的名字。然而，山前人，却没有被这风雅所迷惑，他们只是给一介小亭起了个极不起眼的名——吟草轩。对于一介农人，屋外，田边，终生都是看腻了的草，看烂了的草。草，不仅太过普通，还太过贱生。而山前人居然把草当起宝贝，堂堂正正写到亭子上。这草，还真有什么雅意诗兴？还真有什么足以心动的深意？

　　山前人，就是有这样的热情，这样的思想，这样的心境，用非同寻常的眼光，看遍地生长的草。"野火烧不尽，春风吹又生"，吟草轩的柱子上，这联写得风生水起。这就是山前人热爱、敬重的草的精气神，草的生命力，草的哲理寓意！

　　多少年来，在生活的长河里，顾山就是像一株草，生生息息，风风雨雨，起起落落。

　　山前人，家住在这里，生活在这里，天天与山同呼吸、共命运，面对山的一切荣辱，从来处变不惊。他们一天天地看太阳由顾山的东边升起，西边归落。二十世纪八九十年代，顾山曾经天天炮声隆隆，烟尘笼罩，穷苦的人们本着靠山吃山的理念，挖山卖石，到头来禽鸟飞绝，东麓沦陷，西首绝灭，最终成为一座枯山。一座死山，如形似影的"龟顾东海"美景形神消去，雅致不再。

　　山前人，最早从山的失落中觉醒，竭尽全力还石植林，把一座断垣残壁的顾山，硬生生恢复了生气。现在的顾山东麓，锡张高速公路宛如女人胸口的一条黑色丝巾，飘然串联起一块块庄稼，一片片青绿，一条条河塘，蜿蜒伸向大江南北。山的西首，锡张公路擦山穿越。无论你从什么地方、什么方向来山前；无论你走公路，还是水道，交通四通八达，像串个亲戚一样方便。就是从上海来顾山，顺着沿江高速，到山前道口下来，如同上海去苏州的西山，要不上两个小时。顾山顶上的岚光楼里有了你喝茶、登高望远的身影；一家家大红灯笼高挂的木栅门楼里，有了你享受农家乐的纵情笑声。

　　顾山还像一株草开出的花，有着掷地有声的名望。那是曾经弥漫在顾山上空的浓浓的书卷气。一千四百多年前的梁太子萧统，曾于常熟虞山读书，做着"五六月间无暑气，百千年后有书声"的功课。他后来抱着"观乎天文以察时变，观乎人文以化成天下"的宏伟大志，来到顾山。他静坐香山顶寺，在点点香火的弥漫里，用一颗素禅的心，追索和研究上古七八百年的美文，编撰出了涉及 130 位作家，38 类诗、文、辞、赋，700 余篇经典，总三十卷的《昭明文选》，在中国历史上奠定了"文章祖宗"的地位。然后，战争和时变，一度把香山顶寺拆了，香火和晨钟暮鼓淹没在了瓦砾里。文选楼毁了，《昭明文选》遭批成毒草。而山前人却没有泯灭心愿，想着终有一天香山顶寺、文选楼会重放光芒。

点亮人心的东西，终究春风吹又生。现如今，香山顶寺静卧顾山西南，佛门洞开，高大的树丛里黄墙闪烁，洋溢着挡不住的庄严和香气。顾山东麓，一栋文选楼式样的宏伟建筑，耸立在葱绿山坡的草地上。透过广荫桥旁一片竹园，竹的挺拔与这栋时髦的"度假中心"相呼应。什么时候，朗朗的读书声又会从这栋楼里传出来呢？

顾山还有一株草的风花雪月。梁太子萧统一边潜心于《文选》的编撰，一边闲情逸致，云游顾山脚下。竟然与一位有才识的貌美女子结缘相识。相遇就有相思。红豆寺里，太子萧统为了他的相思，亲植两株红豆树，至今一千四百多年，根深叶茂，遮天蔽日，好像太子与小尼姑在感天动地地诉说相思。也就是这"红豆"两个字，被一家上市的集团公司所应用——红豆集团股份有限公司，用六十多年的发展，拓展了"红豆"两字的一片新红火，"红豆"两字也生发出了经济的含意和分量。

顾山更是一株希望草，两朝帝师翁同龢，在光绪年间，朝圣顾山文选楼，他感叹乡人："奈到处聚观耳。"后来他走过的路成了现在的状元路。状元路从山脚的农家书屋起步，拾级金山石上山，至顶，岚光楼豁然开朗，顾山大地尽收眼底，看得到红豆集团庞大的企业集群、林立的厂房、耸天的高楼胜景，一派朝气蓬勃。

再次想起吟草轩上的一句话：春风吹又生，不就是萧统在《昭明文选》序中写的"冰释泉涌，金相玉振"吗？

三代人的校园

　　每个人的少年和青春都会在校园里度过。校园会给每个人带去无尽的记忆和若隐若现的人生影响。

　　想必这几十年来，各级政府都明白了这样一个简朴又不简单的道理，不然，改革开放后，也就不会倾其力量重视各级校园的现代化氛围和文化环境的建设。

　　我是从送五岁小孙子上幼儿园时想到这个命题的。小孙子上的幼儿园在我们镇上的新街区，一所新建五六年的完全现代化的时尚幼儿园。走进大门，威严的保安站着岗。里面像个童话里的宫殿，宽敞的走廊里有孩子们喜爱的各种植物标本，五花八门，有点植物园的感觉。楼与楼的中间隔着宽大的天井，旁边草坪绿色茵茵，还有各种儿童玩具，绕来转去的滑桶、风中轻摇的秋千、尖顶装饰的滑梯、网格状的蹦蹦床、动物形状的跷跷板等，像个小小的儿童乐园。

孩子们放学了还不肯往家走，非要在乐园里玩够了，才肯一步三回头地撤退。孩子们的教室里，窗明几净，小板凳、小课桌一应俱全。他们忽而围着小板凳坐，一边做游戏一边学知识、学道理；忽而把课桌铺展开来，大多是吃饭的时候，一人一个不锈钢的快餐盒。菜饭是专业厨师做的，营养搭配齐全。孩子们吃完了盒里的饭，还要什么可以继续添加，由老师守护着，添多添少，孩子自己做主，也有老师把关。教室的后半部是孩子们的睡床，一张张小睡床整齐地排列着。睡床有安全护栏，一人一张，午睡时互不干扰，温馨安静。孩子们比在家里睡得还香。这就是当下我孙子进的幼儿园，看了让我心动，让我羡慕，让我感叹。

一代人一代福呀！

想起自己上学校的时候，那时是没有幼儿园的。记得母亲的话："幼稚园要城里才有。"母亲把幼儿园说成"幼稚园"，那个年代在大人眼里对幼儿园其实也不懂。

我到八岁才上学。小学就在村东边不到一千米的地方。校园里有两棵近五百年的银杏树，遮天蔽日，从早到晚树上都是乌鹊和麻雀的叫声。坐在教室里常常会被鸟的吵闹声催生出捣鸟窝的幻觉，以至于老师提问的时候，常常会答非所问。更恐怖的是放晚学后被留校，脑子里全是大人说的哪个教室是什么老爷殿，哪个教室的梁上有吊死鬼，连厕所里也传说常有鬼影出现。

学校是由一座寺庙改造来的，木结构的矮房子，历史应该与这两棵银杏树龄差不多。一个个教室就是以前的观音殿、老爷殿、菩萨殿等。教室里昏暗潮湿，黑板上的粉笔字好像一直写在水上，总是隐隐约约的看不清。整个小学从一年级读到五年级，每个学生放了晚学，都是赶紧逃回家，不敢在学校多留一分钟。学校带给我更多的是简陋、恐惧、紧张和心里压抑的感觉。

到女儿上学，有了好机会，农村学校实行了撤并，学生们都来到了街上的中心幼儿园和中心小学上学。这儿都是新校区、新楼房、新课桌，完备的现代化教育条件。到女儿上初中时，更是幸运无比，怀仁中学从黄土塘移地到了东湖塘，建起了一流的新学校。在整个地区，堪称首屈一指。连操场设施、学生食堂和厕所都是一流的。教室里用上了电教化设备，老师讲课也不再声嘶力竭，全然是图文并茂，通俗易懂。更不可思议的是，接送孩子的工具慢慢发生了巨大的变化，由开始的自行车、摩托车，变成了小汽车。每到早上、放晚学，校门口都是挤挤挨挨的汽车，有时会挤得水泄不通，令人叹为观止。

到女儿中学毕业，怀仁中学竟与东湖塘中学分设为两个校区，教育条件又有改观。怀仁中学再次移地，投资近两亿元建起了一座超级时尚的全新学校，甚至超越了城区里的著名学校的设施。寄宿条件公寓化，可能对不少孩子来说，远胜于他们家里的条件了，因此城里的孩子、外地孩子都希望来怀仁中学寄宿就读。

国家的希望是孩子，国家的未来是孩子，真是从这些巨变中感受到了政府行动的真实和远见。

春天的书写

今年早产的是春天。

我从紧闭的屋子里走出来，突然发现，遍野已是黄黄的柳絮，黄黄的油菜花。

春节里先是冷，一个劲地降温。冷时从室外移进家里的花草大多冻死了，叶子先是蔫蔫的，再是紫紫的，像有些人手上生的冻疮。不想，春节后突然升温，到三八妇女节，城里的女人出起了风头，超短裙一片片的，每条超短裙下是捂了一冬白得像云朵一样的腿。这个时候，我赶紧在园子里播下雏菊花、牵牛花种子，三天两头浇水，想让它们抓紧出苗，以花迎春。

然而好戏并不连台，中旬突然降温，北方下起了雪，南方降下了霜。刚露头的芽芽像爱情路上受骗上当的小姑娘，有了死的念头。再升起温度时，花籽正在泥下进行着葬礼，留下的是一片片板结的泥土。春天难产了！

难产是我的主观臆断。

一花独放不是春，百花齐放春满园。春不是种出来的，春是花花草草经历乍寒还暖的磨难后的重生绽放。重生绽放的必然结果是春的真正到来！

所以，春难产，也会产；早产，春更驱寒！

春天，最挤的是花开。

田野里、山坡上、河塘边、房前屋后……花开无处不在。梅花、迎春花、杜鹃花、郁金香、桃花、梨花、紫藤、油菜花、山茶花……就连不知名的小野花，红的、黄的、紫的、白的、粉的……都竞相开放，繁花似锦，可谓百花齐放，百花争艳。事实上，还远不止百花，应该有不下千种花、万种花。

我的意思是，在人的眼睛里，甚至深入人的内心里，从来没有人把开再多的花说成拥挤，说成受不了。相反，倒是哪处越有花，越有挤挤挨挨的人，人们越会蜂拥着去看花，大有人潮挤过花潮的凶猛。哪怕花钱，哪怕受累，也还心甘情愿。

蜂呀、蝶呀也一样，越是花多的地方，越是蜂拥着去朝圣，嗡嗡声在花间唱成一片，好似与花有说不完的情话。

人乐于接受的拥挤，唯莫过于花的盛开！

如果人活出花的样子，想必你就不会是拥挤的一分子。你被人喜欢，你喜欢别人；你想多看一眼他，他想多看一眼你。这个世界即便果真还是拥挤，可能拥挤只是一种外在表露，拥挤可能完全被淹没在了你内心的平和、平静和宽容里。

　　如果你是一朵花，就花开自己。只管在盛开中展露你全部的美，倾尽你全部的芬芳。不要左顾右盼，也别管人家是君子兰还是牡丹花，你开你的。就像田间的毛草花、马兰花、狗尾巴花……一点不起眼，但她们知道只有花开，才真正拥有春天。

　　花开，唱出春的美艳，你就不折不扣拥抱了春天，书写出了春的价值。

帝相斗山

斗山有着帝相之势，帝相之运……一直这样认为的我，也一直这样信奉着这座山。

一

那一年，父亲过世的时候，我们兄弟几个商量，让父亲去斗山占一席好地。老话说：人活街头，死葬山上。在我们的信念里，斗山是最合意的。后来因为碍于"孝子必先抱脚父坟"的祖训，只得归宿在一个河湾的祖坟里。幸事错失，念想，我们却一直没有忘怀。

第二次险些浸润于斗山是小弟的决心。他想在斗山脚下的坡地上、树影下、茶垄边，开辟一块自我小天地，就像现在的白茶园、大自然农庄、竹韵茶园、雪桃农庄、柯园等一样，营造一片心灵的世外桃源，释放内心由山山水水带来的闲情逸致和雅趣喜好，直到黑发变白发，白发润天年。谁会想到，抱着这样想法的人实在太多，有人十多年前就已捷足先登，很难再有插足之地，小弟只好望斗山兴叹。

但是，由于这一生一死带来的念想，斗山却更走进了我的内心，更有了神秘的魅力……

二

就像大多数身居斗山的乡人一样，我也相信四千多年前的舜帝，少时盘斗山而居，负重躬耕，负重生活，负重孝亲……最后感动尧帝，禅让接位，君临天下，圣明卓著。

也相信斗山周边至今留存的"舜帝躬耕处、舜帝避雨石、舜帝钉耙印"等遗迹不仅仅是为满足乡人的荣耀，更有千年传承的感召和影响力。

还相信舜帝倡导的"润天地，识气象，怜众生，护万物，爱禽兽，睦邻友"思想，不仅根植于一代代斗山人的生命里，还在生生不息地传递着，光大着。

水墩庵可以作证，这是山脚边一块小小的宗教领地，珍藏着三块高挺脊梁，被认定为"中华生态保护第一碑"的石碑：禁约碑、放生池碑、永禁碑。从大清刻立到现在，近四百年的历史长河里，斗山人始终把这三块碑当作神灵一样供奉着，当作誓言一样坚守着。

斗山西麓的舜帝殿也可以作证，沿古朴石阶拾级而上，天空逐渐高远，山下农田格田成方，河塘碧水清波荡漾，村庄小楼比列而排……殿前，香火缭绕，烛光普照；殿内，舜帝威仪，"天人协和，万物共荣"的匾额高悬，短短八个字，浓缩着舜帝的思想精髓，也成为后来老子写作《道德经》传承并光大的思想主体。斗山人建造舜帝殿，似乎不为显摆什么，他们只是要从建殿、立殿的行动中，在斗山树立一面立体的旗帜，告诉一代代后人，落实"天人协和，万物共荣"不能光是嘴上说，还要像舜帝一样，以践行，护佑这块宝地，发展这块宝地，达到"万物共荣"的目的。

三

不管春夏秋冬，风霜雨雪，任何时候、任何季节、任何时辰，你来到斗山，都会被各个时节的景美、情美所感动和陶醉。

一座座葱绿掩映的山，像一颗颗串接的珍珠，镶嵌在江南水乡辽阔的平原上，让本来平仄的水乡，峰峦叠嶂，群山环抱，给水乡平添起无穷的诗意和雅致。

斗山是一个组合体，由夹山、泉山、横山、潘坤山、智友山、馒头山、塔山等环抱而成。从天象看，恰似北斗七星，先人就此命名斗山，这似乎隐藏着天道神赐的寓意，说明斗山的命，在一开始，就注定要有鬼斧神工、万千气象和秀美灵动。

的确，你来到斗山，踏遍一道道山梁、一垄垄茶地、一方方竹海、一条条小溪、一汪汪水塘、一片片果林……万千感慨不禁心头起，这不就是世外胜地、人间天堂吗？

一个叫陈惠初的摄影爱好者，深居斗山，天天痴迷于斗山，用一辈子的镜头，为它按下千万次快门。他拍的斗山矮脚雾，成就了斗山的仙风道骨，成了一道风景线。中央电视台慕名前来拍摄，制作斗山专题新闻。《新闻联播》播出后，全国的摄影爱好者纷至沓来，就像窝进名胜，一个个心醉迷乱不想走。

其实，斗山所有的美不胜收，所有撼动你内心的感染力，都因了舜帝的"天人协和"，美得自然，自然而美……

四

斗山盛名最为茶。

斗山人几百年来好种茶，但一直是小农作为，不曾重视过品牌打造。二十世纪九十年代，"太湖翠竹"闯入中国茶界，敢于与碧螺春、龙井、毛尖、铁观音等比高下，独创的青翠、鲜嫩、茗香工艺，只要片叶入水，如遇观音，叶身渐长，嫩姿舒放，水色吐绿，生鲜若活。在全国"陆羽杯"名特茶评比中多次荣获金奖。

当下斗山，有一垄垄延绵不绝的茶树，跳动着垄的节奏，蓬勃着垄的生机，斗山浸润在无处不见的茶林世界。

每到春秋时节，遍山采茶女，声声采茶歌，斗山既热闹又多姿多彩。一群群女子，头戴缤纷纱巾，靓丽在茶垄里，一双双手在茶叶上灵巧穿梭。山岚风转，百花争艳，馨香弥漫。再加上成群的鸟儿半山鸣，结队的鸭子塘里嘎……哦，不说人醉，山自醉；不说鸟醉，林自醉。

好山自来好人才。白茶园里，开天辟地来了留洋学子任经理，引入世界眼光和潮流。小小白茶园，茶香名世界，续写出了一则则新的关于茶的故事。

竹韵园里，开辟出了茶园、茶林、茶韵、茶宿等新的雅致。就在山影如墨间、茶垄伸展处、乡野弥漫中，一栋栋木屋平地而起。农家饭、翠竹茶、茶垄行、天地房……不再是一般见识的农家乐，而是让人融化在大自然万千气象和万般精华之中，享受天地与心灵的对话、苍生与人世的交流……到了夜间，你尽可以乘着山色迷蒙、虫鸣四起、狗吠声声，深一脚浅一脚，摸黑游茶垄，摸黑爬山坡。累了，回到木屋小房，泡一杯白天自采自炒的太湖翠竹茶，一边舒心品茗，一边仰头看房顶。房顶一抹天窗，窗里映九天。靠在床头，只见满天星星落床来，一颗颗星星向你眨眼睛、送秋波、说悄悄话……这个时候，你自会心灵震撼，思绪万千……据说这里450元一晚，追捧者排队入住。

"绿水青山就是金山银山"，斗山人用自己的想象力、创造力实现了理念的突破。

还有可以印证的是大自然农庄，这里一年四季种植火龙果。据老板娘介绍，一亩田可以产出40万元。这几近天方夜谭的神话，在斗山，因为有山的精气神，有她的聪慧和勤劳，已经化作她的真实生活。她自豪地说："现在女儿出国留学，自己还有钱养起一盆价值四万元的花。"

再可以印证的是五芝源等近四百家灵芝种植园。一个曾经做过导游的何姓小女子，在斗山脚下投资了几千万元建起了一座科技领先的灵芝种植、加工园。十多年来，种植园与健康、旅游、休闲、科普、度假等紧密结合，做出了一番仙气十足的事业，演化出了一则则"灵仙"故事，外界人都称呼她为"何仙姑"。

灵芝，自古是仙草、瑞草，对生长的生态环境要求极高。恰恰，就在斗山脚下，应运而生的徐林芬灵芝、国富灵芝、福满源灵芝、云坡灵芝等种植园，市场份额有上亿元。不得不信服斗山有着满满的仙气和瑞气，取之不尽，用之不竭。

五

还有一种气，在斗山超越瑞气、仙气，那就是无愧的斗山文化魅力。

最美山村陆家水渠东南角，夹山西麓，一栋四面风火墙的高楼耸立于一大片错落茶园之中，鹤立鸡群，远看恰如一幅江南山水画，入情入景。近前，斗大的黑体字跳在眼前：江南书画院，这是全国著名书法家沈鹏的手迹。可见山头虽小，声名远播，真应了"山不在高，有仙则灵"的古谚。很显然，这个"仙"是斗山人的精神标杆，景仰在人们心中的超脱和雅致。

进入画院，楼上楼下，除了窗口放光，满墙都是琳琅满目的书画画卷。山水、人物、花鸟；泼墨、工笔、写意，芸芸众众，大大小小，目不暇接。观者无不忘情于书画，一边啧啧称奇，一边接受精神的洗礼，收获一份难能可贵的升华。

来自太湖流域的书画家们，常常躲进这里，远离喧哗和嘈杂，全身心地交流、论画和创作，在与山山水水的碰撞中获得灵感，收获创作，发挥出了太湖画派的功勋作用。

斗山人，老画家邓柏良，是江南书画院的积极倡导者，曾经在北京美术馆举办过个人画展。他一生沉浸在对斗山的无限热爱之中，几乎每幅画都用浓墨重彩反映斗山，诉说斗山。斗山的一草一木、一房一舍、一塘一庄，都极其灵动、感性、诗意地展现在他大手笔的画里，表达出了他对斗山山山水水的独到理解和感悟。观者无不心灵激扬，爱不释手。大量画作由此流入了收藏家之手。有一年，他的一幅画，获得了当地政府全国书画征稿金奖。就在这个江南书画院门口，政府举行了表彰及新闻发布会。饱经沧桑的他，披着一头芦花色的长发，上台对着麦克风，说的第一句话就是："斗山给了我爱，斗山给了我灵感！"

是的，斗山已经成为一代又一代人的精神风貌和精神家园。

还有柯园也是一个例证。这是一座用三年时间吸纳苏州园林元素建起来的庄园，占地 50 亩，总投资 3500 万元。里边亭台楼阁、粉墙黛瓦、曲径回廊、真石假山、四合院落、小桥流水、河塘钓台、龟池竹林、玩乐宿营……几乎是江南水乡的一个缩影、江南民生的一幅立体画。巧的是柯园的"柯"，就是舜柯的"柯"。"舜柯天子坐龙亭，天下百姓享太平"，赞颂的是舜帝的英明和百姓的拥戴，这是不是也是一个寓意？

如果陈老板没有对斗山这方土地死心塌地的热爱，没有对这方土地充满希望和抱负，没有对舜帝"天人协和"的深刻理解和信奉，怎么可能在一方田地里投下这么多的血汗钱？况且以现在的眼光看，这里远离城市，甚至远离乡镇，闭塞、孤寂、肃穆，明摆着一串串不利因素。只有陈老板的理解是反常人之道：正因为闭塞、孤寂、肃穆才会显出柯园一方净土的重要。当下大都市中的人，心灵深处向往一方净土，有着逃离喧哗、嘈杂、浮躁、虚荣的内在动力。

柯园浓缩着江南水乡民居生活的独特魅力，肯定会与人们的心灵向往和心灵深处的归属感产生共鸣。就凭这个认知，柯园被评为"无锡市十家五星级生态休闲农庄之一"，这正是代表了时代的潮流。

其实，舜帝早已久远，景仰他，也只是寻找一种心灵的历史归宿，与当下返璞归真的心灵追求，何尝不是一脉相承？

春节、过年咋回事

春节和过年是不是一回事？这问题看起来很幼稚，但也并非那么简单。确实，开始我也说不清，但天意和经验告诉我，它们应该不是一回事。

不清楚什么时候混为了一谈，结果是明摆着搞乱了章法，搞乱了作派，搞乱了人心。

字面看"春节"，就是一个"春"的节令。古时人们也叫元旦、正旦、元日、元首。以"节"来相待，表达出人们对"春"的景仰和崇拜。古时是农耕社会，人们仗天靠地吃饭，盘古开天辟地后更畏敬天地。节令，既神秘又实在，一切农事都围着节令转。"春"的到来，像一双无形的手，能把大地唤醒，能让天时奉暖。"野火烧不尽，春风吹又生"、"一元复始，万象更新"、"日出江花红胜火，春来江水绿如蓝"……都是因了"春"的幸运和美好，给人以无限遐想和希望。

所以春节，紧要做的不是吃，不是穿，不是显摆，不是走亲访友，而是祭天敬地，让春暖在每个人的心里。

皇家在这一天，宫廷官员在皇帝的召领下，来到天坛、地坛，先行盛大祭天仪式，祈祷来年风调雨顺，五谷丰登。风和雨，来自天的掌控，五谷丰登是风调雨顺的结果，跟着就有国泰民安，安居乐业。然后敬地，皇帝亲自下地，扶犁躬耕，撒子播种，乞求土地禾苗茁壮，恩泽天下。

小时候过春节，记得父母也是这样做的。即便再困难，也要备上三荤三素、陈酒香烛、元宝纸锭。先祭天地，再敬祖宗，老老少少一次次跪拜磕头，虔诚无比，神秘庄重，好像天老爷、地菩萨、祖宗八代真都到了家里，受了恩惠。

接下来，放鞭炮、踩高跷、调龙灯，一片热闹庆新春。再就是出门登高、踏青。一家人融入大自然，走进春的气息里，其乐融融，足以把春节的排场引进"天时、地利、人和"的境界。

过年则绝然不同，是个落俗的套路。

本来，"年"是头丑陋的怪兽，面目狰狞。有一年，在一座博物馆看到"年"，身边的小孩子吓得直哭，躲在妈妈怀里不肯下地。可见孩子们见不得"年"，所以要压岁钱，如果"年"要吃孩子，孩子就可以从口袋里掏出钱来贿赂"年"，让"年"像贪官们一样，中饱私囊，然后高抬贵手。所以民间流传"年关"一说。所谓"关"，就是关口、关卡。一夫当关，万夫莫过。有则《白毛女》的戏，说年关时期，地主逼债，杨白劳只好把爱女喜儿抵债给地主黄世仁。不管这事是真是假，形容年关难过倒是最确切不过了。

眼下，年关最难过的莫不是老板们。自己的钱要不回来，但工资要付，奖金要发，三头六臂的人要应付。哪个环节出了问题，不是逼死老板，就是逼死员工。所以时有跳楼讨薪、跳楼逃债的事情发生。一笔债，严峻到这种地步，凶险无常。

还有难的是几亿人赶几百几千公里回家过年。车票难买不说，即便有票，一路倒腾转车充满险阻。有车族走高速，拥堵没商量；骑摩托车，风餐露宿，到家都快冻成木头疙瘩。归根结底最累的是心。"有工作的地方没有家，有家的地方没工作"，硬生生把人的灵魂与肉体分崩离析。

难的还在撑场面。年关人情多，结婚嫁女、添丁寿庆、生日乔迁……礼钱都在水涨船高。送少了，有被六亲不认的风险。弟兄们三缺一，总得陪场子吧；拉郎配进了歌厅舞厅，谁都知道不能光花人家的钱……做人难，难做人，大实话，就是最不能缺钱！钱、钱、钱！没钱，寸步难行！没钱，活得比鸿毛还轻！

年节总得请客。亲朋好友，聚聚就得三四桌。少点讲究，不进高档饭店，但老酒、香烟、饮料，加上冷盆菜、热炒、海鲜、甲鱼、小蹄髈……没个两三千没法出门。小辈来了，一人一包压岁钱，口袋里藏部轧钞票机都来不及！所以过年，没有人不说累。

除了累，还是累。累上半条命，还得累出一身债。好在来年还有活头，再次奔波工作一线，再来加班加点拼上命攒钱。攒够钱，再过下一个年关，如此反反复复，没有穷尽。

　　好就好在，春节和过年混在了一起，就像一对孪生兄弟，生于一胎，但个性不同，一个像书生，一个像地痞，把你的春节活生生折腾得快乐中有痛苦，痛苦中有快乐。这就是中国文化的智慧，任何事物相生相克，以此来让每个人活得多姿多彩，但也艰难曲折。

响洪甸，是晴是雨仙出没

`

到响洪甸水库，一次是雨天，一次是晴天，这样不同的境遇，是不是响洪甸水库赐予我的特殊的缘分？

响洪甸是嵌在大别山深处的一个镇，名字里可以闻得到水的味道，似乎自她诞生开始，就命中注定要在这里建起一座水库。二十世纪五十年代末期，全国掀起"一定要把淮河治好"的热潮。江淮分水岭间，大别山的环抱里，一座水库应运而生。近水楼台先得月，响洪甸成了这座水库的名字。后来因为名列大别山五大水库之一，响洪甸水库就叫响了。这水库不小，总面积60平方千米，总库容30亿立方米，可以淹没麻埠、流波两个乡镇。眼下库水漫漫，广阔浩瀚；水天一色，清波荡漾；山水交融，浑然一体；鸥鸟高飞，叫声回荡，一幅醉人的山水画卷。

响洪甸水库就像镶嵌在大山里的一颗珍珠，那一层层的山，远远近近，高高低低，错错落落，好似电影里常常有的沙盘一样美妙。

晴天里，天高云淡，水波在微风里荡漾，金光灿灿，闪烁不止，宛如千千万万颗珍珠洒在水面上。一座座山在光的背景里青翠如墨，灵动万千，感受得到浸润着水的滋养、水的灵性。站在游船上眺望，一座座山好似漂浮水面，轻巧地一步步向后移动，由近渐远，由远渐近，无穷无尽，变幻莫测。好想一步跳上山头，奔进山去，融化在山的仙气里！

下雨天，空气迷蒙，山像披上了一层轻纱，变得异常缥缈。一团团云雾，盘旋在山顶。山忽明忽暗，忽有忽无，虚虚幻幻，真真假假，充满了诗意和仙气。再站在游船上，脚下的水像悟空身下的云，人好像不再存在于现实世界，而是突然腾云驾雾，进入了云天，来到了仙界，心里有了仙风道骨的感觉。

我第一次到响洪甸水库时，正在下秋雨，寒意中树叶耷拉，雨水不停地垂落下来，把树叶洗出了金黄色。

那天与一批台湾客商同行，台商大多六七十岁，本都到了残烛之年，再加天气寒冷，雨水不止，想必他们会愈加老气横秋。不想，我大错特错，他们一上船就被眼前云里雾里、仙气缭绕的景色所吸引，所感染。有人竟会激动得像少年郎，不自觉地唱起《阿里山的姑娘》。触景生情，想到了台湾老家，想到了日月潭。歌唱得那样得情景交融，声情并茂，听的人无不为之感动。后来大多人附和着唱起来，有人还手舞足蹈。船舱里的歌声飞出窗舷，行游水间，传向水的深处，山的深处，伴起云雨，一起升腾，欲仙不罢……

有位台商说："要说日月潭，还真不见得有这样漂亮！这里才是养老的好地方！"另一位说："是呀是呀，老了就不回台湾了，在这里我们一家建一座庄园，过神仙一样的日子！"

有位台商站在船头不肯进舱，任凭风打雨淋。好几个人喊他，只当没有听到。上了岸也不愿意打伞。有人上前给他撑伞，他说淋淋这山里的雨，也是福分呀。这雨水舔在舌头上甜津津的。看他浓密的胡子上，水珠晶莹，感觉得到他一副神魂颠倒的陶醉样子。

晚上是水库鱼宴，就在水库边的农家乐。店家给我们杀了一条二三十斤重的大鲢鱼，鱼头大得像牛头，可算开了眼界。聪明的店家用一口圆柱形不锈钢桶来烹饪，足有八十厘米深，下边架着煤气炉子。紫色的火苗蹿在桶底，桶盖上蒸气直冒，远远就闻到鱼香味，闻得人鼻子一吸一吸的。开初我想这一桶鱼，怎吃得完。结果，真不可思议，一大桶鱼吃完了不算，还有上来的明炉鱼、辣椒鱼、鱼杂烩、炒鱼肝、炒鱼肫……整整一大桌各色花样的鱼，几乎吃了个精光，可想味道有多好。我们一边吃，一边夸赞，除了鲜美，再就是"鱼味无穷"。让人醉了眼，醉了嘴，也醉了心。后来大家大叫再也吃不下了，但店家仍然一盆一盆地添上来，大家还一次次消灭精光。

因为醇醉于鱼的鲜美，没有一个人说要喝酒，也没有一个人说要添饭，个个只顾着放开肚子吃鱼肉，喝鱼汤，把每个人都美得满脸蛋儿红扑扑，嘴巴上说不尽的甜言蜜语。有的说回台湾后一定再来，一家人不吃一次大别山鱼算是白活了。有个人说要接老父亲来吃一次，这辈子也算是尽到做儿子的孝心了。我估计，他老父亲该在九十来岁，能涌起来这样的念头，可想他真的是被这顿鱼宴打动了。

第二次来响水甸水库是晴天，与一帮子想来大别山投资的老板同行。大家玩过水库，兴致愈浓，便来到水库边的百家冲茶园。走进依山傍水而建的门楼，发现这里别有洞天，是不折不扣的世外桃源。三面环山，山后有山，层峦叠嶂。山腰间云气缭绕，渐渐升腾变幻，如入仙界。一条山溪从山的深处流经而来，水声潺潺。一块块鹅卵石在水的湍流里溅起一团团浪花。溪水充满洁净和活力。草草花花，生命茂盛，张力四射。小溪两边一垄垄茶树修剪得井井有条，碧绿碧绿，每片叶子都泛起水灵。茶垄的尽头或者侧边，冒出一栋栋别墅，那是农家小园。一家家借山蓄势，美不胜收，活在这里不是神仙胜似神仙！原来，这里是大别山瓜片茶叶的核心产地，真正的大别山瓜片茶叶就从这里走向全国，走向世界。

大别山瓜片茶叶乃中国十大历史名茶之一，与龙井、碧螺春等齐名。我相信，好就好在这山山水水，这天地的灵性、灵气，还有这里的人有神仙一样的心境，把茶叶炒进了仙气。

有位老板在回转的路上锁起眉头，凝重地说："我不忍心来大别山投资建什么工厂了。这么好的青山绿水，糟蹋是犯罪，是作孽！这里一草一木都是神仙世界！"

我们住在水库边的鲜花岭，这里听名字就让人心醉，让人遐想。晚上，我做了一个梦，梦见自己追逐在鲜花丛中，鲜花的尽头，是目不暇接的山，一山过了再一山，一山更有一山花……

鲜花岭，我一直想睡在梦里。

一只铜面盆

在淘宝网上搜铜面盆，跳出来几百个品种，我一个个翻看着，想寻找一款我小时候家里用的那号铜面盆。

不是光为用，现在哪还用铜面盆，都是镜台瓷盆了。像宾馆里一样，水龙头一开，热水或者冷水哗哗地流进瓷盆，任由你选择热水还是冷水。不想，这几天里，一直梦到那只铜面盆，金黄金黄的颜色闪在眼前，一段段生活随着金灿灿的闪动，活灵活现地呈现在眼前。

在家族里问过大哥二哥小弟，都说知道家里有只铜面盆，金黄金黄的，厚厚实实，端在手里很重。每个人打小都用这只铜面盆洗脸。早上起床，母亲从竹筒子热水瓶里往铜面盆倒热水，拿起铜广勺，弯腰从水缸里舀起半勺冷水。掺进热水里，伸手试下水温。从面盆架上拉下毛巾，丢进盆里。我们就排着队一个一个洗脸。一盆水往往洗一家子的脸，也只用一条毛巾。你洗了我洗，我洗了他洗，没有人嫌弃这样做不卫生，也没有人怀疑这样有什么不好。都是一家子，父母呀、兄弟呀、姐妹呀，一家子就是喝一个缸子的水，洗一个面盆的脸，用同一条毛巾……不然，哪像一家子，见外就是外人。洗过脸的水，不会随便泼了，母亲会端起铜面盆，穿过天井，跑进羊舍，把温温的热水全数倒进羊圈的水盆里。羊吧嗒吧嗒，一会儿就把水喝个精光。

这只铜面盆是母亲嫁给我父亲时的嫁妆，还配套有面盆架子。架子是红木的还是榉木的已记不清了，当年也没有人关注过什么材质，反正放在后厢房，与铜面盆很般配。毛巾搭在架子上，放上、拿下极其方便。底座放上香皂，顺手一拿，再脏的手都洗得干干净净。与铜面盆一起嫁过来的还有铜脚炉。小时候的冬天，有只铜脚炉，外边下再大的雪都不觉得冷了。一边焐手暖身子，一边煨毛豆子、南瓜子。脚炉里啪啪一响，用竹筷子从灰里挑出来，准已经熟透。搁进嘴里，一股子香脆。兄弟几个可以围着这个铜脚炉边吃豆子边焐手，半天不动身。

这个铜脚炉后来还立过一功。那是大哥与大嫂结婚的日子，娶亲的队伍到了大嫂家，临新娘出门，大嫂母亲提出男方要有个脚炉长长旺气。这是婚俗，大体是讨吉利。

大哥派人立马赶回家。母亲一听说，毫不犹豫地拿出自己从娘家带来的脚炉，跑进灶膛，挖出草木灰，用力擦脚炉面。不多时，一只脚炉新崭崭地出现在大家的眼前。脚炉面上一对密密麻麻的洞孔构成的蝙蝠，金光闪亮，栩栩如生。

这只脚炉曾经是我们兄弟的一宝，我们的温暖，我们的快乐。母亲给了大嫂，其实是一种传承，母亲的内心里充满着骄傲和欢欣。

以后共用的只有这只铜面盆了。有好些年，因为家里兄弟多，粮食一直处于紧张状态，母亲和父亲时常会为粮食而吵架。父亲憋不住火，常常会把火出在这只铜面盆上。一伸手抓起铜面盆，摔到地上。铜面盆像个会哭的孩子，咣当一声从地上反弹起来，非常强大，一下子冲击了母亲的耳朵。声音穿过门厅，传向外边，很可能进入别人家里。母亲被震慑住了，吵架戛然而止。

人要脸，树要皮，这样大的声响，谁还敢吵架呀。再说母亲也心疼这只铜面盆。母亲小心翼翼地捡起脸盆，脸盆安危无恙，除了几个被撞击的亮痕，没有别的什么损坏。

母亲热爱这个脸盆，还体现在招待客人上。亲戚来了，母亲最拿手的不是包团子，就是包馄饨。而馅总会在这个铜面盆里拌。青翠的菜馅满满一大盆，倒进肉沫、盐、油等，然后用竹筷子从里向外翻，再从外向内翻，一次又一次，菜和肉慢慢均匀地拌和在了一起。一大面盆的菜馅，可以包很多的团子和馄饨，亲戚来了也吃不完，母亲就让我们东隔壁、西隔壁各端上一大碗，是那种金边大碗。东隔壁、西隔壁感激不尽，等他们家包团子或者馄饨的时候，他们也会端来一大碗。这样你来我去，吃到馄饨和团子是常有的事，大家既尝到了鲜，也在心里乐不可支。

吃过馄饨或者团子，母亲把铜面盆用开水冲洗，洗得金光闪亮。这时母亲从灶间端出一面盆温水，放在四方台子上，边沿上搭条崭新的毛巾，邀请客人洗脸。有些客人不习惯这样的重视，母亲则伸手拧干了毛巾送到客人手里，客人展开热气直冒的毛巾，贴在脸上，一股暖流直灌心间。这个时候，无论谁都会在心里升起对母亲的无限感激，夸赞母亲贤惠，心眼儿好，对母亲发自内心的愈加敬重。

网购的铜面盆发回来后，搁在瓷盆里，试用过几次，只是好像再找不到从前的感觉。铜面盆就一直静静地守在架子上，等待着新的垂青……

灵魂的安稳

入冬以后，西天刮来的风不再亲和你的皮肤和身子，就像刮在树头，叶片子一串串生生地掉下来，皮肤有点生痛，渐渐粗糙和僵硬起来。皮肤韧性不好的人，难免还会开裂，一条条缝里渗出紫红的血丝，一碰到冷水，钻心的痛。

早先母亲就是这样，看到她粗糙的手上有着一条条裂缝，心里就酸疼。她常常会在裂缝上绕上一圈圈胶布，但一湿水，胶布脱开来，手指间一团乱麻似的，显得不再利索，甚至有点儿脏，看到这幅场景，心里就更生痛。再三关照母亲，天冷，不要再下田劳作，不要上街卖菜，但她从来不说苦，不叫痛，还是匆匆忙忙、来来去去做她的事，好像她一手的生痛，不是长在她的身上。

冬天里，来到街头，常常看到一个个蹲守街边、望着来来去去的行人，巴望着能卖出一篮子自己田头种的蔬菜的老头老太，总会击中我心里的软肋，生起酸酸的感觉。他们有的在冷风里已经蹲守一两个小时，冻得嘴唇发紫、脸面发青、手脚僵硬……我就不自觉地停下脚步，多买他们一把菜，也从不计较价格，找零时，总还要推来推去，让他们不要找了。你越这样，他们越会感激，丢开一直的计较，抓上一把菜，不用过秤，硬塞给我。走的时候，他们还会笑脸送你，笑得像冷风里开的菊花，脸上消散了些许的寒冷。

我的心里只是想让他们早点回家。

那天我走过街头，看到一大板车地瓜在冷风里吹，站车身后的地瓜主人，大概吹了一天冷风，蜷缩在一件黑色棉袄里，脸灰得像土。恻隐之心冲上我的心头，上前不由分说，也省了问价，提起两大扎，放上他的秤盘。一称49元。我掏出一张50元钞票，告诉他一块零钱别找了。

他立马转身，提起一扎地瓜一定要塞给我。我说你也是进的，这样要亏的。

他说天冷反正没有人买。我说你一送就这么多，千万不能！天冷，还要亏，我说不过去！他感动得一直呆立在那。我走过一段路了，还招呼我下次再来。

走在冷风里，两扎地瓜提得很沉，心里却很温暖。

我知道，他也不是缺一块两块、三毛五毛的，但这一块两块、三毛五毛里有温暖、有人情。他们的手是冷的，脚是冷的，身子是冷的，我渴望让他们的心不再寒冷！

我常常告诫自己，也告诫家人，即使街上乞丐大多是骗子，也不要失了做人的同情心。骗人是他的事，同情同类，胸怀大爱，是自己的处世为人准则！天看见，地看见，自己的良知看见。

好多次我由于恻隐之心确实被人骗过。一次是有人卖我半袋烂香瓜。那天小车开过一个街角，我看到一位老者淋在雨地里，面前放了一堆香瓜。只在眼前一闪，车就过去了。雨帘里，也没有看清楚老者的长相，更没有看清瓜长什么样。我刹住车，倒过来，车停到老者瓜摊前，我说你把瓜都给我称了吧。我想的是让他卖完，好不再淋雨，立马回家。可到家发现，一堆瓜大多是烂的，有的瓜已经臭烘烘。后来想，这大概就是老者卖不出去的原因。老婆说就算帮他一把吧，这让我更为感动。

还有一回是晚上，街头无人，我在散步回来路上，看到一对小夫妻蹲守在一盏昏暗的路灯下，农用车里装着西瓜。其实家里西瓜还没有吃完，完全是一种恻隐之心推动着我上前买了三个，掏出100元递给女的。女的收起来往包里一塞，随后又递还给我说："你这100元钞票不好，给我换一张。"我没有在意，嘴上自顾说我刚从银行里领出来，怎会不好，边从皮夹抽出一张换上。回来路上我有点儿怀疑女人的眼神，到家让一辈子在银行工作的老婆鉴定，果不其然给换了张假币。原来他们是调包专业户。

过后几天，这事我就忘得一干二净。我还是坚定自己的恻隐之心，该伸手就伸手。

我也深究自己恻隐之心从何而来，历经受骗，还打不垮，折腾不烂。后来我想清楚了，是母亲给了我恻隐之心的基因，自觉不自觉的会在心里，把老者想象成自己的父母，把稍为年轻的想象成自己的兄弟姐妹。

有同情，方能稳住自己的灵魂！

慧雅轩香飘更远

多次去南长街上的慧雅轩喝茶，都留下很深的美好记忆。

环境儒雅是我最喜欢的。南长街，无锡临水而建的一条明清老街。水是名扬天下的京杭大运河无锡段，保存十分完善。悠悠运河水由太湖而来，进长江而去，历史文化积淀丰厚，从建筑到生活场景到集市贸易，都集中了无锡地缘文化的显著特色，无锡人和旅游者非常乐于在这里休闲、玩乐、消费。

慧雅轩在街的中心，还是朝东的房子，一栋非常精致的二层明清木屋。门是木头的，窗是木格的，内里墙面是木板的，楼梯和楼板也是木头的。走进这栋老屋，感觉自己像走进了自然又雅致的时光隧道，心里特别舒服。

更感染人的是，茶室每一处都充满文化气息，墙面上布置有名人字画，珍贵墨宝。上二楼，楼梯很窄，踏出的脚步声很响，一下一下像有节奏的心跳，感觉得到自己生命力的旺盛。因为窄，墙面上沿楼梯上升而布置的油画，可以看得更细致、更真切。很容易让你被油画中江南水乡、花花草草的境界所感染，心里由此装进油画的氛围。

这里是画家们聚会的地方，交流、创作，很多的作品在这里问世。

二楼装饰最多的是书柜，书柜里尽是些大部头或者小女人的书，融合了历史性、知识性、文学性、时尚性、娱乐性等很多门类。令人惊喜的是慧雅轩女主人周亚南自己写的三本书也在里边：《诗情画意的行走》《行走天涯》《筑梦人生》。她以女人特有的视角，以文学的手法描绘出了她生活、旅游、人生追求的一个个片段和场景，看后令人遐想，深受启迪。

所有的书你尽可以拿了去看，旁边有供看书的沙发和灯光，可以坐着看，累了，就仰躺着看。这个时候，服务员会给你来续茶水，杯里是慧雅轩特制的龙井或者台湾铁观音，香气扑鼻。柔弱灯光映照下，续下的茶清纯万分，抿上一口，肺腑打开，又喝一口，神清气爽，再喝下去，心旷神怡。这个时候，你显然会陶醉在茶和茶室所叠加起来的仙气缭绕的氛围之中。闭上双眼，深吸一口气，再睁开眼睛，发现精美的红木茶几上，一盆翠绿翠绿的花草正对着你倾尽妖媚，眼前顿时幻化出一片绿洲，手里的书臆想成一匹骏马，从眼前到心里，驰骋在那片幻化而出的绿洲上……

女主人把这座小屋打造成这样的氛围，极具感染力。这样金贵的地方，对公众开放，可见女主人是何等的大方。

她先前是个企业家，打拼十多年，经济发达后，她摒弃社会上所有不良嗜好，以真诚、单纯的心愿，放飞自己小时候曾经的文化、文学、读书梦想。茶室只是她梦想的一个载体，在这里广交朋友，带动所有爱好文化、文学、读书的人，一起来追求和圆梦每个人曾经有过的天真、烂漫、纯洁的梦想。让"茶里有墨""墨里有茶"，茶墨生香，香溢四方，然后四方有智慧，四方有情，四方有义，四方有善，四方有爱……

所以每到茶室，周亚南不再自以为是个有身价的老板，有时是个服务员，主动给你沏茶、擦桌子；有时是个古筝手，楼下大厅，她端坐在那架心爱的古筝边，纤细、柔软的手指，在琴弦上自如游动，于是《春江花月夜》《高山流水》《广陵散》《醉渔唱晚》……一曲曲古筝经典，从弦丝上、她的指尖上飞扬开来，入到你的耳朵，钻进你的心房……你看书，你喝茶，你聊天，你遐思……醇醉伴着你，雅致升华你，你甚至会感到震撼，因为这一切的氛围和信息都在唤醒你对生活更多的热爱和激情，甚至浪漫……

一切都是珍贵的！珍贵的不只是周亚南自己在变化，在升华。她心中早已有第四部、第五部书的创作计划；更有更多朋友、更多熟悉不熟悉的人因为慧雅轩在变化、在升华……

文化的力量总在潜移默化之中，总在时间的坚持之中！

慧雅轩，承载起周亚南这样"茶墨生香"的心愿，这三个字自会香飘更远……

有幸甜如蜜

中秋长假之机，我和夫人坐在苏老师太湖新城 14 楼宽敞的客厅里，与苏老师聊人生、聊文学、聊社会……聊得十分欢欣。

从落地窗口向远处看，楼下小小的汽车和行人在马路上川流不息，但一点都不影响我们的浓厚谈兴，我们有太多共同的情感、观点和理念。

向上看，密集的高楼上空，天高云淡，阳光普照。毕竟中秋佳节，空气里都能感受到人间的美好。更何况，坐在这样的环境里，深切地体味到了苏老师夫妻生活的满足和幸福。

有意思的是主、客的座位……

我和夫人坐的是双人主沙发，前边茶几上放着苏老师夫人端出的切成片状的苹果。一边聊，苏老师一边催促我们吃水果，一遍又一遍。苏老师催过，苏老师的夫人也跟着催，还伸过手来拿起水果往我们嘴边送，那种盛情比苹果还甜蜜。

苏老师和夫人与我们紧挨而坐。他们坐的是餐桌凳，有点高。聊的时候，因为高兴，苏老师在凳子上来回地动着身子，自如又显得感情丰富。每聊一个话题，苏老师都是精神抖擞，神采飞扬，笑声朗朗，根本看不出八十高寿的年纪。近日看到苏老师发表《我的"夕阳曲"——养心、健体、怡情》一文，说的是他晚年生活的三部曲，文章最后一句，既是他的真实心声，也是感叹："此生无憾"。仅仅四个字，表露出了他的健康秘诀，坦露了他对人生的满足。

对于人生的满足，构筑在他的每一个生活细节之中……

我是苏老师的学生，且是45年前特殊年代里的学生，遥远得几近半个世纪。这漫长的岁月，多少烟云事，都可随风飘散。他在多篇文章里写到，他从教漫漫45年，有40年在当班主任。到底教过多少学生，出过多少骄子，恐怕连他也不一定弄得清楚，可谓桃李芬芳满天下。

值得他自豪的，还有教书育人的生涯中，他名声大噪，殊荣众多：江苏省劳模、全国优秀教师……当年想进他班级的学生、追捧他的人大有人在，他有足够的理由傲视学生，傲视一切都过于普通。但苏老师就是苏老师，一切的荣誉、一切的夸词，只当过去，只为烟云，他还是生活在他的境界中、他的真诚里、他的平凡世界里、他的追求路上……他一直记得他是"放牛娃"出身，曾经家徒四壁，前程迷茫……是世道的改变、教师岗位、不懈追求、真情付出改变了他的命运……一如他写的书《回望平生》。

他是个牢记初心、从不忘本、践行不止的人。在回望中，他明理自己，悟道人生，看清四海……站高好远望，品高自谦逊，师尊洁无浊……就说这个时候的我和夫人，坐在苏老师家客厅的主沙发里，而他们夫妻各自坐着餐桌凳，光从年龄和辈分上讲，我自感失当、失礼，但苏老师和他夫人硬是把我们按下。从其中，感受到的是苏老师满满的真挚和热情，大度和包容，甘把小辈学生当贵客，当朋友，真所谓孔夫子说的"不耻下问"。是的，苏老师从来不以辈分、师生论高下和贵贱，而是一直放下他的辈分和身价，足以见他的境界和风采。所以，我与苏老师交往几十年，一直深受苏老师"上得教堂，一流才华；下得厅堂，真诚待人"的品性的教诲和鼓励。

我的的确确是苏老师的学生。

1972 年，我跨入初中一（1）班，苏老师是我的班主任，教语文。那个时候，他年轻、魁梧、青春激扬，按现在的说法，帅哥一个。课堂上，他手拿语文书，一边海阔天空、天马行空地讲解着课文，一边在走道里走来走去。学生们的两只眼睛总是跟着他的身影移动，一点不落地行走在他用语言铺展开的历史的、知识的、兴趣的海洋里。有回，他拿了我的作文本，也这样朗朗上口地在走道里读。本子在他手里翻页的当儿，我和同学们都看到，作文本上画满了红圈，红得像灯笼。这是苏老师批阅作文时，夸赞好句的挥洒肯定。苏老师洪亮的声音灌满了我的耳朵，我心潮澎湃，两眼放光，暗下决心：下次一定要写出更好的作文……

于是，我利用课外时间把家里父亲、大哥收藏的书都看遍了。有一大队长的儿子与我同学，他家里有从地主、富农家抄来的很多国内外禁书。他一本本偷出来与我共享，看得我情窦初开，夜里常做作家梦……

2011 年，无锡市作家协会给我结集出版散文集《感动初春》，发稿的当儿，我最担心的是文稿里有别字。别字是我的"特长"，也是深受那个时代影响文字功底不扎实的表现。节骨眼上我想到了苏老师。近 20 万字的打印书稿送到苏老师手上时，苏老师正在赶他继《春雷》《耕耘集》后的第三本书《回望平生》。

那个时候，苏老师和他夫人入住青三湾，一栋 80 式的公寓房。屋子老旧、逼仄，但苏老师仍显示出少有的满足。他说，这房是儿媳妇单位分配的，现在给了他们老两口住，比以前住在学校不知好了多少。他解释，自己做了一辈子老师，养两个孩子，供他们上学，根本就没有钱买房。随校有的住，一心放在教育上，也从来没有想过要置自己的房产。他自嘲自己是"真正的无产阶级"。好在儿子、儿媳妇这么孝顺，人生足矣！当今潮流里，苏老师有这样的好心态，如此淡泊物质，着实令我敬佩，也让我参照于内心而深受教益。

苏老师放下手头事，当即给我看稿，用了将近一个月的时间。这可是枯燥事，要盯着一个个字过堂。有差错或疑义的地方，他用笔记下来，让我一看就清清楚楚。记得有个词语，他一直斟酌到我拿回书稿，给我打电话，说那个词语他对照《新华字典》和用词习惯，查了《康熙字典》，应该是这样用的，让我敬佩和感动不已。

苏老师是以学术的眼光来看待每个字和词语的，并总是在追究清楚用词的出典与习惯后才下定论。这样的用词态度光说他"严谨"

是远远不够的了，这已是他的性格使然。听说他在那个时代时受批和被关进牛棚，原因之一就是他批改了"语录"中的语法错误。即使吃过大亏，他也"悔不改"教育的科学和严谨。难怪没有他教不好的学生！

有次苏老师到我单位造访，出机关大门的时候冷风飕飕。我送他上公交车，到机关大门口时，看到一堆百姓吵吵嚷嚷堵住了机关大门。苏老师立马心急如焚，说为什么领导不赶紧出来把他们接进去，好好沟通，哪有让百姓堵门的理！我说这都习惯了，有时一连会堵上几天。他有点气愤地说："做官不为民做主，不如回家卖红薯！"这话我听过几百、上千遍，但世事该哪样还哪样。苏老师这样一说，加上他凝重和痛心的表情，像是一种警醒、一种鞭策，让我反思。是呀，要我当权，我会如何？

……面对苏老师直视堵门百姓的复杂眼光，我无法正面回答自己的提问……世事不单纯，官场多风云……但苏老师像尊塔，高高地矗立在我的面前……我永远铭记这一刻！

看到很多学生回忆和评价苏老师的文章，大多说道"苏老师像自己的严父一样要求自己"。我也体味到，这里说的"父"，其实并不全是"一日为师，终身为父"的"父"，而是一种极其复杂的情感，有父亲般的慈爱、父亲般的温暖、父亲般的教诲、父亲般的担当、父亲般的严厉、父亲般的寄托……之中还有他一个知识分子的脊梁，一个大写的人的良知和人性！

所以苏老师爱文学，他以他擅长的文字，倾诉他真挚、实在、坦荡心襟的情感，出手一篇篇真情实感的美文，见诸于无锡、外地的各界报刊。眼下他将结集出版第四部书《今生有幸》，他说这也是为他八十大寿献上的收官之作。何等的不容易！何等的了不起！这种以他坚韧的生命和丰厚知识凝结的文学深度和高度，真该流芳百世……

对我来说有幸的是，他加入无锡市作家协会是我做的媒人。在文学路上，我们师徒俩有着很多共同的语言和情感，一路总在相互交流中，我得到他很多启发和鼓励。更有幸的是，我还能借苏老师《今生有幸》一书，加进一点我的真情文字，我明白，这算得上是苏老师对我更大的鞭策！

那天拜访苏老师，临走时，他夫人端出一盆蒸山芋招待我们夫妻俩。一盆水汪汪的金黄色山芋，浓香扑鼻。你别好笑，其实这是"自家人"才有的待遇。记得以前回家，母亲最常捧出的就是山芋、玉米、南瓜、韭菜馄饨……是呀，山芋背后是浓浓的真情，甜如蜜的享受。山芋听起来很俗，市场上很廉价，可在眼下，大家都知道山芋是养生、保健的宝贝。多吃山芋少生病，长命百岁不用愁。

其实我们人，活得就要像山芋，处处好生长，身份、身价不再重要，重要的是在平凡里过自己甜如蜜的日子，在健康里享受人生的幸福……这是我在苏老师家吃山芋时悟出的另一番滋味。

寸草锦园

　　人在不同年龄，对同一事物可能会有完全不同的想法或处置结果，一个当时感觉正确的结论，随着时间的推移都有可能成为谬误。

　　例如，我屋后的一块闲地，有一百多平方米，早先，碰到了与邻里一样的定论：无用，后患。后患是无用的产物，主要有三：一是杂草丛生，不雅观。草长得再漂亮，开再美的花，还是草，还是乱象。二是人工治理没完没了，是场没有结果的持久战。今天清除完，过后杂草又长出来，劳力劳心，感觉无望。三是蚊虫藏匿，作恶多端。有杂草就有蚊子、蛾子、毛毛虫。一到晚上，群虫纷飞，它们像认得路线，从屋后飞到屋前，还知道哪里有窗，哪里是门，铁了心地蹲守那儿，等你打开一条缝，蚊虫们就抢先一步，夺门而入。进了家里，它们自作主张，俨然成了主人，想飞到哪里就哪里，想待什么地方就待什么地方，不与你商量，一点儿不谦逊。还想吃什么就吃什么，桌上荤菜、汤水、米饭……这里吃一口，那里尝一下，无所不贪，令你作呕。甚至还毫不惧怕你的存在，扑上你的身子，叮咬你的皮肉，吸你的血，真是搅得你日夜没法安宁。

所有邻里在痛定思痛后，最直接、最有效、最无后顾之忧的处置方法就是先铺上一层石子，然后水泥黄沙一浇，泥土不见了，杂草再逞强，也钻不破水泥的坚硬。蚊虫们面对无遮无挡的情况，了无兴趣，不多待一会儿就走了，烈日下的水泥地，温度高得能烫熟鸡蛋。从此屋后干净了，利索了，再无蚊虫滋生的烦恼。

我也曾铺上一层石子，只差水泥、黄沙没有及时浇筑下去。就一个耽搁，竟然给我留住了眼下日子的一点诗意空间，真乃幸运！

只要你花些时间打理，其实很容易成就一个花园加菜园，这个时候即使那些蚊呀、虫呀、蛾呀不轻饶你，但与你收获的精神愉悦、精神升华相比，就不值得一谈。何况蚊呀、虫呀、蛾呀，细究起来，其实有很多的办法治理。

成就一个花园中的菜园，菜园中的花园，是浪漫主义与实用主义的很好结合。

来棚葡萄，我种了四棵，有红葡萄、紫葡萄、绿葡萄、黑葡萄，网上买的，浙江快递过来才两天。拆开快递，叶片子还是绿油油的。当下人真有办法，鲜活的花木都可以快递，三四天都不会受多大影响。卖家有对付路途遥远的办法，他们从根部到枝叶，用保鲜膜包起来，外边卷上湿水的旧报纸，这样一路上几天时间都不会缺失水分。种葡萄还需要葡萄架，还是从网上购买回一个炭化处理的葡萄架，四米长，二米宽，木料壮实，很有架子味。居然还配有凳子、桌子。待葡萄成荫，可以在下边喝茶、看书，好不惬意。待到夏末秋初，葡萄架上挂满一串串晶莹剔透的红葡萄、绿葡萄、紫葡萄、黑葡萄，一片片绿叶在阳光下摇曳，那是多么开心的时刻。

葡萄成长的时候，我先种上一棚丝瓜，几个月的时间里，满棚都是绿油油的藤叶和金黄色的丝瓜花，一朵朵开有碗口那么大，一点儿不做作，金黄得尤如激扬奔放，豪情满怀。种下那株小小秧苗时，根本没有想到它能如此强大地摆弄出这么宏大的场面，开出金黄得连黄金都感觉逊色的花来。

天天有吃不完的丝瓜，一条条从藤蔓上挂下来，根本不需要你花费时间来找。夜里刚采过，第二天中饭时，你隔着后窗往棚上看，几条青绿绿的丝瓜又挂了下来。丝瓜炒韭菜、丝瓜鸡蛋汤，一家人最喜欢不过了，百吃不厌，就像那丝瓜花百看不厌一样。

茄子也很有观赏和食用价值。在长达半年多的生长期中，紫色的枝茎、紫色的花蕊、紫色的茄果，总像紫气东来，鲜活活的，既高贵又平凡，既平凡又高贵。茄子任你炒、蒸、煮，无须考究烹饪，放点姜片、酱油、麻油，顿顿吃都是有滋有味。一个园子种上三四棵，半年多时间里就能长得像小树，一家四五口，由着你天天蒸茄子或者炒茄子吃。我家小朋友最喜欢吃茄饼，与奶奶一起先把茄子剁成末，随后拌进面粉，经过揉捏，做成一个个茄饼。起好油锅，放进茄饼，油烟直冒。小朋友吃时，夸赞这个是他做的，那个是奶奶做的，好不开心。茄饼既香又嫩，有着茄子的口感，小朋友一连能吃上两三个。

为增加花园味道，我从网上购回十个景德镇青花、粉彩大瓷缸，种进荷花，俗称藕。一片片圆圆的大叶子，在一根根细细茎杆的支撑下，慢慢长起来，越长越大。到下雨天，叶片上滚满一串串晶莹的水珠。中秋前后，荷花开起来，缸缸都成了景，成了一幅幅不俗的画。到得年底，收获一缸的藕，这可是最好的养生美食。生吃、烹饪都由着你选择。

再就是围起一圈木格栅栏，装上两扇木格栅门，不为防强盗、防小偷，只为有个园的点缀、园的气氛、园的意境，让园跟随心的写意、手的勤劳，愈加地丰厚起来，圆满起来。

慢慢地栅栏上会爬满花的藤蔓，一年四季，季季有花，月月有新意，天天有生命的精彩。小小花园，有藤有叶，有花有果。花盛时，花枝招展，花容月貌，花团锦簇；收获时，硕果累累，丰收在望，丰衣足食。

我把这个园子命名为"寸草锦园"。寸草，平平凡凡的小草小花，"拳拳寸草心，浓浓田园情"，满园春色，乃满目钟情。锦园，"锦"，乃本人名中一字，以指似我个性。但愿小小一园，足以以小见大，身在园中，如面锦绣世界，如织锦绣前程。

老来，有一方小园耕耘，有一片诗意和硕果收获，乃不亦乐乎的享受呀！

享受还在一笼鸟的鸣唱。天天早上、傍晚，挂在花园里的鸟，沐浴在斜斜的阳光里，脆生生地鸣唱起来，委婉悠长，悦耳动听。总是鸟语花香，不免做起花前月下梦……梦里，不再有时间的沧桑，而是像这一园的庄稼和庄稼花，在朴实无华里，慢慢成长，慢慢成熟，慢慢收获，最后滋养起生命能量，让生活更富精彩……

多多花园的私家表白

胶山北麓有个多多私家花园。

第一次听说，感觉这名字怪怪的。有篇小说给我的印象很深；主人公是多多。多多是个不该出生而一不留神生下的孩子，就是多余的意思，含有不堪重负的成分。七八十年代，只生一个好，"多多"出生当然还要罚款。

既然"多多"，为何还要弄个私家花园？不过在当下，即使什么都多，但称得起私家花园的倒还是极其少见。

多多私家花园就在胶山北麓一个叫花园里的村前。胶山本来是块风水宝地，往东南方向二百米，就是名扬天下的石马湾胶鬲墓，两匹硕大的青石马俑忠诚地守卫着墓道。虽然那个时代时两马遭劫，残损有憾，但威势依然。周边还有胶山寺、李纲祠、窦乳泉、安国墓、灵趵泉、安公洞、玉皇殿等。有名无实的西林、南林、嘉荫园也给这里增添了很多名望，可见这里曾经历史文化荟萃。

还没有进到多多私家花园，汽车就已经开始拥挤。沿山公路上，一溜停满各色车辆。路上停不下，有的就停进了茶树林，有的就停在村口老树下，有的索性堵住了人家家门口……这么多的车，不少还是豪车，小山村显得奇特的热闹。

来的人真多。是的，花园里里外外，空旷地上，网纱棚内，无不是人头攒动。大家晒在初夏的骄阳里，满脸通红，大汗淋漓，但这根本没有打退大家的玩兴。有举着广角相机对镜的，有支着三脚架移来移去找角度的，大多人把手机当了相机，对着一丛丛、一簇簇花，拍个不停。玩自拍的，在花前摆出各种各样的姿势，装嫩的有之，卖弄的有之，搔首弄姿的有之……像个人生大舞台，袒露出众生相。

这样多的姿势和表情，除了花前月下，大多人是不会轻易流露的。这算得上是花的功劳，花的传情。

细看发现，这私家花园之所以让人动情，甚至动心，关键是这里的花有着不一般的阵势。花还是那些花，大多并不名贵，月季呀、蔷薇呀、菖蒲呀、金银花呀、波斯菊呀、绣球花呀……这些花的共同特点是赖活、好种，只要浇好水，施好肥就行。仅仅给它们一点点照顾，就会开出最娇艳的花。

主人的成功是把这些身价不高的花用不同的方式组合起来，集结起来，让她们花团锦簇，花枝招展，凭借花的团队力量，展示磅礴气势。

斜坡路上，一道竹篱笆很长，一直通进村口。竹篱笆本来不值一看，土气得掉渣，但上边一旦爬满月季，枝枝节节花枝招展，繁花似锦，红的粉的白的……像竖起的一堵花墙，连天空都染上了花香。

拐进去，一道深深的拱形门，由镀锌管架成。满棚爬满蔷薇花，好似一个深深的花廊，也像一组大花环，人在里边走，掩映于花廊之中，好似人也演化成了花。成群结队的蜜蜂，嗡嗡声如同交响乐，多少迎合成了人们内心里一直向往的世外桃源。

除了有花的造势，更有给花的烘托和不俗陪衬。老石臼、猪石槽、小磨盘、长条桌……这些曾经不起眼的农家旧物件、小杂件，几经拆迁，大多人家已经丢弃不少，但被这里收拾起来，有了岁月的穿透力。

老物件里种上各色各样的花草，有的依树而放，有的临水而置，有的靠墙而立，那些长的水汪汪的花呀、草呀、树呀，伸展着绿叶，开出的花有红的紫的黄的……千姿百态，林林总总。这些花花草草，因为有老物件古朴、纯真、沧桑，甚至苦难、遗恨、辛酸的衬托，一下子让人有了感怀，有了情动……曾经的年代，浮现在眼前；曾经的故事一段段泛起……即使再难堪，因为有了花的点缀，花的感染，没有了一点点的杂陈旧味。就说这一个个横卧的猪食石槽，此时此刻与猪没有半点儿关系，它现在就是花的伴娘，花的使者，演化出从未有过的古朴和雅致。

化腐朽为神奇，化落伍为时尚，这就是多多花园独特的亮点，亮出了凡夫俗子热爱生活的向往，亮出了人与草草木木等同的精神渴望。

多多花园不再仅仅是个花园，那些升华出的多多精彩和华章，像磁铁一样吸引着来来往往人们的眼睛，荡涤着男男女女的内心世界。

是呀，多多花园更多的是用隆重的春色，装扮出时空的新乐章，让人在这个乐章里领受到更多的人生道理和意义。

美人睡你不想起

从浩渺的响洪甸水库出来，顺着十八盘山道前行，一个小镇出现在车窗外。

赶紧下车，已是在响洪甸河桥的中间。响洪甸河面宽阔，桥身深长，桥下水印山影。河床里的水道弯弯绕绕，时而合并，时而分开，很有河的写意。没有水的地方，长满草丛，一片片、一丛丛，好像在夹道欢迎水的到来。一阵风吹过，草弯腰点水，叶片上光芒四射。桥的北边，一排沿河而建的崭新楼盘在身后，一座大山倚地横卧。李忠大声说："看，那山就是睡美人！"

望着那座山，我呆愣在路中央。一个巨大的女人身影，仰面朝天地在那里安然入睡。看得出睡相一片舒展、宁静，有种安睡如梦的美。细看，额头凸突，脸庞微胖、圆润，胸脯高挺，腹部微隆……活脱脱一个完美女性的婀娜线条。

我眼前立马浮想联翩，感觉那山不再是山，真是一个女人活生生的体态；那墨绿不再是林，而是一抹紧裹睡美人身体的青绿睡衣；那河里的水，不再只为匆匆而过，而是等着女人醒来淘米、浣纱的一汪清水。轻吸鼻子，似乎在空气中闻到了女人身体上散发的馨香，小镇此刻浸染在睡美人散发的甜美里。

这时，一只老鹰飞来，盘旋在蔚蓝的天空上，好像是替我给睡美人带去由衷的赞叹！

进山的时候下着雨。雨忽而大忽而小，忽而止忽而密。山蒙在雨水里，升腾起一层层的水汽，有的浮在茶树上，有的环绕村庄。到得山顶，水汽化身为了云雾，一座座山云雾缭绕，青翠欲滴，有了如入仙界的感觉。

十八盘本来就是大别山著名的山水画廊，山山有仙，步步是景。

汽车转过一个又一个山盘，百家冲出现在眼前。这是一个三面环山、一面绕水的村庄。人家散落在一座座山脚边，被绿树、茶树掩映。每一株茶树都经过了人工修剪，有条垄状的，有圆球形的，郁郁葱葱，井井有条。成片的茶林里分布着一盏盏太阳能集虫灯，夜间齐刷刷亮起来，给大山蒙上一层更深的神秘感。山里虫子特别得单纯，一点灯的光亮，就让它们痴迷不止，兴奋得千回百回地飞来转去，直到跌入人们设置的陷阱。还有插在田里的一排排的黄纸牌，在翠绿里显得特别的耀眼，这也是捕虫的陷阱。黄纸牌其实是一种黏膏，散发着淡淡的甜香味。贪婪的虫子一靠上去，就会被粘在纸上。六安盛产瓜片茶叶，这里是六安瓜片的核心"茶谷"。百家冲人说他们生产的是有机茶叶，他们一直这样坚定自己的做法，从不做假。

环水一面，响洪甸出现在眼前。在山的环围中，一汪清水平静如镜。山和云倒映在水里，就如实景实况，根本看不出来像倒影。水底同样通透如镜，生命尽显眼底，连一块块鹅卵石石纹都清晰可见。这样的水，很想弯下身去捧一把，喝一口。水面的远处浮起一层轻雾，丝丝暗动，婀娜多姿。因为水温常年保持在十来度左右，而夏季空气温度奇高，两相温差悬殊，造就了轻雾缥缈、薄雾迷蒙的特殊景象，煞是好看。直看到自己心中也轻雾弥漫，全然陶醉。

水面开阔远去，不断有白色、翠色的鸟在水面上掠过，或者一个猛子扎下，水面波荡，一圈圈向外扩散，于是山影、白云、绿树在水波里皱皱折折，摇摇晃晃。一只灰色大鸭带着一群小鸭掀起波浪，畅游而来。见我们走近，一眨眼不见了，再看到它们时，已在老远的清波里。

不愧是人间仙境。李忠早已看中这里，计划投资一个田园牧歌式的项目，集休闲、养老、旅游于一体，让人在回归自然、享受自然中找回生命的精彩。

再下去，来到龙门冲。老远就听到哗哗爆响的水流声，很有惊天动地的威势。

山水从上游涌来，到了龙门冲，撞上一块巨石，不得不顺势打弯，飞流直下，有点儿像个小瀑布。可以明显感受到水在这里被激怒了，翻脸成白色水沫，爆发出撕心裂肺的怒吼，滔滔不绝，奔腾进大龙潭。穿过月牙桥，刚熄了火的水，还没有来得及喘口气，前浪已被后浪推着，逼上溢水坝，于是顺势钻进一个个方形水孔，滑过斜坡倾泻而去。

下游是条八千米长的溪涧，水流一路撞过一块块石头、一道道坎坷，唱着欢快的歌，奔向响洪甸。

这条溪涧不寻常的是依水建有一条亲水步道，或是石阶，或是沙路，忽而穿过密集的竹林，一根根竹子壮实高大，有的好像攀上天庭，有的弯腰伸展，跃过溪岸，像是搭的一架云梯；忽而一片枫树林、一片红杜鹃，无论春里还是硕秋，红得让你心潮澎湃；忽而一程上坡，爬得你气喘吁吁；忽而下坡，脚下如踏浮云，溪水潺潺，叮咚相伴，如坠仙境……

龙门冲村委王书记接待了我们，边吃饭边给我们聊龙门冲的风情，龙门冲的故事。

一桌地道的徽派菜，有山里土鸡、黑毛猪肉、红烧猪蹄、水库石板鱼、溪边野芦、爆炒竹鞭等。每个菜盆底下都烧着火炉，热气滚滚。可能因为就在冲边小厅，我们不觉得有多热。以茶代酒，喝的是他们自产的瓜片茶，清香扑鼻，青绿养眼。喝上一口，沁人肺腑。他们说有好茶叶还要有好水泡。他们这里的溪水，清澈见底，呈微碱性，沏的茶特别清纯和馨香。泡一回澡，更是浑身光滑，如返童肤。

真为有这样一块好地方感叹不已。

饭后我们来到仙人冲，听这名字就叫人心里泛起仙气。仙人冲淹没在"大别山第一竹海"之中，成片成片的毛竹，占领了一个个山包，就连山头顶尖，也没少长一棵毛竹，据说有 15 万亩之多。站在山顶远眺，竹林浩瀚，高低错落，无边无际，苍翠欲滴。难怪当年解放军把一大批三线军工厂设立在这里，竹海掩映，哪里去找！竹海为家，哪里有这样的美景！好在现在军工厂早已搬出，这里被一位北京著名画家收编，改造成了"仙人谷画家村"。

这个改造可谓别有洞天。画家把山与村、景与房、自然与人文经过艺术的想象，造化成了极致的精彩，既保留有军工厂的历史印记，又大胆于现代美的艺术展示，让人耳目一新。入了画家村，不枉画家人。住得三日闲，恰成一仙翁。

你看这门岗，什么建筑？牛棚！对，就是从前的牛棚！这竹海美丽的景致里，突然冒出一个牛棚，你会想到什么？乡村？历史？沧桑？凄凉？荣耀？我呆立在它前边，好像历史的画卷在我眼前闪烁，心中滋味杂陈，久久不能平静……

再看老旧庭院，跳出一座红桥，十分的醒目。视觉冲击的后边，让我想到红桥的寓意、人生的希望。对！从牛棚出来，走过红桥，就有你热爱的生活，美满的人生，浪漫的情怀……

也许，这里可以既是一个充满浪漫和想象力的画家村，也可能会让所有到来的人，丰富一段不平凡的境遇。

也许在哪一天，睡美人从梦中醒来，走进"仙人谷画家村"，也会做起大别山的一名画家来……

一夜阵雨赛甘霖

入夏以来天气一直晴好，空气异常的燥热，一天下来，天也干裂，地也干裂，家门前的花呀草呀树呀，只有靠浇灌维持生命。

浇灌当然要用水，水是宝贵的，少了水，花会枯萎，草会枯萎，树也会枯萎，归根结底生命是水浇灌的，生命不能没有水。

隔壁门口的花呀草呀树呀，一天天萎缩，一天天掉叶。再萎缩，再掉叶，真就枯萎了，凋零了。花呀草呀树呀在等人，在找人。人呢？隔壁家的人真不见了，花呀草呀树呀就是真相。帮上一把吧，抢救生命，胜造七级浮屠，再说远亲不如近邻。

浇过水的花呀草呀树呀，逃过一劫，算是活过来了。终于像了我家门口的花呀草呀树呀一样了。

但是，活着不等于生命滋润，天天浇水，只是天天活着，看不到精气神，没有抖擞的精神，没有精彩的光亮，没有勃勃的生机，反正只是像了在医院吊水的老干部。为什么不说病人，要说老干部？

因为老干部要比一般病人待遇好，住得好，用的药好，享受的服务也好，但照样来不了生命的勃勃生机。

花呀草呀树呀，也一样，你待她们再好，她们也还只是命悬一线地活着。

我是从昨夜的一场阵雨中发现这个秘密的。这场雨来得迅猛，来得酣畅淋漓。本不该黑的天，突然一下子提前来了夜。只听得树头上、花草上哗哗的水流声，哗哗的风扫叶声，就像早春里野猫儿发情的亢奋嘶叫。

一切担心都是多余的，天时考验生灵，同时也爱抚生灵，滋润生灵。

第二天一大早起来开门，哇塞，天地变了，花呀草呀树呀的精气神变了，好像她们前一夜做了新媳妇，被爱滋润了一般。看看，每一片叶子都是水灵灵的，每一朵花都饱含亢奋，竞相怒放，所有的生灵像吃了兴奋剂！呵呵，不是兴奋剂，是人参滋补汤。人参滋补汤也没有这样快速的奇效呀！服了服了，天时才是生灵最好的人参滋补汤！

久浇不如一场雨，人照应不如天照应呀。天落雨，乃是天的琼浆玉液，同时落下的还有天的灵气，地的灵性。

乡间老话说：春雨贵如油。这话说对了，不过，喻油也还廉价了些，即使中国的柴油、汽油全世界最贵，也还是词不达意，该是好雨贵过好夫婿。

是的，一夜阵雨赛甘霖。

千转百回春朝山

大别山的春天来得早，山脚的草还在寒风中抖擞一身枯叶时，油菜花已经开了。

油菜花虽然骨子里不高贵，但她知道自己的责任重大，要比草醒得早，比树懂得多。她活一茬的时间紧张又短暂，几个月过后就是收成季节，在蜡梅花还没有收场的时候，她就匆匆登场，不顾寒瑟，不顾天还亮得迟，就开始绽放自己并不高贵，一身质朴的美艳。

延绵的山，像照相馆里的布景，层峦叠嶂地衬托着油菜花的金黄。村庄被淹没在油菜花里，一栋栋错错落落的白楼，似乎被花仙子所宠着爱着。袅袅升腾的雾气，从山上弥漫开来，先是罩进村庄，再是包抄油菜花，把山峦呀、村庄呀、油菜花呀……弄得仙气缭绕、迷迷醉醉、似醒非醒的样子。

小溪里的水不再像冬天流的那样安静，淌的那样涓细，突然急了起来，混沌起来，开阔起来。水声潺潺，声音从沟里爬出来，冲上田头，灌进山谷，像是山给油菜花唱着歌。花开的地方，总有歌的陪伴，就如姑娘身边总有小伙呵呵的笑声。

那天睡在东石笋，屋外一条溪流从山上下来，弯弯绕绕奔下山去，一夜哗哗的水流声。周恩来特型演员甘老师一开始担心自己睡不着，说这样大的声音，像睡在雨里头。不想，他洗过澡，我还在翻看手机，他就打起了呼噜，一上来便睡得特别的香醇。我倒是被他的话激活了潜意识，一夜一直梦到在雨地里……一会儿拼命地找伞，一会儿到了沟边捉逆水鱼，一会儿又出现在插秧场上……早上起来，还真以为外面下大雨。拉开窗帘，不想一山的好天气，光束射在树丛里，照在竹林间，一圈圈的光环和水汽，能感受得到春的妩媚和暖和。

早茶是客栈女主人提供的野生绿茶。大家窗边就坐，溪流在窗下跑。大家边喝边聊，开始没当回事，一种习惯思绪：山民哪会有什么好茶。不想一喝，不得了，人人都夸这茶好。玻璃杯里，碧绿碧绿，茶叶沉静在杯下，舒展开嫩嫩的身子。叶子很长，也很尖，一股冲冲的野气劲。翠翠的清香，穿透清新的空气，直扑鼻孔，让人不自觉喝一口，再喝一口。顿然穿过心口，一股子的心旷神怡。甘老师坐不住了，立马要买茶叶，一个劲鼓动大家带点好茶回去，好像他是推销茶叶的。店家说她经营农家乐，根本没有空余时间到山上去找茶。她请来了专门上山采摘野生茶的乡邻，才够一人买一两斤，价格出奇的实惠。拿回来坐进书房喝这茶，好像把山带了回来，把仙气和灵气喝进了肚子里，精气神特别的豪爽，也算得上是一种幸运和幸福啊！

佛子岭和万佛湖水库仍然特别平静，但谷雨过后，水位明显提高，河面愈加广阔，水照样清澈如镜。环绕水库的山，倒映在河面上，像印在照片上。水鸟多起来，有的在空中盘旋，有的在树头嬉戏，有的在山顶叫唤……一种显而易见的春的气息。

河岸上的农家乐，推出了水库鱼宴。这时的鱼，肉质特别的结实和肥香。结实来自水库水的低温，几年才能长上二三斤。肥香来自水的清澈，带上青山绿水的味道，纯粹纯粹的。有年去新疆，吃过一种鳟鱼，长成在冰冷深水里。鱼是清蒸的，那个好吃，终生难忘。大别山水库里的鱼也有类似的味道。平时我不太喜欢吃鱼，在大别山，见鱼上来，动起筷子后就收不住手。人生，有美味相陪，那是怎样的享受！

春雨扫过，山里泥地上、石头表面长满地衣。这也是转春的一个信号。女人们挎上椭圆形的竹篮子，出门半天就能捡上一大堆，拿回来经过浸泡静养，像了黑木耳，肥肥实实的。用它炒韭菜、炒螺蛳肉，实在太好吃了。记得七十年代时候，自家场角也生这种东西，一过雨就能享上这个口福。长大后，就再没见过地衣。有人不喜欢带点儿泥土腥的，而我却感觉特别开胃，一盆地衣炒韭菜我可以一个人收拾干净。

传得最响的是映山红。说起大别山，人们的脑海里立马会闪出漫山遍野，一丛丛、一片片如火如荼的映山红，好似满山染上血。

称奇的是绝壁上的映山红，看似难以生存，难有落脚点，却一枝枝凌空，伸出云霞般一片，红红火火，险峻又美艳。美艳在绝处逢生，可以感受到一股子的野气，一股子的傲然，一股子的壮丽，令人叹为观止，不时发出惊呼。只是现在这样的"艳遇"已经不多，尤其的珍贵。因为热爱的人太多，山民们都乐于冒险上山挖掘，拿到市场一卖就是个好价钱。长此以往，映山红大多要牺牲在人们的贪欲里，绝壁也难以阻挡人们的脚步。

但大别山的早春，生生不息，永远的千姿百态，雄浑里有妩媚，原始里有俊俏，就像一半是少女，一半是帅哥，阴阴阳阳，阳阳阴阴地千转百回。

时代里的浪花

同学，走在同一个时代的光阴里，从出生到踏出校门，从工作到退休，从成婚到子孙满堂……整整四十年！

这四十年，无论阳光还是阴雨；无论男同学还是女同学；无论富裕还是平凡……我们一起走来，激起层层浪花，留下串串坚实脚步。

我一直聆听同学们的脚步声，常常为这些脚步声而挂念，而感动！

先说几句客套话，也是真心话。

一要感恩我们的老师们！是他们传授了我们做人的道理和知识。现在老师们一个个老去，我的内心有一种不忍和惋惜。真心祝愿他们，永远保留住做我们老师时的样子，永远充满智慧，永远为人师表！

二要真真切切感谢在我生命的历程中帮过我的同学。永远记得那一次次的光亮。不管是联系还是不联系，不管是见面还是不见面，永远记得在我生命的某个重要时刻，有过他们的身影！那是年轻、矫健的身影；那是一呼百应的身影；那是单纯得只有同学情谊的身影……

三要感激一批同学中的骨干力量，是他们的积极行动和共同努力，出力又出钱，促成了同学们的一次次聚会，包括十年前的三十周年聚会。同学的手最温暖，同学的心最真诚，同学的情最纯净！

我想先问大家一句话：四十年来，同学们唯一没有变的是什么？请每个人闭起眼睛，好好想一想……

都变了，什么都变了。千变万化四十年！时代沧桑，阴晴圆缺……

容貌变了。本来的青春靓丽都磨蚀在了时间里，不见了。看过同学晒出的一张张青春照，纯真年代里，清纯的青春，蓬勃的生机，多么美丽和充满理想呀。想不到，一晃四十年过去了，四十年没有了，四十年弹指一挥间。时间走了，给我们增添的是皱纹、白发和苍老神态。我的头发都快成篱笆墙的影子了……现在，大多人做了爷爷奶奶、外公外婆，大街上相遇，多有认不出是同学的了。

身份变了。有了各自的工作、各自的事业、各自的家庭，每时每刻充当着不同的角色。不管是官大官小，钞票或多或少，事业成功还是失败，性格不温还是不火，变数成了永恒。

心理变了。我们经历了顺势逆境、人生沧桑、世态炎凉、人情冷暖。最有意思的是这四十年，我们总是生活在相辅相成的复杂矛盾之中，是矛盾让我们成长，让我们成熟。泱泱中华五千年，类似我们的经历肯定少有。我们共同经历过大苦大难。六十年代初那个天灾人祸的岁月，父母怀上我们、生出我们、养育我们，算是老天有眼的幸运了。经历过大富大贵。学校时天方夜谭的电灯电话楼上楼下，当下成了不值一说的小儿科，现在汽车、手机无家不有，鸡鸭鱼肉好酒好烟只愁吃出一身病。经历了大乱大治，那个时代之痛使我们一辈子强加了知识的短板。大治之中，我们成了做事、挣钱的拼命三郎。经历过读书无用和知识就是财富的双重挤压。经历过封闭和开放。读书时的我们，男同学女同学说句话都难为情，一直恪守勤劳、吃苦、节俭、尊老、爱幼、守善、重德、收敛、少语……现在大街上搂搂抱抱司空见惯，几乎没有做不到，只有想不到。经历过一辈子只住一处房，到现在城里、乡下随便住，来来去去成了一种不是传说的传说……太多的"经历过"，之中最大的经历就是我们总把自己丢在脑后，一直做着默默无闻的奉献。所以，我们有着对生活的深刻理解、对人生的无尽感叹、对友情的无限珍惜、对责任的乐于担当……

四十年活过来，我们知了天命，渐又耳顺；

四十年活过来，我们过了烦恼的雨季，多了心平气和；

四十年活过来，我们不再血气方刚，生命的火焰在弱化；

四十年活过来，我们到了 2017 年的四月……

四月，是个春暖花开、桃红柳绿的季节。当下，漫山遍野开得最旺的是油菜花。大地变得金黄，天空也染上了金色。是的，我们就似这油菜花，除了给大地染尽金色满园，还有的就是朴实无华。油菜花，庄稼花，最普通的花，最不浪漫的花，曾经最不当回事的花……她可以无处不在，无论平原还是山谷，无论大江还是小河边，无论家前还是屋后，无论陡坡还是绝壁……处处亮出生命最原始的底色，倾尽美丽，把大自然唤醒，把天地装扮。一个春天因为油菜花而充满生机、充满活力、充满情调、充满诗意……恰如我们这代人的人生。

我出版过一本散文集叫《感动初春》，中间有篇散文写的就是油菜花。连初春都被感动，何尝不能感动人间！

回头再说我开头的提问，我们唯一不变的到底是什么？告诉你，是我们的名字。是的，四十年，你还是那个名字，那个你爸爸妈妈或者爷爷奶奶给你起的名字，一个从乳名起用到今天的名字。

名字，不会跟你而老。你老了，名字还是那个名字，甚至人可以不在，但名字不会没有。它会永远跟着你，直至回归大地。

因此最后说四句话。一、以后我们消耗的物质会越来越少，甚至吃得也会越来越少。但我们的名节不能少，不能短斤缺两。活在阳光里，给自己的名字注入阳光和精气神。二、不要再做自己内心里不想做的事。别再将就自己、委屈自己、勉强自己、为难自己，想怎么活就怎么活。活出自己，活出精彩，活出轻松。三、让自己永葆健康。健康就是美丽，健康就是财富，健康就是幸福。以后在中国最贵的是"病床"。有句话说"现在不养生，以后养医生"。让我们的身体自己做主，在有健康、有品质的生活里做主。四、敬好二尊佛。一尊你父母，一尊你自己。世上最大的佛就是你自己，你成了佛，世界尽显美好！

说个约定，以后的人生路到底有多长？要我说，我们一定再活四十年。到那时，人人正好将近一百岁。那个时候相聚，意义并不在年龄，重要的是我们可以见证一个世纪！可以让同学情谊源远流长！不要说不可能，到时当我们拾起今天一样的快乐心情，一起点燃预祝一百岁的烛光，那是多么的荣耀！多么的壮丽！

今天起，同学们一起加油！

一句玩笑

天下竟有这样的好事，一句玩笑话，都能进账超百万元。这样的好事偏偏让我碰上了。

呵呵，先发个声明，绝对不是冥币，更不是假币，是地地道道的人民币！而且合理合法，折算成美金也有一二十万元，足够周游世界了。

成就一个百万富翁，居然就在一眨眼的工夫，轻而易举得有些像做梦。这玩笑可是开大了还是开小呢？

我把这桩买卖说成是玩笑，是因为从外形到内核都有很多的玩笑成分。当然，说玩笑也不是很恰当，反正这桩买卖来得轻巧，轻巧得像拉亮一盏大瓦数的灯，也还少了所谓的慎重，纯粹就是临时起意，或者说信口开河。

那天周日去城里住处，是在过年后的一个多月。算起来我们夫妻俩一起去城里住处，相距已有半年之久。可见城里住处，我们已很少去，早就冷落在城里。

六年前买这栋房子，本是打算让小孙儿去锡师附小学区读书。面对后代教育，没有人可以超脱，即便花上一辈子的心血，也要咬紧牙关撑起一个求学的窝。政策这么规定，你得有住处，有户口，孩子才可在那上学。我们没门没路，没权没势，只好依着人家的规定来办事，即便这个规定像老虎的嘴巴，也得往里送。

去城里住处的路很挤，一个又一个红绿灯，一溜又一溜的汽车在等着过。可能一则是周日，二则是天晴，三则是梅园花盛，人们有赏花观景的心情。路被压垮了，马路成了晒车场……

我出门时的好心情在渐渐地消退。

为了便于上下班，我曾经住过城里一段时间。积淀在脑海里，除了很多夜以继日的繁华之外，附带给我更多的是受不了。就像从前买一块好肉，总要搭上一把下脚。最多的是走路不畅、空气浑浊、噪音无尽、人情冷漠……不管是两条腿走，还是四个轮子走，处处有卡，卡壳不断，不是红灯，就是车辆，更有像蚁一样多的行人。左躲右闪，好像一直与阎王爷打擦边球。

路不顺畅，人情也不见得有多顺畅。条条街头行人如潮，却没有一个人与我有什么关联，彻头彻尾一路的陌路人，让夹杂在人堆里的我愈加感受到心的孤独。一不小心碰上谁，传入耳朵的大多是叽咕声，从脸色上一看就知道是不满，所以走路、拐弯、调头处总得小心翼翼。

城里是汽车的世界，人要睡觉，汽车却总是与人背道而驰。上半夜汽车轰鸣，灯光闪耀，人来人往。下半夜，还是像舞台上的戏子，你方唱罢我登场，跑不完的龙套。二点，三点，四点……在汽车声里数着钟点睡觉。老婆每次去，睡一夜折腾一夜，第二天少了精神，周一上班，晕晕乎乎。一次次去，这住处在心里的激情一次次削减。

就是个住处，样样齐全，沙发、电视、电脑、宽大的床……但与家有着本质的不同。家，不仅仅安得了人，更安得下灵魂。住处，少了的是对根的念想，那些祖上传下的文脉和规矩，像祭祖、跪拜、过年、蒸糕等，都因家而传承，也因传承而强化了家的存在感。但在住处，城市生活的简洁和快餐式节奏，强化了安身过夜的奔命，难以让生活的全部体量放进家，包括灵魂的归宿。六年中，虽然也一天天住过，但总是匆匆而来，草草而回。撤离的时候，大包小包往车里塞。小孙子喊得最响亮的一句话是："回家啦！"明明也是家，却没有当过家来住。小小年纪，他在血管里似乎早已知道家的模样。而这里，每次走都像是撤离一家宾馆，或者一个落脚点。

更不安于心的是，城市远离生我、养我的血土，远离从小结伴长大的亲情、友情、一草一木，都因为拉开的距离而渐渐寡淡和疏远。找你，除非有事；找人家，也除非有事。来也不便，去也不便，成了无事不登三宝殿，多了谨慎，多了慎重。要在血土上，身处三尺地面，乡里乡亲，照个面，碰个头，聚一聚，都是很自然不过的事，不用特别的约定、有意的盘算。有时就在路边碰上了，有时是在村尾巷头，有时甚至在厕所，站定了，一边还解着纽扣，一边就随便说起话来。说着说着，不经意，知道了张家长李家短的信息；也说不准，你的某个事，捎上了或者托妥帖了。

这一切，生活在城里，像极了一个童话、一个梦吧……

梦里，一直有种回归的渴望。

进得住处，突然间，所有烦躁心绪因为路堵而涌上心头，所有陌生感因为一屋的尘灰而泛滥，我脱口而出说："这房子我们卖了吧。"老婆几乎同时开口："卖了吧，要来城里我们就住宾馆，还省去好多的繁杂事！"

去物业一说，物业可是个快速运转的机器，我刚转身，他们就把信息帮我发在了物业管理平台上。没有想到，我刚回屋，还没有来得及烧上一壶茶，想买房的人就直奔我住处来了。

直让我觉得，这些买房人是不是就在一直等着我的信息？是不是就是一群潜伏在我房子周边的掮客？是不是他们太有钱了，把买房当了儿戏来玩儿把瘾……

这似乎像一种喜剧，比玩笑还要玩笑。

第一个来的是位生两胎的父亲，因为小儿子想在这个学区上学，所以一看到这个信息，立马丢下手头活，跑步过来了。这哥儿看上去有点木讷，好像不是很有钱的主，似乎是我的翻版，没有一点新意，感觉得到背后似乎有着诉说不尽的心酸。

第二个来的自称是银行家，他一开口就说"不差钱"，乐于在我开价的基础上再加八万。这是我一点心理准备都没有的，世界上还有这样的人，居然还没有看一眼房子好与不好，符合不符合自己的意图，就报出了加价数，可见他真不差钱。更离奇的是他跟我说，他买房，还不拿房，不必去房管局过户，还留在我的名下，双方签订一个协议就行。我说："你不怕我把房再卖了？就算你不怕，我还怕我名下有太多的房，说不准哪年换房产税了，是你来交税还是我交税？"

后来听他介绍，这老兄名下有太多的房，都不好意思再去房管局登记房产了。但他手头还是有用不完的钱，觉得囤房、炒房是最安全的买卖。我心里自有主见，这主见就是再有钱，给我加再多的价，我也不会轻易卖给他，这是我的良知。

第三个来得更有意思，是个房产中介经理，先发给我和老婆各一张字小得像蝇头的名片，他说他有一大把想买我房子的客户，让我托他来办，保管能卖个好价钱。他接着给我出主意，说这里有最好的学区，我不用愁卖不出去。这个小区的大户型房子，人家都开价二万一平方米，让我不要不好意思开价，开高了可以议，开低了我吃亏……他这么一说，好像与我拉近了距离。随后伸手拍拍我的肩膀，非要请我到他的房产中介公司去喝茶。他说他有的是好茶，福建的铁观音、苏州的碧螺春、杭州的龙井……好像几杯好茶就能拐跑我似的。

这时又进来一对夫妻，也不打个招呼，自顾自地整个房子地转。看了厅堂看阳台，再看房间，再看厨房，再看卫生间。一句话没有说，前脚盯着后脚跑了，像来时一样的悄无声息。一点不明白他们是想买，还是丝毫不感兴趣。

　　一个多小时，来来去去，接待近十批人，在我的脑子里迅速形成这样的印象：当下有钱人太多，买房也好，卖房也罢，轻而易举；想买学区房的人太多，背后都有望子成龙、望女成凤的舍得；只要是学区房，就是烂房也别愁卖不掉。

　　买房，卖房，都有种疯了的感觉，省力得像菜市场买卖一扎菜。

　　经不起人家的拉锯战，最后决计卖给生两胎的主。他虽木讷，但更多的是诚恳，从眼睛里看得到他甘愿为后代付出的决心。协商很友善，也很有点酸楚。最后我以让步六万成交，他顿时满脸喜出望外，眼角的皱纹笑成花。很可能像他当年知道媳妇生下儿子一样欢喜。

　　而我，为一下子成为百万富翁而如坠云里雾里……

穿针难引线

　　事情的开头很常规。爬山的时候，两个胳膊就势一用力，胸口一个纽扣咯噔一下掉到了地上。纽扣掉的快，睁大眼睛找了好长时间，才发现落在一个凹陷处。找到，当然高兴。但出门在外，纽扣只好揣进口袋。

　　回到宾馆，第一件事就是动手缝纽扣。找出宾馆的针线包，把纽扣放在洁白如雪的被面上，轻轻地捏线，一二三，对着针孔，眯缝起眼睛一次又一次穿，却怎么也穿不过去。把线放进嘴里，线头湿上口水，两个手指捏呀捏，线捏紧密了，顶头一根丝似的，再穿，还是穿不过去。穿的时间长了，眼前有点恍惚，针孔好像似有似无，还像不如一个，有了二个三个。移到窗口，对着光亮穿，手有点哆哆嗦嗦，愈加地穿不进去。

　　心里不服，不相信一根针线穿不过去。这么小的事，再简单不过，简单到刚会动手的孩子也能做。报上常看到，就是百岁老太，缝缝补补，穿针引线，不戴老花镜都做得随心自如。放到被子上穿，被子因为纯白如纸，针在上边，亮晶晶的，清楚得很。针孔也看得明了，但是，一对上线，孔似乎又不知哪里去了，晃呀晃的，孔眼模糊了……

折腾来折腾去，越折腾越不对劲。小小一根针，真的为难了我这个大男人！怎么会这样呢？真的老眼昏花了？真的岁月这么磨蚀人？心里不服，但现实就是这样的震惊，不信还不行。

岁月不饶人，明明白白放在眼前。

这样艰难地折腾了好长时间，引得邻床的朋友有点好笑。邻床小不了我几岁，但毕竟比我小，眼应该比我尖。他一开口也充满自信，说怎么就穿不过去呢？我来帮你穿！满当当的口气。

我只得服输，也感激邻床是个好心人，顺手传上针和线。

朋友穿了几下，似乎也力不从心。他在我湿过唾沫的线上，再湿了口水，一而再地捏，线捏成了细细的丝。但是，我看到他拿线的手，对着针孔，也是晃呀晃的。我知道，其实晃的是眼，线头在针孔边撞来撞去，就是撞不准那个有点神秘的针孔。小小针孔，太难了……

一次次，他也失败了。他说："真还不行呢！"话里有不服输的意味。

但他是爽直的，说穿不过去，就请服务员去穿。他拿起针和线，匆匆往外走。我说不必吧，这么小的事，让人见笑。他说穿不进就是穿不进，没有办法的事有什么不好意思的。

他比我实在，比我敢于承认穿不过一根针线。我在心里升起一股苍凉，也有了对他的佩服。

房间的门被一阵风关上。他七弯八拐，入电梯，下底楼，找总台，只为让服务员穿一根针线。

多小的事，但背后有着多大的失落！

我被关在门里，一时间有点发呆，心绪被一种烟云笼罩。唉唉……两个大男人，弄不好一根针线，有种凄凉弥漫开来。

是呀，根本就不是我们无能，不是我们无手，不是我们无眼，不是我们心不细……只是岁月，磨蚀了我们的眼对一个针孔的把握能力。

但愿，岁月，不要磨蚀我们一颗心对生活的洞察力……

淡然过年轻松心

这个年过得特别淡然，没有一本正经吃年夜饭，没有喝酒，没有看春晚，没有贴春联，没有放爆竹，没有赌钱……完全像平常，伴着太阳从东天升起，西天落下。淡然，淡然中却涌动着美好。这个美好来自不同寻常的安静，不同寻常的安逸。有了精神的自在漫游：看宋小词的小说《直立行走》，看《呼啸山庄》，看《巴黎圣母院》，逛长泾古镇，爬斗山西麓……让时间在这精神的安逸里流动，在流动中听风在云头上掠过的声音，悟书本里先人们透彻的人生，让内心涌动起亢奋，充满热闹。

很多人怀恋曾经的过年，很有些愤愤不平地说眼下过年没有年味，甚至说索然乏味。报上连篇累牍刊文，尽是那些像臭豆腐一样的怀恋，如蒸年糕、做米酒、包饺子、杀猪宰鸭……大多是除了弄吃的还是弄吃的，好像弄吃的是过年的唯一目的。还有就是穿新衣、放爆竹、挂灯笼、贴春联之类。其实到了当下，这些曾经做的的大事，已经不成为事，甚至不值一谈。因为如果单从享受物质的角度讲，过年已经无关紧要。眼下，早已经是"度日如年"——新解为天天像过年。人们什么都有的吃，只要你想得到，家门口的超市里几乎没有什么采买不到的，而且大多还包装精美，时尚又很配胃口。你可以天天享受比从前过年还好的日子。怕自己生火，尽可以逛下小饭馆，想吃啥点啥，不一会儿，曾经的过年菜一个个端到了你面前。就怕你胃太小，装不下那么多；还怕你得三高，得糖尿病，得肥胖症。事实是，对于吃，已经不再为解饥饱，早已经追求如何吃得精，如何吃得有益健康了。

面对丰富多彩的美食，追求健康的人们，重视了理性选择，有意无意地节制或者限制自己的胃口。过年再来谈吃，再为吃费劳费神，已经没有一点儿的必要。

再说穿。曾经，一件新衣服盼一年，到了过年才盼上身，这是何等的壮烈，自然给你异乎寻常的记忆。现在很少有人还要等到过年再添上新衣服了。服装店里琳琅满目，你什么时候想买，什么时候都可以穿上身，天天可以穿得花枝招展。即使这个月手头紧一点儿，下个月一发工资，买上一两套衣服又不成问题。当下人们，穿衣已经不再是为暖和，大多是为了包装自己、张扬自己的个性，什么身份穿什么衣服，什么场合穿什么衣服，什么年龄穿什么衣服……大多人都有了自己的认知和选择。

说透了，年这个产物，创始于农耕社会，根植着农耕基因，充斥着强烈的自给自足的色彩，渗进了短缺年代里潇洒走一回的快乐。

她满足着三个最基本的本能：一是借年图吃。能吃个饱，吃到平时吃不起的东西。二是图穿。四季破旧，能在过年时新一把。三是图解无聊。冬闲无事，炕头那点事，再有乐趣也是坐得腻的，于是生发出许许多多填补无聊的热闹事，甚至夹带进很多的愚昧。比如祭财神，弄上猪头肉、鸡鸭鱼酒，点上香，主人诚心诚意跪下来，屁股翘半天，响头磕得咚咚响，以为可以行贿想象中的财神，来年能够财源滚滚。上门调龙灯舞狮子有着同样的隐意，为着满足人们对金钱的强烈渴望。这些可笑作派，让过年笼罩上了神秘的快感。这种戏弄，在当下知识爆炸的时代，自然只有衰落的结局。

再有像放爆竹，是为着与天神沟通，达到去邪迎福的目的。如果放个爆竹能有这样的能量，那么从它发明到今天的几千年里，不知该有多少家庭走上发家路，事实上几千年来，大多时间是民不聊生！

所谓财神其实就是你自己，勤快、智慧、坚毅、和善……修炼自己才是最好的跪拜！

年，失去曾经的意义，其实并不是什么坏事。相反在我看来，是人们向文明迈出了一大步，觉醒了自我，理性于生活，满足于物质；不再惊奇，不再瞎拜，不再刻意，用一颗平常心，一种操持平常日子的态度来对待过年，又何尝不是一种现代心态！

年，说穿了就是一个假期，一个节日，一个可以放松自己的理由。毕竟忙了一年，可以借这个时间，好好休整下自己，放松下自己，安静下自己。关在家里的阳台上，晒晒太阳，嗑嗑瓜子，喝杯红茶，或者拿本耽搁下来的书，补上一课精神食粮；可以爬爬山，看看太阳照在树头的景观；可以划划船，荡漾在水的波光里；可以走亲访友，带上礼品拜访长辈，叙叙旧，说说陈芝麻烂谷子的事；可以逛逛老街，领略一下不常出现在眼前的街景；更多的可以陪陪家人，天南地北地聊聊天；听听音乐，不要有画面的那种，也省得劳累了眼睛……

一切都在自然而然和心安理得里度过。年就这样稍纵即逝，留在心里的最美风景除了轻松，还是轻松；除了安逸，还是安逸。

轻松、安逸，是现代人最珍贵的心理目标。

忌讳规则

人人都要死，可人大多不会认这个账。

记得鲁迅先生曾经写过一个故事，说有个孩子过百日宴，大家都去祝福，有的说这个孩子长命百岁，有的说富贵长命……有一个人，不拎市面，当着大人的面说这孩子以后一定会死的，结果吃了巴掌，被赶出了宴席。

在中国，说"死"是犯大忌。但人确实是要死的，迟早的事，绝对是实话，是真理，却没有人乐于听这个实话，这个真理，尤其在一个刚刚出生的小孩子面前。人们打心里忌讳这个"死"字，好像世上没有死这个字，死这个字就像现在市场上的假冒伪劣产品，是个伪字、假字，从来不曾存在过。人们在内心里，年轻的也好，活久了的也罢，总是觉得自己不会死，死是遥远的事，无边无际，自己会一直活下去。

人忌讳死，说穿了是害怕死、恐惧死、无法直面死。人在心里把死当成了恶魔，当成了强盗，当成了臭粪坑……总想着法儿绕开死，远离死，对死装聋作哑……渐渐还真演变出了忌讳死亡的文化，衍生出很多不直面死亡的办法，以缓解人的心理。

忌讳死亡，在民间都约定俗成，虽然不成文，但规矩始终有形无形地存在着，并且不得有半点马虎，不然，一不小心会得罪左邻右舍，很容易留下祸根，甚至结恶成仇。

那天接到朋友一个短信，问我在忙什么。我正在参加一个长辈的葬礼，如何回复顿觉成了一个难题。

好在中国的文字太有花样，我回复："送一个长辈转换人世。"这是一句多么温和的话，融进了我对死的浪漫主义理解。现在想来，当时我能把死说成那样，真有点聪明劲的，也表达出我内心深处对死的新理解。朋友回复："哦，知道了。"然后，一直静默。静默是最好的回复，朋友知道了是什么事，知道了得回避，不该再把有色彩的话发来打扰。

国人就是这样理性和知趣。死，最有话的潜台词就是静默，默不作声，不然不会在葬礼上有默哀、肃静的流行。也许几千年没变。

人一死，那些民间传统和礼节立马会活脱脱走马上阵，演绎一个个不可抗拒的规则。

最先做的是给死人烧"下床裤"，这是人一断气得立马抢做的事。人光溜溜来，没有人再希望光溜溜走，这也是忌讳。"下床裤"就是人进入另一个世界必须立刻穿戴的一身衣裤，可以是死者生前较为喜欢的熟衣熟裤。

随后清理床褥，打成卷，用竹竿扛着，由两人抬到屋外某个三岔口，点上一把火烧掉。据说，死者灵魂会暂时寄存在这里，直到过了"五七"，灵魂才会从这里步入天国。大多人突然碰上这堆灰迹，特别是晚上，都会吓一大跳，惊出一身冷汗。知道的人，不管白天黑夜，都会绕着避开了走。这个岔路口会在很长一段时间成为忌讳，很少再会有人去转动。

给亲戚送信叫"拨信"。没有人叫送信，"送信"中一个"送"字，夹杂喜庆的味道。死了人绝对不能再有喜欣的色彩。拨信前，确定死者开丧日有两个选择："搁三朝"或者"搁五朝"，没有双日。家里有长辈健在的，只能搁三朝，死者做多大的官，发再大的财，都无关。"五朝"是对长寿者的恭敬，也与身份无关。

死人搁在家里，家里人不能再自自在在地串村走户，尤其不能踏进别人家的门，不然会给别人家带去晦气。

办丧事是件庞大的工程，三亲六戚都要拨信到。出丧那天往往不下有几十到上百人，台凳器具、锅碗瓢盆很少有不向别人家借的。这是件两难的事，这时，就看得出这户人家在村上的人缘了。人缘好的，一呼百应，人家争着借来东西。人缘差的，借个东西都难。人家屋门紧闭，怎么敲都敲不开，让你陷入无脸以对的绝境。所以，这是一种始终悬在人们头上的紧箍咒和约束力。近期听说有位干部开丧，直系亲戚中的长辈个个拒绝出席，起因是他从来没有看过长辈，长辈生病从不去探望，别人家死人后也从不奔丧，他忌讳一切生老病死。结果到他死时，无人为他送行，连姐妹们都拒绝参加。

死后的他自然不会知道，但活着的亲人好没脸面。

有借还得还，还时，还是不能主人家出场，整个忌讳要过"五七"才算宣告结束。还人台凳器具、锅碗瓢盆是件比借还要细致的活。一个绝对不能马虎的环节，就是给台凳器具、锅碗瓢盆赏红压邪。每件都要贴上红纸片，一件不能漏。一定得委任信任的人来做这件事。如果有疏漏，也有补救办法，买上爆竹，去到人家门上放大红爆竹，以算驱邪。到这个份上，主人家是很丢面子的。

拨信有讲究，得一家家上门当面报信，不然，是对人家不敬。派出的拨信人，一般是死者家的小辈。领受任务后，各自亲赴，当日必报，不得隔夜。进人家门一般不得落座，报过丧信，退出人家家门前，得向主人讨口水喝，以冲洗带来的晦气。回来路上，不得中途拐进别人家，就是自己家里，顺道也不能跨进门去，必须直接回转死者家门，喝过红糖水，吃过糕点才好恢复自由身。

奔丧那天，完事后回家，同样不能临时起意，拐进别人家去坐坐，即使亲兄弟家也不能，不然你会成为不受欢迎的人，你的人品将大打折扣。即便你回家了，按照民俗习惯，得当晚洗澡，里外衣服换了，以告绝晦气。

出丧那天，家家都会出份丧礼。一张八仙桌放在大门口，有村上人或者直系亲属当账。制作好"白事簿"，送上一家记上一家。礼钱多少是件蹊跷事，只能意会不能言传。一般遵循前因后果规则，你曾经送得多，自然不会少，你送得少，也不要计较人家送得少，这叫人人心里有本账。最紧要的是送钱有单双数忌讳。人家夫妻过世一个，你不能送双数，一般都在整数上加个一块钱。你不加，账房也会向你讨，这叫为活着的人度吉利。夫妻双双过世，双单数就不忌讳了。

最有意思的是，人死了，人们在记载和传播中往往不会出现一个"死"字，好像死人与"死"是不搭界的事。说最多的是仙逝、古去、作古、升天、跑了……好像人死是去了一个乐于去的地方。尽管行字里有不能返程的感觉，但以这样极其乐观的主观臆断来对待死亡，就算忌讳，还是能感受到对生命的珍贵和热爱。

草精灵

　　我在家的园子里种菜，一茬又一茬，却总是与草纠缠不清。说是种的菜，却总是长出一地的草。草长过菜，喧宾夺主得束手无策。

　　像大多数人一样，怀着美好的愿望，用老办法，想种出原生态蔬菜。这菜吃起来特别有味，也安全。我把地头翻转过来，好好晒上几个太阳，待泥块松酥了，捣细碎，撒上街头买回的种子，浇水，时待发芽出苗。

　　发现有细细的嫩芽冒出来时，很是开心。水就浇得更勤快些。再几天，远远看去，地头上青翠起来，绿茵茵的，很养眼。一遍遍看过，开始并没有发现别的什么端倪。

　　再长起来就看清楚了，根本不是菜发的芽，冒起来的全是草。清一色的棉朵朵草。早上的露水下，太阳侧着射过来，水灵灵的可爱。如果没有草这个概念，那也是一地的勃勃生机。

　　显然，我不是种草，下种前我的目标早已设定，我种菜。人有了自己的目标设定，就会显现出少有的固执，没有犹豫，也没有手软，蹲下身去，两下三下，把嫩芽芽状的草拔了个精光。拔的时候，自然很怪罪这些草，不是吗？要不是草占上风，说不准菜早长了出来，于是对草还有了些许的恨。就像谈恋爱，总遇有人来捣蛋，生出许多的不满。

其实草一旦长出来，手是拔不尽的，地头上有许许多多的缝隙和高低不平的地方，细细小小的草很难不漏网的，何况拔掉了草芽儿，草根还扎在土里。这根厉害着、聪明着呢，好像知道大难临头，要不了几天，根就会从损伤中挣扎过来，愈加地长得发达、张狂。我有意挖起一团根系，虽然没有一片叶子，但根已经扎深，枝枝节节，错综复杂，漫遍四面八方，足以像个老巢。老话早说过，斩草要除根。看来只要根不除干净，草是很难除得干净的。古人明白的道理，我还在不停地重复和摸索。

还总自以为是，认为面上的草除了，菜就会很快长出来。还想即便有点草，菜也会盖过草，所谓正气压过邪气，也所谓不是东风压倒西风，就是西风压倒东风。

确实，菜芽子慢慢长了出来。看到正儿八经的菜，心里喜不自禁，好如风雨过后见彩虹。

高兴得太早了，后来发现，菜，早已有了菜的架子，它喜好和依赖了人的侍候，唯有不停地养它、宠它、护它，它才会来点儿生机。那种娇贵，小姐似的了。浇过几次肥，菜没见长得快，反倒是有的嫩叶片像打了麻药，恹恹的；有的像被烫了，甚至像烧了……

原来，菜对肥料，很是敏感，别说化肥，就是大粪也不例外。有了挑肥拣瘦的娇气，浓一点点，就像被火烫了。哪像草，因为要与菜斗，要与人斗，要与恶劣的天气斗，时刻保持着生存危机。什么肥来都喜欢，淡的浓的，有机的无机的，全像吃上了人参，一夜一夜地往上长，两天三天冒出来，黑幽幽一片，长得肥大又壮实，犹如一个野汉子，有天不怕地不怕的气魄，有强盗似的剽悍。

这世界上，但凡由人精心侍候的，往往都犯起了不小的娇贵。得要扑杀的，骨子里反倒特别强盛，弄得你心力憔悴，还是左右不了它。

当下，为除一棵草，动用了多少科学家和实干家！发明出来一代又一代的百草枯、草铵膦什么的。一群又一群的人奔波在田头，身背喷雾器，不是草铵膦就是百草枯，喷了一遍又一遍。一时好过了，似乎草消灭了，但过段时间，草又长出来了。野火烧不尽，春风吹又生呀。草，早已经越除越难除，越除越有生命力。而庄稼因为受除草剂伤害，越来越虚弱，越来越难种。稍不留神，即使多用一点点肥料，就会恹上三五天，或者死上一大片，让人叫苦不迭。

去年暑天里，毒辣的日头。我拔下来一堆水花生草，堆在墙角，有意给它日晒夜露。一天天，看它先是软绵下去，再是一张张叶子干枯，最后成为一堆干柴。你想，最热的时候近四十度，地都开裂了。如果没有空调，人都活得艰难。成了干柴的枯草，点上一把火就能烧起来。就是这样一堆死定了的草，一场雨来，不少又活了过来。一两天时间，节节骨骨上，先长出白嫩嫩的*丝丝拉拉*，再是爆出一个个有点红的细芽子。不要几天，一根根藤蔓便向外伸展了开去，一片生龙活虎的景象，煞是神奇，让我对这草的顽强、永不言死、永不言败的精神，深深地敬叹。

要是庄稼也具备这样的生命力，将会省去人们多少心思和操劳呀。

再说有种草，叫牛毛草，因为外形长得和牛毛一样细，一样密，故起了这个名，但名字里就有被嫌弃的味道。它的细小叶子翠绿翠绿的嫩，打上露珠，绿茵茵的，有点仙气缭绕的感觉。猪呀羊呀兔呀都爱吃这个草，但农民们还是想消灭牛毛草，因为只要它在，就没有了庄稼的命。看它一枝枝针尖的样子，细小得不起眼，但聚集成群，有着强大的集合力。只要盯上你，一段时间就能把庄稼团团包围，像黄蜂一样，把你堆住盖住直到消灭你。就算除草剂使过，隔段时间还能从地底密密集集长出来，仍然那样一团温柔的杀气，完全称得上草的精灵。

是老婆的一句话，让我对与草纠缠不清的劣势开窍了。她说："这草比菜长得好，还不费你神，何不顺水推舟，任由它长，当菜一样炒了吃。你看，猪呀羊呀兔呀，它们没有不喜欢的，嚼在嘴里，看上去比菜嫩、比菜甜。"

老婆真炒了牛毛草，端上桌来，青翠青翠的。如果老婆不明说，粗略一看，根本不会怀疑是草，我还真当金花菜呢。吃进嘴里，感觉鲜嫩嫩的，除了有点淡淡的草药味，别无异样，不亚一盆很好的蔬菜。

就像化敌为友，化草为菜，真是一种物为我用的好方法。草，不再是我的麻烦，倒是让我尝上了决斗世事的新方法。

终结电话座机时代

2016 年我家终结了电信局的电话座机，本来，这不在计划之内，却成了最好的计划，也是这一年最有意义的一件计划外的家事，值得。

走进小镇上的电信营业大厅，空落落的，营业员有的静静地站着，有的静静地坐着，他们的静让厅堂里散发出陈尸的感觉。

太阳从敞开的大门外斜斜地晒进来，照在柜台上，玻璃亮晶晶的。从这奇异的晶亮里，我感受到太阳已经偏西。这些大厅里的贵人们，再无心无肠，也不会麻木到感受不到厅堂外太阳在偏西……

难得走进这样个地方，也从来不想走进这样个地方。尽管，我是这里二十多年家庭电话和十来年宽带的老用户，真因了一个老，想起这里就越寒心，看到这里越只想逃避。二十多年呀，就是一棵树，也长成了材，也不再会是木头疙瘩，也有了依依不舍的感情。

但电信，就是一块木头疙瘩，一个在心底没有好感的权贵，不知是电信的悲哀，还是我的不近人情？

我是来这里办理停歇 2017 年家庭电话和宽带业务的。用了二十多年，终于可以挺直腰板，理直气壮地跟这里说拜拜了。再也不要看这里的脸，再也不要受这里的气，再也不必忍受这里的快刀宰割……

旁边来了一对小夫妻，在与营业员口角交锋。侧耳细听，小夫妻充的电话费，两天了没有到账，他们来让服务员查一查，问到底问题出在哪里。服务员一句冷冰冰的回复：“无法查到，与我们无关！”

女的说：“你们是老爷？什么叫与你们无关？！”

问得好！

但问得再好，问得再有理，对他们一点用都不会有。就算你发狠，说了带有挑衅的话，他们也充耳不闻，置若罔闻。他们什么话都早听过，也听多了，他们绝对不会一惊一乍。他们对待请求，有绝对好的脾气和耐心待你发作，让你自作自受。你好像是与又臭又硬的石头发脾气，越发，冲击你的臭气越厉害，一点不会影响他们的脾气和胃口。

他们真的是老爷！有老爷的地位，老爷的专断，老爷的作风，老爷的福利！

记得我最初装电话时，去电信局办手续，交费用，什么初装费、每月坐底费，钱哗哗地数过去，等来的是却一张票据和漫漫的无期。

有人提醒我，要给装机的送上两条好烟才会给你及时安排，不然你等着吧。

果不其然，一等再等。局领导是朋友，通上电话，领导也是一片为难，说忙呀，忙得不可开交。一团和气，但一腔的哈哈。

看来找天王老子都没有办法。不记得送了什么烟，反正不送是不会来装的，这是当时的行情。

更记得老家村上隔壁家装电话，从筹备到装成用了七个多月的时间，中间的艰难说出来现在人可能都不相信，感觉像是在说万恶的旧社会。我们是一个小村落，远离大队部，电信局说，你要装电话，得交电杆费、电杆安装费、庄稼损坏补贴费，总共七根电杆，预算出来，三万多元。隔壁家弄个小作坊，没有电话不行，咬咬牙认了。

急呀，那就加急，得交加急费。来施工，得安排施工人员吃饭，一人一包烟。人家没有明说，但口气里、信息里都包含有这样的暗示。说人家是露天施工，为你卖命，多苦呀。意思很明白，你不拔毛说不过去！

那天装杆拉线，来了整整一桌人，忙乎了一整天。隔壁也够气派，请来了老丈人、丈母娘、小舅子等，当了一件大喜事来办。全村第一个装电话的，自然是大挣了面子。最后结算，装个电话机花了三万多元。那时的三万多元，相当于眼下的三十来万元，很大一笔开销，普通人想都不敢想！就是大多大大小小的领导，大多家里也不敢安装电话。不是老板，谁都装不起。即便祖上传下来好些祖产，装得起，也派不上用场呀，还用不起。电话是当时的奢侈品，大多人也是用的成分少，装气派、装门面的成分多。出门能报出家里电话号码，代表了不同寻常的身价。那个时候，一代人真的近乎疯狂。座机以后是大哥大，一只要七八万元，有人专门扛在肩上，挂在腰间，那个神气，赛过做皇帝！

电信是一家独大，一家独霸。价由他开，明的暗的，死的活的，规则都是他定，什么都是他说了算，他是真理，是法规，老子天下无双！就说隔壁家的电杆费、初装费，交了，按理财产是他的，是他的投入，或者应该享受收益分成，但事实上他交过费，与他一点关系都没有了，等于白送电信了，等于没收。几十年过去了，一如既往不管你用与不用，月月收月租费 18 元，来电显示费 5 元。打电话，前 3 分钟 2 毛每分钟……长途、国际长途还要加收这个费那个费，收得你云里雾里。你再有理，就是无处去说理，无处去诉求。就算你很有钱，交什么费都无所谓，但你交过钱，得低头过他们的门，舔他们的腔。厉害的人就是强大，强大的背后，有足够强势的理由，无理也是理由！

好在，小镇吹来了春风，联通来了，移动来了……尽管这些还不够，还是他们兄兄弟弟的天下，但还是有了一点点的希望。终于可以由你选择了，有了脚的自由，有了翅膀的振飞。市场，多好的宝贝呀！它给了你甜蜜和滋润，那就是你作为用户的尊严！腰板可以硬朗，说话可以理直气壮！

终结一段失落而又晦气的历史，将比迎来新一年更高兴。

网购，超越"上帝"的消受

一直不接受网购，主要有三怕。一怕麻烦，接受新知识总是慢一节拍。二怕银行卡输入网络后被盗走钱。这样的事一直听说，听多了觉得银行卡在网络上太不安全了。我卡里的钱，来自工资，一个月才发一次，每一分都牵动我的心，血汗钱嘛。还有密码，看似输进去一个个黑点，其实网络认得并记得你黑点里的全部信息，有人要解开密码怎么办？从辩证的角度讲，可以保密，也就可以解密，每次输入这个码，心里总有些不踏实。三怕买的东西，远在天边，不见货，不见人，可靠吗？偶尔买些不紧要的东西，总让女儿代购，自己有意无意地远离着网购。

这回下决心自己来网购，是因为小孙子滑板车上一个小零件坏了，实体店无论如何也找不到。嗨，仅仅一个小不点，竟要毁掉一辆滑板车，太可惜了。还有，家里纱窗坏了一个小装置，到街头实体店去修，明确告诉我，纱窗不修，从来都是一次性，要么换。

一个纱窗三四百元，仅仅因为一个小配件，就要全部泡汤，显然很不情愿。尤其反感实体店老板眼光里的奸诈，明明就是想诈你一下。

我相信天无绝人之路。我先在百度里搜，把我要的东西输入进去，信息一下子跳出来几百条，大都指向淘宝。往淘宝里找，五花八门，原来再小的东西都有，最不起眼的东西也有，一个螺丝，一把起子。

联系上一个卖家，我把小配件的尺寸发给对方，商家不确定，让我把坏的东西拍成照片传过去。原来，看实物可以用照片来传输。一切动作，在淘宝里很简单，一个点击，一眨眼，对方就收到了我的照片。对方告诉我，这东西是老款式，他以前经营过，现在经营新款式了，但仓库里很可能会有，马上去仓库给我找。心里觉得有点小题大做了，不知对方仓库远不远，方便不方便，我很有些过意不去。看卖家标价，类似的新款才几元一件，我连连发过去感谢。对方左一个"亲"，右一个"亲"，说这是他们应该做的，不用客气。

这样的交流，觉得很舒服，简洁、明了、客气。本来我擅长文字语言，在一个小小框里写进我想说的话，一点就到了对方眼前。对方呢，因为是卖家，总在文字里带着温暖的语气，一会儿一个"亲"，一会儿一个"稍等"，和气、亲近、明了。

以前进商店，我总怯场于与营业员的交流，总发觉对方的眼光里夹杂着欲擒故纵的味道，一直说"好好好"，给你一个劲乱夸，无非就是诱导你消费买单。网络里的商家与我相隔千里，脸色不用看，眼光不用看，花里胡哨的装饰不用看，不存在一丝一毫的直接接触，只有来来去去明确、干练的文字，而且文字还都可以留存，一旦有纠纷，证据确凿。

没有多少时间，回复过来，告诉我仓库里有存货。实体店难找的配件，仅仅几块钱就买到了，让我感慨不已，开心不已。两天后快递到家，赶紧拆开一试，一拍即合。无论纱窗，无论小孙子的滑板车，都妥妥帖帖地搞定，完好如初，这让我愈加地开心和信服。呵呵，网购，真的能解难事，能解决没有人愿理的小事。

一个家里，其实平时存在许许多多的缺憾，有些因为觉得事太小，总随它一直拖着。比如吊灯，本来里边有好几盏，不亮一二盏也无所谓，虽然有时细看，感觉有点不顺眼，但还是懒得去买，因为往往小事的背后有着太多的麻烦。如果自己开汽车去，店家就近不许停，要找停车位，一不小心贴了50、100元的罚单。找妥帖的地方停，刚停下，就会冒出一只伸长的手向你要停车费，最少5元，普遍10元。一个灯才3元5元，停个车就翻上一两倍的成本，心里难免不窝火，有时压都压不住，联想一串串的死要钱，心里更窝火。不买，也就免了这些窝火。

网购完全不同，一切都可以在家里完成。坐在沙发里，躺在床上都能买。白天好买，晚上也好买。有的店家，到了半夜还有人守值。写完文章，意犹未尽，来到淘宝搜搜，向对方问声好，立马一个"亲"字过来了，问你有什么需要吗？根本不像购物，倒像是碰上了老朋友，有了聊上几句的欲望；根本就不用乘车，七转八拐去商场；根本不用停车，免了被罚的可能，没了强盗般的停车收费，更不用看那些仗势收钱人像黑帮一样的架势，真正感觉网购是世上最轻松不过的大好事。

马云真了不起，发明了阿里巴巴，改变了人对实体店、营业员的购物依赖和自身的购物习惯，打开了人与人之间、人与物之间全新的沟通方法和渠道，让人在购物中实现了更多的选择和快乐，收获了更多的信任和尊严。

我开始了真正意义上的放心网购。有次我买了一个鞋柜，长和高都超过一米多，很大的东西。要在实体店买，你得用车装回来。小车不行，得雇货车，运费不说，路上擦毛碰伤还会是自己的事，出了店门概不负责嘛。现在网购，可以先在网上谈价，你觉得价高，就先收进购物车，右击，找相似的东西，不下几百条货物信息立马跳入眼前。细心进行价格比较，质量比较，看买家的评价，品质和服务是好是坏、价格是高是低一目了然，最后觉得哪家合算就下单。谈妥的价格，还可以把拍卖价改成成交价。订单发给卖家，卖方一儿会就把价格改妥。进到付款栏里付过款，东西就是你的了。包邮不包邮，邮资多少，都十分地明确。成交过后，你尽可以放心地等，自会有车给你送上门来。我感觉像是神仙的样子了，省去了一大堆的劳什子事，没有了大包小包拎来拎去的窘态，没有了口渴找不到一口热水喝的苦恼、尿急了没处上厕所的尴尬。在家等急了，可以打开淘宝查看货物轨迹，一站站都给你记录得清清楚楚，最后一站连给你送货的快递员是谁，手机号码多少，都会一应告诉你。货送到家，你尽可以拆开来细细检查，没有一点疑虑了再在收货单上签名。即使签过了字，你还可以保障自己的权益，七天使用中，发现问题，大多能够无条件退货，不然你可以不确认付款，款子押在第三方，向第三方申请，第三方会依据你的实际情况无条件退款给你。倘若收货满意，确认付款，还可以对商家做出货物品质、服务、快递等各个方面是优是劣的评价。这个评价，卖家满心的在乎，因为是好是坏，能够决定对方的生意经，甚至影响到对方的生存，所以卖家往往还要给你捎上小礼品，或者吸引你做折扣会员。一宗订单，全过程服务，常常皆大欢喜。这样的成交，真正实现了顾客是上帝的宗旨。

有回，我为小孙子买了套神兽金刚玩具，拆开快递，发现一个小手臂断了。我想，一件塑料玩具，从广东长途跋涉到无锡，有些损伤是难免的。我拍上照片传给卖家，卖家二话没说，给我两个选择：一退货，快递费他来；二重新寄个新配件。我感觉卖家敢于负责，诚实守信，便也不想加重他的负担，同意发个新配件来就行。寄出新配件，卖家立马发我快递运单。一来二去，我感觉到了卖家的真诚，也就相信了卖家，在新配件还要耽搁几天到家的情况下，我当即确认支付了全部款额，并给对方打上全部好评。对方发来信息，连夸我是好买家。我去信，同样夸他是好卖家。物件损伤不应是对卖家好坏的评判条件，在我看来，评判的重要标准是卖家对待损伤的态度。好商家，一定要及时给予温暖和安慰，让买家感受到真诚，从而更好地传承诚实守信和敢于承担责任，这是卖家必须有的品格。

　　还有回我买错了东西，心想这下麻烦了，发对方信息，赶紧说明缘由，对方主动提出让我退款。开始我还找不到退款按钮，对方就一一指导我怎么弄，短短几分钟，款子又回到了我的卡里。只听手机叮当一声响，打开信息窗，看到钱已退还进我的银行卡里，让我顿时感觉现代手段的不可思议，愈加相信了现代工具的严谨和严密，相信了网络也有人格魅力和温暖友情。

大别山的世内稻源

　　山还是那道山，鄂豫皖三省交界，绵绵延延，层峦叠嶂，过了一山又一山，来了一峰又一峰；梁还是那道梁，弯弯绕绕，爬不完的坡，走不到的尽头；家还是那个家，零落的房子，散落在一个个山坡上，面向一座座山；溪，还是那条长又长的溪，围着山儿转，围着房而绕，潺潺不息，朗朗不止。因为到了十月，大别山有了别样的景致，别样的金黄，金黄得犹如黄金铺满了地。那一片片的山沟沟，塞满了金黄色，高低错落，形状百态，衬托得山那么的绿，那么的深沉，那么的伟岸，那么的高大上。天那么的蓝，云那么的白，房那么的温馨，让人遐想和欢喜。一声声鸟鸣，飞掠在山梁；一声声狗吠，回荡在村庄……

　　我一个外来人，就这样，面对墨一样凝重的山梁，面对山风卷动的稻浪，面对狗吠里显得热闹又空旷的村庄，我一直坐着，坐着，屁股下像钉了钉子，牢牢地粘在山坡上，怎么也不想走，暗暗念叨，太阳呀你慢点走，慢点走，这样让我心跳不止的美景，你哪舍得用黑暗来掩盖！太阳呀，你慢点走，再慢点走，我要在这里好好坐一下，就坐一天，坐一个星期，坐一个月，坐一年……真的，一年年，我就想在这里坐下去，你慢点走，慢点走……

太阳听了我的话，蓝天听了我的话，白云听了我的话，鸟儿听了我的话，一切的一切都好像静止了，定格在了这金黄金黄的世界里。我也好像融化了，升腾了，成了金黄色的一粒谷子，长在稻的茎干之上，随着山里的风，飘呀荡呀，摇呀晃呀，悠哉悠哉，悠哉悠哉……

我都不知道自己是哪里人，从哪里来，好像就一直在这山里，一直住在山的脚下。还在一个不陡的坡地上，种上一块菜，锄地拔草，芽儿长出来，白天黑夜地长，都想长过山。花儿开出来，山上山下、房前屋后飘来飘去的花香，引得蝶儿蜂儿满山坡地骚情狂舞，让你像掉进梦的世界，童话的世界。

屋前还有一棵树，一棵百年的老树，枝枝干干那样的沧桑。年复一年，满树绿叶茂密和风华。风来了，总有树儿挡；雨来了，总有树儿遮。鸟儿成天在树叶里冲来撞去，钻进钻出，叽叽喳喳，似乎有捉不完的迷藏。早上、傍晚更是热闹异常，好像鸟儿有太多的欢畅、开心，非要把山儿吵翻，把天儿吵醒，把家儿吵热闹。

不明白，山里人为何有那么多的不甘，非要视而不见山的美轮美奂，挽起裤管，蹚过一条条河流，猫起腰，爬过一重重山的脊梁，背弃山的呼唤、山的挽留、山的多情，饱含热泪离山而去，进入拥挤的城市，过上喧嚣的生活。猜不透这是山的悲怆，还是人的无奈或者少情寡义？

我就想一直留在这山的景致里，在一个有树、有竹、有溪的坡地上，有一间小屋，装上前后门窗，不要窗帘，也不要防盗，让景从门外进来，从窗口进来。天天倚门或靠窗，面向大山，让身子沉下来，让心静下来。与山默契，同山相恋；与山相爱，同山交融……

到了春天，满眼可以装尽满山满坡的油菜花；到了夏天，扯起耳朵，让漫山遍野的蝉鸣，从早到晚地往耳里灌；到了秋天，用满山沟的稻浪装扮自己的思想和灵魂，收获满满的人生美意；到了冬天，看层层叠叠山峦盖起厚厚的白雪，让洁白的世界，纯洁我的眼睛，凝练我的心灵。双手合十，祷告整个世界都能洁白无瑕，无懈可击。让整个世界成为真正的世外桃源，比梦还丰满，还美艳……

我想，会有那么一天。即便百年之后，我升天了，我的灵魂，还会进入这样的山间。

灯影，对自然的迷恋

从不去看灯展，再盛大的场面，也没有引诱过我冷静又坚定的信念。

人都能被灯所迷惑，这与田野里的虫子有何区别？飞蛾扑火，是一句自取灭亡的老话。古人就知道，爱灯光的不是人，而是蛾子之类的虫子。人爱灯，只是发挥聪明才智，引诱虫子来自取灭亡。

再说啦，一个灯展，太人为化的东西，却总能把人忽悠来忽悠去，实在觉得人太浅薄。

现代人，就是乐于浅薄，还出了钱，一个劲往人为的灯展里钻，不为别的，只为满足心里那千疮百孔的空虚。哪里会知道，看过灯后，或许他或她的内心里，更加重了空虚，像一只蛾子被灯火烫了一下下，再飞就失魂落魄了。

而这回的灯展我去了，却不为愚蠢，不为空虚，因为我更爱田野，更爱庄稼，更爱树丛。灯影就在庄稼田里，以大自然为背景，以天地为帷幕，让庄稼、树木、草坪、河道……融合在灯光里。从表面看，夜里展现更多的是灯光，但支撑这美的却是庄稼、树丛、草坪、河道等自然景色的风姿。让田野中的庄稼、树丛、草坪、河道……跑在灯光的主体里，这就有了别出心裁，有了很好的寓意。站在灯光前，感受到的是大自然的生命，大自然的活力，这无疑是一曲大自然的赞歌。

我为构思者点赞，为创意者高歌。

灯展很快就结束，却天天少有人气，大多人还不习惯为大自然操办的灯展。我却很迷恋。

上苍有眼

前几天在一老板处碰到一位朋友，一位政府部门的环中层领导，其实是忘年交，他小我很多，该是 80 后。

在过去的岁月中，他小小年纪就好运连连。还是十多年前，他老爸就给他安排妥帖了光辉灿烂的前程，那时他刚刚中学毕业，却有幸进了党校学习，于是与我有了交集，成了同学。

两个时代的人，这样的机缘甚是稀罕。我是在机关奋斗了十多年才挣来的学习机会。这种学习，当然不像别的学习，学习的背后是官场的规则。很诱人的是指定性学习，学成后有潜在的升官可能。当然，学不成，同样有升官的希望。有些人因为背景，是注定的，学习不过是一种形式。

他的一切荣幸都因为有个好爸爸，一个能力大到可以暗中操控官场的爸爸。他私下给我说，区委书记都是他爸爸的好朋友，常去他们企业打牌。

他爸爸是一家历史悠久的地方国营化工企业的老总。九十年代末期，这家一度失去辉煌的企业，转制到了他爸爸的名下。也就是说，这家企业尽管还挂着地方国营的牌子，但已经是纯粹的私营企业，一切资产都在他爸爸的名下，所有的职工都是他爸爸的打工者，哪怕你曾经是为之骄傲的所谓"国家正式职工"。

听说曾经因为政府征收了他爸爸企业一笔什么费，结果企业半年不给职工开工资。说是企业转制后遗症严重，现在挣的钱，不够还债的。于是有一段时间，职工们去政府门口静坐。国企职工是"工人阶级"，经济问题转化成政治问题，政府领导自然有些吃不消，不得不服软。据说静坐的人，后来得了一笔不小的加班费。

因同学邀约，几次去他爸的企业做客。招待是隆重的、丰盛的，他们早已经无所谓钱。去过几次，都看到有重要领导在场，有的有幸碰上一面，有的只是听说，没有眼见。同学告诉我们的时候总是有点神秘兮兮。他父亲从来没有露面，说忙。照个面都没有时间，肯定有借口的成分。知道我们不过是小人物，父亲的儿子接待我们已是很荣幸。亏得在党校一起做过同学，不然走进企业，做梦都别想。

去企业看到最多的是室内的现代化。办公室、接待室既豪华又时尚。室外却一团糟，根本就无从下手的脏乱差。空气里充满着恶臭；一个个车间向外冒白烟；厂区内的几条河都成了乌龙，停在河里的船，身上尽染黑色，还有驳岸也乌黑乌黑的，没有一根草长出来；园子里的树，大的小的，参差不齐，看得出小的是再三补种上的，就算是活着，但也是半死不活的样子。

企业明显是污染大户，可能由来已久。也怪不得他爸，企业要生存下去，还要负担那么多有编制的职工。看得出，政府也好，企业也罢，对污染都睁一只眼闭一只眼。

但是，老板越来越有钱，能力越来越强大。

这过程中，他儿子一路做了村支书，环保助理。私下得过确切消息，说不久就可升迁副镇长。我听着一边点头，一边不敢相信。

直到有一天，政府下决心治理太湖水，几经拉锯战，企业关门了，据传赔了一个多亿。总算企业关了，彻底消亡了，不会再给自然界带来无穷无尽的危害了！就算赔一个亿，对百姓来说，也是值的。

钱是肯定用不完的。我想过，老同学的家与这天文数字的钱会是什么关系？人生命运又会与这钱是什么关系？这一切会清清楚楚吗？

若干年后的今天，偶尔碰上老同学，听到老同学说的第一句话是："我们家完了……"

我很吃惊。毕竟几年没有联系，信息全无。我这个人从来这样，人家有钱，我平头百姓，敬而远之，省得被人怀疑你要沾什么光。

老同学说，先是母亲生癌死了，后来父亲也是癌症，仅60多岁，寿酒刚办过。要命的是死前痛不欲生，受尽折磨。我嘴上一边说真不幸！真不幸！心里却跳出了"报应"两个字！老同学口气有些凄惨，继续说更不幸的还有自己！说着他的头低下来，我从来只看过他油光满面的高傲。我问出了什么事，他扭了扭身子，显现出更多的是壮实，但传出的哀叹却不敢相信是他的声音：我身上有大毛病……

我真的为他急了，他毕竟年轻，还有两个孩子。我赶紧问："什么大毛病？"

他没有正面回答，只是给我说："常常想起父亲，死的时候太惨了……"

挑明了说，我内心里一点儿也不惊讶。记得我站在他们工厂的黑河头时，心里就有过一种预感：他们一家子工作、生活在这样个环境，会安全吗？在危害环境、给他人带去灾难的同时，难道能独善自身？

没有料到一切会来得这样快、这样惨。生活远胜于想象。

分手时，问到老同学高就，老同学说没有希望了……就做好环保助理吧……话外之意有太多的不甘心。

嗯嗯，做好环保助理是必须的！我想，这可能对他还是天赐的最好机缘。不过，仅仅说做好环保助理是远远不够的，还得明白肩负的责任，做出色工作！让环境好起来，生态好起来，地球好起来，不要让别人也发生他家一样的悲剧！

好好救赎自己，上苍会有眼！我只能这样祝福老同学！

树，生命里的坚强本真

　　小区里家家户户门口的树经过几轮改革、变换，越长越漂亮。乡邻们碰一块儿，说家不是，说人不是，说收入更不是，那就说树吧。说树，不要有心机，不要有防备，不要有政治见解。最动听的是你夸他家门口的树长得千姿百态，他夸你家的树万紫千红，夸着夸着，主人有了满面红光，挣足了面子。一棵树，居然上升到了一个家的面子，时代真的不同了。

　　家门口的树给人争面子，说白了，类似于现在土豪、小三们养的狗，可以因为品种不同、产地不同、母系不同、父系不同而给狗主人带来不同的身价。

　　说到树，我的脑子里还停留在古树名木、参天大树、高大挺拔之类的原始认知上。这种认知，似乎有点世界观的影子，都建立在有用之上，说透彻一点就是实用主义，讲究的是树的后续用途。至于树长什么样、什么颜色、开什么花、品种质地等，不是很重要。

像在学校时老师一直教导我们，人长得高矮、瘦胖、漂亮与否并不重要，重要的是心灵，所谓"人不是因为美丽而可爱，而是因为可爱才美丽"。可惜，到得今天，这种认知已经跟不上时代节奏，在大多人的眼里，树能否成材、派什么用已经不重要，尤其家前屋后、花圃公园、行道马路上的树，种植的目的不再是为成材，以后要派什么用，而只是让人们观赏，让眼睛饱享树福。

家前屋后，是家的面子；在公园、马路上是一个城市的面子。观赏，显得异乎寻常的重要，一切只为了让人赏心悦目、心花怒放、痴迷若狂。

这样的树，人们往往最先欣赏的是树名，只要名好，好像运就好，带给人的利也好。所以什么发财树、金钱木、节节高、龙爪槐等，公司、店铺开业，乔迁新居，也不管它是热带物种，还是喜干喜湿物种，一股脑往家里搬，不曾想过养成养不成，只图吉利、喜气。冬天一来，一棵棵发财树什么的死了。到得第二年春天，搬出来的全是一个个干枯树桩。那些喜旱的物种更惨，茶缸子里的剩水，大多懒人一伸手就倒进了树盆子里，不要多久，先是树叶子上生出一个个水斑，然后慢慢落黄。还误以为是干的，继续不停地喂水，直到根系烂尽，无可救药。如此这般，育树人生意特别好，生生死死，才来滚滚金钱。

再是造型树，长相奇特，像一件件艺术精品，足以让人耳目一新，爱不释手。像榕树，矮矮的树身，下段圆鼓鼓的，夸张得像个大肚和尚。一串串褐色的树须从枝叶里垂下来，上层一片葱绿，好看得让人心疼。再是罗汉松、五针松、榉树桩、银杏树等，都是造型树的首选。但是这些树需要有专门的花艺师精心培育，不是一年两年就能成，有的需要五年十年。

熟悉的一对夫妻，从中年开始一直在一家花木公司培植奇花异木，常常用铁丝对树五花大绑，强迫树枝向着人预定的方向和目标生长，这不亚于是对树的虐待、扭曲和粗暴干扰。但树只能默默忍受，从不开口说什么，从不表达出任何不满，任有人给他绑架、扭曲、畸形，无可奈何地朝着人的想法生长。他不哭不闹，即便哭呀闹呀，又有什么用？好在，痛苦过后是人的欢天喜地，是身价的大提高。就像当年美少女必须裹小脚，不然嫁不出去。本来一个树桩，其貌不扬，不值几个钱，有的只能当烧饭柴，经过扭曲、变形、造势，虽然长成了丑八怪，自己见了都无地自容，却成了人们眼中的香饽饽，身价百倍。一旦卖出，不仅赚满养花人的口袋，还大长了抱他回家的人的面子，不亦乐乎、皆大欢喜。

想想现在，其实人也一样。诚实的老实人，不修边幅者，口齿不甜、话说不虚的人，往往不大受欢迎，难逃或者冷落，或者奚落，甚至到处碰壁。生意做不成，自然发不了财；官升不成，自然无法荣耀。而那些扭曲了人格，见上点头哈腰、对下颐指气使，缺少品位的人，学得一手哄吓骗抢贪，张嘴甜言蜜语，出手溜须拍马，功夫到家，活学活用《厚黑学》，专业、精湛，如此，倒是一路财运高照，官运亨通，八面来风，呼风唤雨，如鱼得水，沾尽社会的风光和好处，最终还能成为不倒翁，装进棺材还有人给整理一篇满纸歌功颂德的悼词，足以让人分不清是好是坏。

不过，我家门前两棵种了十余年的老树，因为过于高大，隔年冬里，我就给多处树枝做了手术，设想让它变得多姿起来，奇异起来。不想，硬挺过一个冬天，在今年的夏季里，渐渐表现出对时势的不适应，慢慢地，一个枝杈萎靡下去，不几天死了，又一个枝杈萎靡下去，再又死了，硬是只剩了一段挺拔的老树桩活着。看来，它是真不喜欢有人给改变树格，扭曲长相，也绝不屈服于以丑为美，宁可一枝枝死了干净，也不留一份丑陋在人间。

我对这两棵树肃然起敬，赞叹它们的一种最坚强的本质之美！

生态规则

知道两缸子竹子活得极不容易，已是马后炮。

即便是马后炮，总也还得让两缸子竹子活下去，这就让人也像竹子一样活得不容易起来。烈日下的每一天都要多长几个心眼，给竹子浇水，让竹子有活下去的勇气。

昼里太阳火爆，火辣辣地把竹叶烤卷了，萎靡不振，半死不活，很有些心疼。但即使干死，这个时候也绝对不能浇水。一盆凉水下去，准可能让竹子受不了。就像一个人发汗后洗凉水澡，不感冒才怪。经验告诉我，只有待到太阳下山，土里的热浪才能消退。更妥当就是第二天的早上，经过一夜的消暑，土壤缓过了气来，地温明显下降，在太阳初升前后，把竹子浇个透。过后，要不了几个时辰，竹子的叶片就会舒展，绿色又青翠起来。直到过午，又在太阳的爆烤下，再度进入艰难时刻，叶子开始卷缩，青绿褪去，像张苍白的纸。竹子一天天，就这样，因为站在缸里而度日如年。纵然度日如年，还得一天天熬着毒日活下去，如同死了复活，复活了又死去，反反复复，来来回回。

这些在开始都没有预想到，连个暗示都没有。

竹子开始是长在花园里的。两丛竹子，两旁有两块巨石。不是太湖石，是那种很平常的铁锈红巨石，衬托了竹子的挺拔、修长，还有叶色的青绿。竹和石在一起，要的是"咬定青山不放松，立根原在破岩中。千磨万击还坚劲，任尔东西南北风"的意境；还有陈毅的"雪压竹头低，低下欲沾泥。一朝红日起，依旧与天齐"的伟岸。大概因为土壤太肥沃，又潮润，要不了几年竹子几乎成了灾难。满花园盘根错节爬满了竹鞭子，横的竖的。到得初春，遍园子冒出竹笋来。隔夜还没个动静，第二天开门，一根根顶着露珠的嫩笋蹿上了半人高，那疯狂的样子大有寸土不让的势头。花园是用来点缀的，竹子更是点缀中的点缀，当竹子像庄稼一样一茬又一茬长个没完，挤得无序的时候，花园就少了情趣和意境。

竹子有了要被改造的命运。不用多想，关进笼子是最简单不过的办法。去市场采买回来两口大缸，在花园里挖出两个大坑，把两个缸埋进坑里。随后，将竹子移植进大缸，多余的，连同竹鞭统统挖个干净。经过一番改造，花园有了全新景象。竹子老实了，收编在两口缸里，不多也不少，正好瘦竹一点如同画龙点睛，与石有了相得益彰的美感。预计得到，竹鞭子纵然有再大的能耐，也长不过缸的阻挡。这下放心了，花园里再不会乱蓬蓬的了。

只是不曾料想，这一改变，居然让竹子到了快要覆灭的地步，主要危害来自想当然放下的缸，尽管缸埋入土里，表面上看好像竹子还长在土里，实则缸内缸外已是两重天。缸，不仅仅限制了竹鞭子的生长，更隔离了地气、地温和地湿，恰好碰上今年夏季持续高温，意想不到的结果出来了，竹子的生命天天危在旦夕。

原来，自然界不以人的想象、不以人的行动为准则，它是个简单又复杂的系统，它有自身的自然规律，哪怕改变一点点，都会使动植物遭到灭顶之灾。

自作聪明，像自作多情一样，终会以失败告终。好在懂得了这个道理，失败过后，我想终归会有尊重自然、顺其自然的喜剧。

天遂人意

持续的烈日和干旱，树与花草表现出很不同的生命力。花呀草呀没有坚持多久就败下阵来，看得出，先是花儿草儿萎靡不振，收缩起本来舒展、水灵的身姿，好像开始叫苦的样子。不消多长时间，花儿草儿耷拉下去，感觉有了哭的阵势。渐渐颜色开始变淡，发黄，缺少了生气，也许再要不了几天，花儿草儿就枯了，成了脆脆的干片儿，手一碰，四分五裂，轻飘飘地落到地上。

地早已经干裂，硬实硬实的，有了石头的样子，泛着白光，像死去的鱼。树则还在坚持，似乎还看不到多少威胁，好像因为它有高高的个子而与太阳缘分特殊，表现出对太阳的随和、理解和宽容。是的，它有足够的根系，长向四面八方，深入地下吸收水分和阴凉，只要不是一两个星期不下雨，它就有足够的耐心和耐力坚持着它的生命，甚至还有蓬勃的生机。

烈日一天天晒着，太阳像吃了兴奋剂一样的兴奋和强盛。空气似乎点着了火，除了燥热还是燥热，滚烫得像个火炉，好似火焰山被搬迁了过来。水泥地都能烫得熟鸡蛋，如果你打着赤脚，根本就无法站立，脚底少不了会燎出火泡。树有些坚持不住了，高高在上的树叶开始向下萎缩、瘫软，树脚边干裂的土地上开始多出树叶来，那些本来就体弱的树叶，哗一下，哗一下，落到地上，结束了随树高歌的生命。

一直盼着有一丝风，有一场雨。一遍又一遍抹着额头的汗，举头望天空，日复一日，日头毒辣，空气干燥，热浪四起，人像被烤在蒸笼里。如果没有空调，不敢想象这日子怎么过！也许也会像那些花呀草呀的，生命凋谢。发急起来，不时向西天张望，从早到晚，总是空旷无尽，一丝云朵都没有。"东虹日头，西虹雨"，这虹，东也不见，西也没有身影，只好死了心吧，根本就看不到一点雨的希望。

只好放出自来水，让树的生命将就下去。水是珍贵的，树也是珍贵。太阳这样较劲，一切都显得异常的珍贵。

"江南水乡"，民间也好，官方也罢都这么说，早是个约定俗成。现在，水呢？那些天上的水，地上的水，都去哪里了？

从来，江南水乡，天随人意，也随人愿。整个夏季，从来不愁风，不愁雨，即使毒日炎炎。

一切运转都有一个顺理成章的自然法则。太阳升起，温度自然升高，空气就开始对流，风便来了。大多是东南风，一阵又一阵，衣角一次次被吹起来，草帽一次次被吹落在地。即便看似火辣辣的太阳，出门去田头，操劳农事，其实也不觉得有什么特别的热。热，主要表现在闷上。闷热，闷热，一闷，心慌气短，人就感觉特别不好受。而风一来，一阵，又一阵，清醒轻拂，时大时小，空气流畅，呼吸自如，即便出过一身又一身的汗，人也不会有穷凶极恶的累的感觉。

太阳一尺一尺地升起，江南大地上河流密布，水汽就从河面上腾起。晒得越凶，水汽越重。到得下半天，天空中开始密布层层叠叠的白云，蔚蓝的天空像了画的世界。河面上的水汽，这个时候，变身成了天上变化多端的云头。农人开始出工野外，有的种开了白菜苗，有的种下萝卜，有的种起一垄垄的山芋……种山芋，最紧要的是水，土壤不能干裂板结，不然发不出根，无法成活。山芋是藤种植物，从别的山芋藤上剪下一段，去了底端几片叶子，往泥土里一插，就等着它成活，蔓出新的藤条来。要是连续干旱几天，山芋藤根本难以生存，一根根都会干瘪死去。当然也可以人工浇水，但是，一种就是一大片，哪里浇得过来，最好的办法是靠天落雨。偏偏这伙计，播种时节总在大伏前后，天不照应，何有山芋？从来，天随人意，懂得人愿。有时你还没有种完，雨就下来了，连人一起淋了个够。不容怀疑，第二天还会这样重复，根本就不用你费心浇水的事。即便种上山芋没有下雨，你也尽管放心回家，说不准在你吃晚饭的时候，或者在你上了床后，闪电雷鸣就会滚滚而来，随后狂风大作，铜钱般大的雨，落在瓦片上砰砰地响，落在窗玻璃上，像一群马在奔腾。

从前，夏天的日子都是这么一天天过来的。江南水乡，不用你发急，不用你操心没有雨、缺乏水。天在你的头上，集聚着你的气息，会意着你的想法，懂得节时农事，天会照应你的庄稼。天，既活在你的心思里，也活在农事的安排中。

然而这几年，每到五月麦收，总是不遂人愿，不该来的雨，偏偏下个不停，没完没了的烦你的心，累你的筋骨，还总难收到一场好麦子，不是霉变，就是烂掉，好像是天对人生着气，有意惩罚你似的。

早先，麦收季节，根本不这样，总会有个十天八天的好日头，只要你把握好，就不会收到霉变麦子，更难得有烂麦子。麦子上场，打场，扬净，晒干，都是一气呵成。"麦子要抢，稻子要养"，抢的就是在黄梅时节到来之前，然后来段空闲时间，包粽子，赛龙船，庆贺麦子的好收成。

难道天时变了？天道变了？这么多年里，我们一年年，做了太多违背天意的事，甚至伤害了天意。那些无休止地污染、人定胜天地改天换地、无节制地开发享受……到了天也受不了的地步，天有了意见。逆天行事，自然天逆你行，一切都是在领受你该受的过……

写这文章时，窗外的天还在持续发烧，什么时候下雨，一点儿预兆都没有。浇过几次水的花呀草呀，有点起死回生的迹象，而夜色里的树儿，似乎在对天发出一声又一声的叹息……

过夜青山堰

　　青山堰不是风景区，没有一处名胜古迹，是大别山深处一个最普通不过的村庄。要不是朋友在那里种植灵芝，我可能压根儿一辈子都到不了这个地方，更不用说过夜了。

　　过后回想，在这里过夜，很可能还是我内心深处一个绝对向往的表白……

　　四周是山，有高有低，层峦叠嶂，青翠葱郁。除了一条105国道穿过村庄，车辆来去显些热闹外，整个村庄都被包裹在山的安谧和闲逸中。

　　去的当儿，正值夏末，天高远高远的，头顶上飞来掠去都是成群结队的蜻蜓。从来没有见过这么多的蜻蜓，是不是有意欢迎我？朋友说，每天傍时都这样，就像一道风景线。耳边响的都是蝉声，从四面八方袭来，好像每棵树头上都有蝉在叫。有的特别粗声大气，有点像猪嚎，加上狗的吠声时不时回荡，整个村庄生气勃勃，还增添了少许的神秘。

朋友安排我住在村头一家小旅馆。像村庄里的大多数家庭一样，旅馆的后背靠着山。在山村，家家总有厚实的靠山，这是一种一辈子的坚实依靠和情趣，一份永远的好风水。我羡慕这种活在诗意里，住在灵动中。睡前我摸黑来到山脚下，再向前却不敢了，漫山的树林间，透出深不可测的黑和阴森，好像里边有什么东西老盯着我。倒是漫山遍野的蝉声不因夜的到来而停止，反而叫得异常声嘶力竭，一浪高过一浪，好像它们也在为自己壮胆似的。

回头，路过一家家门口，看到大多数家庭的大门洞开着，房子里也像山里一样黑咕隆咚，深不可测。我想，大概山里人节俭，舍不得开灯吧。后来我弄明白了，其实是害怕夜里的虫子。山里有太多的树林，也有太多的虫子，大的，小的，无以计数。只要你一开灯，虫子就会向着光亮，无所顾忌地猛扑而来，让你所有的灯亮处都粘上虫子。这是我在进房间后才明白过来的。

洗过澡，少不了要坐床头看电视，顶上的灯开着。这时我听到窗玻璃上发出咚咚的撞击声，还有翅膀嗡嗡的振动声。侧耳细听，更小的撞击声密密集集，大概很小很小的虫子也想撞破玻璃来我房间，与我会个面。

山里的虫子够有意思，可能它们知道我是异乡来客，很想来陪陪我，与我会个面，说说山里的生活，山里的诗情画意，这可是我内心里最喜欢的。也可能它们身在黑夜，像我一样害怕山的黑乎乎，山的阴森，挣扎着渴望有一处光亮，有一点明媚，抱着满心的希望，投奔光明的怀抱，享受光亮的沐浴。也可能异想天开欲向光亮诉说自己对光明的敬仰，以及太多太多美好的梦想……它们一路飞奔，认准一个亮点，由远而近，渐小而大。顾不了那么多的险阻，那么多的不确定，只顾振翅飞翔，飞出山林，飞出田间，飞出草丛……渐渐地，黑暗离它们远去，被它们甩在了身后。它们的翅膀振出了快乐的最强音，传递出无尽的兴奋……然而，一层玻璃，一层亮丽的明媚，却成了它们看不见的危险，甚至成为一堵绝命的墙。第一次撞上，可能它们还以为是一场误会。飞翔中，撞击是常有的事，它们从来不害怕撞击，绕一下，就过去了。可是，现在不同，玻璃是一堵明媚的墙，一堵有希望却没有出路的墙，一堵无法逾越的墙。一次又一次，它们用生命宣告了它们的不懂世事，不谙世俗，一个个生命就这样结束在了窗台上。窗台成了它们安静的坟场。

早上醒来，竟然发现也有与我成功相会的，它们从窗的缝隙中硬是挤了进来，可能因为房间点了蚊香，虫子都倒在了我洁白的床单上。一层细小的虫子尸体，无以计数。呵呵，太可怕了，一夜，我与无数的虫尸为伍，与无数的虫尸同睡，惊心动魄哟。我立马用微信把话发给一位朋友，朋友回复：其实你内心就喜欢这样自然而然的生存状态。朋友与我心有灵犀，是呀，在我心里，这是大别山的一种生存激情……

更有意思的是，还在大清早，天刚蒙蒙亮，我又被咚咚的敲窗声惊醒。睁开眼，窗外刚刚有点露白，窗台上鸟的欢快鸣叫声已响成一片。哦，不是一只，而是二只、三只，可能也是五只，反正有一个小分队。原来，玻璃上的咚咚声，是鸟儿在啄食虫子。声音忽高忽低，声声铿锵有力。抬头看向窗帘缝，鸟儿们抖动着轻快的身子，一低、一低头的，异常可爱。过一会儿，过足了虫子瘾，它们把窗台当了舞台，伸长脖颈，抖擞身子，欢快而叫，好像在向远处，吹嘘它们吃的美食，或者呼唤同伴快来共享。这样的举动，是人最不易做得到的，我看着看着，为鸟儿们的行为而感动，觉得鸟的世界，不仅知道有食得起早，还没有吃饱了撑着，而是充满着爱，充满着呼唤，充满着快乐……

真想也成为一只鸟，就住在青山堰，自由自在地飞翔在山林间，享受着大自然的所有"艳遇"……

"闲话"中的实话

　　无锡北外黄土塘人氏姚正清，爱好画画我是一直知道的。不仅我知道，朋友圈里，每个人都知道姚正清画的画是下了功夫的，并且还都知道他的画里装进了他一辈子的想法。他的画大多是工笔画，如老虎、钟馗、山水、花鸟等。他画的老虎，我家二楼厅堂挂了一幅，有10多年了，一直挂着，可见我是蛮喜欢他画的老虎的。还有一幅钟馗画，画不大，很小的一方纸，但气势很大，一头乱发，一把张扬的胡须，两只眼睛如同农村人夜间照黄鳝的电筒，小孩子看到肯定会吓长脸，甚至会哭个不止。钟馗，要的就是这种气势，把鬼神吓跑，不然不会在民间有避邪之说。这幅画我一直藏着，没有挂出来，原因是我没有像大多人家用来镇宅，我喜欢的是这幅画的艺术效果。

　　电话里听说姚正清出书了，我第一反应是画册。在我的脑子里，姚正清最可能出的书是画册。我还立马心血来潮，给他说：你的画早该出画册了。我还给他说：你的画民间很喜欢，可以挂到网上去卖，一定会卖出一个好价钱。以画养画，可以更有实力潜心画自己的画。他的回答却很出乎我意料，他说不是出的画册，而是一本书，叫《清韵闲话》，还想要我给这本书写个序。他还说：他的画不卖的，只为爱好。可见他是个清高的画画者。

样书到手，我却想的还是他的画。

看了他的书，知道他早先跟养母住市区槐古大桥时，小小童年时就喜欢上了画。养母每天给他一角二角的生活费，他会全部花在看连环画上，一分钱看一百页，直把一角二角钱看光，饿肚皮也无所谓。

其实他的基因里就传承了画画。姚正清生父姚金陵是民国前后黄土塘有名气的书法家，很多乡绅人家都收藏有他的字。儿子们在父亲逝世多年后，因为爱父亲，因为钟情父亲的字，花钱结集出版了他的书法集，成为黄土塘的佳话。兄弟五个中，有两位爱画画，姚正清是其中之一，在地方上都小有名气。他们俩常会为你的画是嫡传，我的画更下功夫等，兄弟之间争得面红耳赤。

争执，成了推动他们画画不断进步的一股家族动力。

姚正清首选推出的不是画册，而是书，肯定有他的道理。

他介绍，其实大多数文章已经收录在由无锡名人浦学坤于2012年主编、江苏人民出版社出版的《话说黄土塘》一书中，他再要以个人名誉结集出版，是因为不甘心有几篇文章被抽掉了，如《民国政客缪斌》一文。

缪斌是黄土塘人，黄埔军校出身的他，在民国时期显赫一时，做到了江苏省民政厅厅长。但历史有过定论他为"汉奸"，民国35年（1946

年）5月21日被国民党以"汉奸罪"枪决。而姚正清认为，现在不去论他功过，作为黄土塘人，抹去他是不应该的。是好是坏都存在着，也抹不去。他说："我们今天应以历史的眼光还他以应有的地位。"

我通篇看过姚正清记述的缪斌，除了文章最后说到在黄土塘东街为"事亲至孝"母亲，修筑了一条从周巷到况山桥、轮船码头到黄土塘街头的石子路，"便利"了不少上街的"乡民"，在无锡城里的新生路上留有一栋民国建筑"缪公馆"外，其他大多是历史的负面记录。浦学坤担任过党委书记，抽掉这篇文章肯定有他的"个人看法"。但是姚正清一直对这篇文章"耿耿于怀"，他不想让人丢弃黄土塘有个缪斌。姚正清就是这样一个人，是一个敢于说话的人，一个站在他的角度理解社会的人，很难扭转他的想法。

还有这次收录在"童心存梦"栏的《我的童年》一文，该是首次出现，他说写好后压了好多年了。我看过文章，他活生生的童年，深深地吸引了我，迷恋了我，牵引着我的心，让我为他高兴，为他庆幸，为他幸福。这是一篇没有任何水分的童年记述，虽然不乏生活的艰难困苦，时代的烙印，但始终充满了纯真、亲情、人性、调皮、学习、成长……我猜得到，姚正清肯定会想尽办法为这篇文章找出口。他大大咧咧的外表里，却在内心装着童年最美好、最快乐、最亲情、最无忧无虑、最有希望的一段生活，他要分享给大家，分享给他的子孙后代。这是一座感情的火山，一段人生的熔炉，一曲生命中的亲情之歌，非同寻常的浓烈，非同寻常的刻骨铭心。仅就这3万多的文字，出书也是应该的，无愧的。因为这无疑满足了姚正清心里那厚厚的、永远丢弃不掉的对养父母的牵挂、纪念和深深的爱。一个人一生有这样一次掏心掏肺的文字，也够了！

从另一段文字更可以看出姚正清的内心里，那段在养父母家的童年生活是那样的重要，那样的不舍、依恋和向往。这段文字很呛我的眼："我到底还是被迫走上了回头之路，更使我没有想到的是，这条所谓的亲情和阳光之路，一生并没有给我带来福音。终老之际的回忆，只有伤感和亲情的疏薄与势利。"这段文字写的是他返回出生地后的感慨。看过通篇回忆，再看这段文字，你的内心会被姚正清的这段文字所刺痛，继而痛惜、惋惜……是的，在他的性格里，很大成分就有这种磨炼的印记，就像刻的版画，这种生活剧变对性格造成的影响永生无法抹去……

序已经说远了。

收笔前，再说说这本书。姚正清，熟悉他的人都不叫他的名字，直呼他"姚博士"。秃头，眼镜；冬天里，围巾，帽子，大有博士的样子。出这书是为了表明，他在民间的博士头衔并不是子虚乌有。这书有六大部分：古村今昔、人物传奇、乡风民俗、窗月闲话、心路留吟、童年存梦，近50篇文章、20万字，一个不专业写文字的人，写这么厚的一本书，足以见他的用心、用功和不易。

这无疑表明了他对家乡的热爱。古村今昔、人物传奇、乡风民俗，大多写的是黄土塘的史实、现实，很纪实，尤其收集了大量民间谚语，让人耳目一新，有一定的史料参考价值。无论是怀仁中学、进士第、老爷庙、太公庙、圆通庵，还是人物姚桐斌、蒋宝秀、姚廷采，还有三月半庙会、黄土塘西瓜、茶馆书场、泰和堂、烧饼、烧卖、老八样头等，都要经过细致的采访、整理、实地踏看、与人会商等，才能写成现在的样子，需要花费大量的时间和心血。他介绍，这都是他退休后，黄土塘村委聘请他创办《古村清风》报时，一年年写下来，积累起来的。还有着老有所为的精神品质。

也是他对社会、家庭的一个交待。一个人奋斗了一辈子，留下点什么，一直是他思考的问题。毕竟做过干部，理解的人生价值要比一般人深。尤其他的后段人生一直在文化战线上工作。他热爱文化，追求文化，也在文化里提升自己，塑造自己。窗月闲话、心路留吟中的文章，大多是他对社会、经济、政治等的思考，有他个人的见解，是他向社会发出的一个声音，虽然称不上上品，但也难能可贵。集子出来，书香无疑自会引得蝶来舞。

更是他交给自身的一张笑脸。有两篇文章我蛮推崇，一篇是上边写到的《我的童年》，一篇是《斗蟋蟀传奇》，都投入了他的真感情。看得出，这两篇也用出了他的全部文学修养和本领。文章故事运用了章回小说的写作手法，一环紧扣一环，环环惊险，扣人心弦。尤其在《斗蟋蟀传奇》中，写到好斗的虫性，渐渐演化出人性的搏斗和较量，看到了钱老爷、钱小开、老赵头、金少爷等一批人物活灵活现的个性，是当时时代的大写真。痛快！

姚正清在《畅享五月》一文中写道："人间五月天，扬帆乘风时。"但愿出书是他人生的一个新起点，待得好时机，继续扬帆。希望不久，如他所说，能看到他的画册结集出版。

爆竹声里的弦外之音

　　静心在家，过年里的初八、初九、初十，爆竹声不断从浑浊的空气中灌进耳朵，从早上八点开始到近十一点收住，疏疏密密，密密疏疏，让你无可回避地听到了企业的声音，知道了企业又将开始新一年的忙碌，也让我思考企业爆竹声里的背景话题。

　　好多年来，过完年，企业开工放爆竹似乎成了习惯，成了一种生存状态的申明，好像不放爆竹，没有人知道你的企业是死是活。开工放爆竹，追究从什么时候开始的，似乎已经难以考证。从过年的角度看，可以算得上是过年的一种延续，一道风景，也是企业文化与年俗文化紧密结合的一种表现。

　　与往年相比，我听出了今年爆竹声的不同。一是从时间上看，延迟了三天。以往，一般初五、初六就进入了爆竹声的高潮，此起彼伏，一声浪一声浪，似乎很短促。原因是企业老板急火攻心，因为年前搁下的业务等着完成，要发的货耽搁不起。虽然员工还沉浸在过年的喜庆中，还没有过足年瘾，老板却管不了那么多了，一味急急火火地开工，连放爆竹都是草草的。点过火，发过声，主要的是收人心，催人上一线，很有急不可待的感觉。

今年却很有异样，爆竹声很响很急，连绵不绝，似乎放的时间特别长。一个个企业连接起来，就更有了连连绵绵的感觉。八点起，一直在响，一直是砰砰不断的声音。天被惊搅，地被震颤，似乎老板们很不想让爆竹声收场，也不急着让员工上一线。藏不住的事实是：老板手头没有多少订单，车间里也没有多少繁忙的事务。听说有的老板，不顺应潮流，拖着不开工不好意思，就让员工们十点半到企业，十点三十八分吉时，放下爆竹，工厂大门打开一下，透点新鲜空气，然后原封不动地关起来。员工们搓搓手，打道回府，回自己家里弄饭吃。这下，员工们焦急了起来，担心企业是否开得了门？自己是否要失业在家？失业了怎么办？

生意不景气，老板们放的爆竹却比往年多得多。老板有老板的想法，老板的想法往往与常理有背，因为他们中的大多人意识到了在今年肯定求人无门，求市场无门，求政府无门……那只有借开工时刻，向天、向地发出祈求，求神灵帮忙、照应，也求得心里的安慰。

在民间，从发明爆竹起，爆竹声就是用来与天呼应、向地禀报的法器。喜庆了，放爆竹，向天地、神灵禀报人间乐事，也祈求快乐永葆终身；死人了，同样放爆竹，向天地、神灵禀报有人前往安家，央求天地、神灵能宽恕死人，保佑死人。所以爆竹，对应的就是天地和神灵，就是祈求和祈祷，谁也无法说清这法器是否有用，但没有办法的时候，中国人都擅长用这样的法器来求得心的安慰，拜望天有眼，地有心，照应自己。

这分明是现代人的悲哀。即使是悲哀，老板们也觉得还是一条出路。老板们相对于常人有知识得多，见过世面，但在无奈、无依无靠的时候，仍然会回归到思想的蒙昧状态，丢开一切的文明和知识，拜倒在神灵的脚下。其实他们就是这样一路走来的，虽然不登大雅之堂，原先只是内心的秘密，但在当今之下，何尝不是心灵上的安慰？何尝不是一种对明天的企盼？

不要回避，你到企业，特别是个体户，不难看到，在显眼或不显眼的厅堂，往往有一佛龛，有的供着财神爷，有的供着观音，有的供着其他菩萨。两边两支红烛，红光闪闪，前边一青铜香炉，三支高香，烟云缭绕。老板上班第一件事不再是学习什么重要讲话和思想，而是净手，双手合十，跪下，磕头，屁股撅到天上，口中念念有词。他们的内心不再信奉什么英明领导和政策，早已占满佛和老爷的意志，信奉保佑自己的是香火前的那尊泥像……

也许，今年的爆竹声在有些人听来，尤其是领导们听来，会有沾沾自喜的感觉。因为有些人总是乐于听热闹，他们会从绵延热闹的爆竹声里，听到企业的如期开工，企业的抓紧生产，企业的歇人不歇年。这表明他们领导有方，特别的英明……明天的报纸一定是：企业开门红喜报频传……

爱坐出租车的董事长

坐出租车，大多人都有经验，不过是一种行为，解决的是你从甲地到乙地的问题。司机则按里程从中收取钞票，或者养家糊口，或者攒钱买房。付过钱，双方两清，没有瓜葛，没有牵挂，都心安理得。

安徽原生态公司董事长李忠却不这样认为。多年来，他对出租车和司机有着一种特殊的认识，特殊的感恩和关怀。在他眼里，出租车是个不一般的工具，它不仅仅只是解决交通问题，更重要的是承载了一种流动的人情，流动的温暖，流动的体恤。体现在现代社会，就是一个人的品位、品性和品德。

李忠爱坐出租车，尽管他公司里有多辆好车，有专职驾驶员，但是碰上出行，尤其经常出差夜行，他从不轻易动用自己的专车，而常常是挎起大包小包，候在马路牙子上，夏天晒着毒辣的日头，冬天吹着寒冷的北风，静静地等着出租车的到来。一辆辆过来，又一辆辆过去，因为都不是空载，时常要等好长时间，但他从无怨言，手举过一次又一次。终于到来一辆空车，他收缩起高大的身躯，侧身钻进出租车，驶向他的目的地……

10多年来，这已经成了他的习惯，成了他性格里的一种温情，一种人生态度，一种道德体现……

2016年元月16日，我随李忠一起去合肥，参加安徽省十佳"双创"领军人物表彰大会。李忠是受到隆重表彰的十佳"双创"领军人物之一，全省才授奖10个人，可见这荣誉的崇高和不简单。招待会后，我们打车20来分钟，赶往合肥火车站。一路上，李忠与司机聊得很欢，他说他出门非常乐于坐出租车，不必自己操心不说，关键是司机都是活地图，到哪里只要报个地址，比用自己的车省心不知多少。再有一个是自己的心愿：尽量让出租车多个载客机会，出租车司机不容易，成天埋在方寸大的位置上，眼盯前方，高度紧张，吃个饭都像抢的，解个手也无处停车。尤其晚班司机，人家都睡被窝里了，他却连个瞌睡都不敢打，一个劲盯着茫茫大马路，想多拉一位客。家里老婆孩子都担着心，也等着钱用，多不容易呀！一路交流，把司机说得十分感动，像遇上了老朋友一样情绪激动，热情高涨。到了火车站，先停靠在买票门口，问我们买票了没有，李忠说买了，便赶紧拉我们到自动取票口。李忠说票也取了，司机却还不让我们下车，非要拉我们到入站口。他说车子就一会儿，但我们大包小包，要跑好长时间。这种对待上帝般的服务，就因为有了李忠对出租车司机的理解和感恩。

乘上晚八点的高铁回无锡。到无锡站已经近十一点钟，天气阴冷，风刮在脸上像刀割似的。还下着丝丝小雨，更增强了寒意的力度。

早在火车上，李忠夫人就打来电话，说晚上住羊尖。无锡羊尖是李忠的老家，离无锡市区四十来千米。作为一个老板，而且早已经不是一般的老板，是几家著名大公司的董事长，企业从无锡到安徽六安市都有总部，总资产几个亿人民币，年收入不下几千万。大多如此财大气粗的老板碰上这种情况，都会让自己的专车司机提前候在火车站的出口处，一两步就可跨进自己的专车。拎得清的专职司机，会在车里预热上舒适的温度，不会让老板遭受到一丝一毫的寒气侵袭；还很可能早已经沏好一杯热茶，或者咖啡，让主人一踏上车，就找到了当老板的感觉。

接过夫人电话，李忠有足够的时间通知自己的专职司机，提前开来他最钟爱的奔驰房车，静候在无锡火车站。况且这次从合肥回来是英雄凯旋，手上还有金光闪闪的大奖牌，不搞大张旗鼓的欢迎仪式，也该英雄不气短，至少有个热忱接车的场景，表现出一定的气派和风采。

李忠恰恰没有这样做，他安静地坐在火车里，一边看着手机上的经济信息，一边等着火车的准时到站。

从高铁上下来，我们背上资料、包裹和表彰大会发的奖牌，下地道，过隧道，上楼梯，找到出租车进场口，足足走了十多分钟。一路上，我们边走边聊。李忠又说到了坐车的事，他说每次出差回到无锡，他很少让司机来接自己，总是自己打个车，即使很远的路线，像回羊尖。一则尊重司机的休息权，特别到了半夜三更，打扰司机，让人家从被窝里爬起来接自己，实在缺少人性。他说虽然现在老板都流行专车接送，体现气派，但自己感觉这样做，反而失了气派，失了人性，失了善意，让司机在心里有埋怨。人家不说，人家是为挣钱，没有办法。二则是让夜里的出租车司机能多拉个客，多挣份钱。他说他做过一个调查和估算，无锡城夜里开出租车的司机百分之五十以上是六安人，人称"六安帮"。因为他们的家乡地处大别山，曾经的革命老区，少有工业产业，男壮力出来打工都乐于干最苦最累最脏的活。开出租车晚班，就是最不容易的活！大家要是都能体谅他们，善待他们，他们会感激我们这个城市，会把更多美好留给这个城市。

李忠不愧是李忠，虽然具有上亿身价，但他还是乐于做一个平常的人，以平常心，对待平常事。乐于施善社会，就是坐出租车这样的小事，他都留心去关爱别人，送上他内心深藏的温暖。难怪乎，这10多年来，他扎根大别山，在大别山办起灵芝加工企业，建起中华灵芝馆，深化对灵芝健康产业的研究和开发。发挥灵芝功效，旨在造福每个中国人。也难怪乎他在大别山深处，由捐资助学，支持1000多名学子上学，演化为为大别山"造血"，想方设法致富大别山。10多年来，他助力了30多个农业合作社组织，注入资金上千万元，组织当地山民种植灵芝。一个本来在当地有极少收入的家庭，因为种植灵芝有了不下5万元的年收入。大别山人都夸李忠是"大别山的财神爷"。

　　我们坐进出租车，起步不远，与司机一交流，果不其然是六安人。李忠心留大别山，对大别山人有特别的情感，特别的心愿。即刻，他丢尽了脸上一路的辛苦疲惫，又与六安司机聊开了话题……车里开着暖气，就像装载着一车的温暖，带上李忠和我一路奔羊尖而去……

愧对一头白发

老板为儿子举行一场盛大婚宴，看到两位老者一前一后、一桌桌地点头哈腰举杯敬酒，突然升起一股强烈的可惜和可怜感。

不管他们乐意不乐意，这种场合，我真的可怜他们，深深地可怜他们。可能可怜的背后，还在心里生出丝丝的厌恶，一点都无法阻止这种情绪从心底里涌出。尽管他们可能不外是一片好意，一片诚意；不外是以大老板家的酒向人们表达热情，所谓借花献物。但我无法领受他们的情意，无法接受他们一举一动中那苍老姿态里的做作与兴奋，那满头白发里张扬出的岁月沉重。

他们一次次举杯，一口口红酒下肚，我除了有点担心，还是生出可怜，真的可怜他们的举杯不止，可怜他们徒有一头白发，可怜他们的逢迎……

都七十有余了。老话说"七十不住夜"，意思很明白，至少说你老了，出门有危险了，住夜什么的不能由着性子在外过了。也就是说，该是个安静的年纪，本分的年纪，没有欲想的年纪，一切都该服老的年纪。或者扶上老夫人道边漫步晒太阳，或者就是子孙绕膝，在家颐养天年。能动也是力所能及，做点擦桌子、抹台凳之类的简单小事。往往也还很容易让子女们心疼，再三受到劝阻：别动了，别动了，好好坐着，喝杯茶吧。

但是，他们很另类，退休多年来一直挂职在婚宴主人的企业里，做着所谓顾问的工作。他们一边拿着丰厚的退休金，一边又领回厚实的顾问费，可谓身价金贵，越老越值钱。是呀，企业主要看重的就是他们的年老，因为他们年老，有资历，有余威，有向政府及各职能部门伸手拿到各式各样有利政策的本领……所谓老有所为，用武之地。

让他们出场也是老板的荣耀，荣耀这么老的领导还在做他的顾问。曾经在岗时权柄在握，现在可以由着新主人差使，随叫随到，叫干啥就干啥，像主人儿子结婚这类事，本来对干部来说是件避嫌的事，但企业主人家是大事，可以借势造威，借题发挥。他们成了马前卒，冲冲杀杀在第一线，酒席安排要动手，邀请领导要出面，招呼来客要安排……最后，桌面上了菜，要一桌桌去敬酒，代表主人表达对宾客的敬意和感谢，也表明两位老领导对主人的顺从，对大家的热情。一桌桌，一桌桌，三五十桌，一次又一次地举杯，一口又一口地喝酒，一声声劝人多喝，时不时一手拿酒杯，一手伸出与熟识人握手，互道恭维，互致客套……就如十七八岁小伙干的事。当然，他们操持自如，表面上一点不显出老和累的样子，只是一头白发掩饰不住而已。

真所谓有钱能使鬼推磨，虽然他们不是鬼，但"推磨"是真的，还推得那样细致，那样悠然……

就为这，眼前也好，背后也罢，我看到的是他们的可怜，感受到的是他们的可惜。都说不为五斗米折腰，可怜他们七十有余了，还为五斗米折腰，还为一杯酒折尽腰。

更可怜的是他们可能还自感精神气爽，觉得做上大老板的顾问，脸上光彩，还能有拳脚不减当年勇……可惜满头白发，告诉人们他们毕竟老矣。

他们，愧对自己的一头白发，也愧对自己有点驼了的背……

大妈舞

当大妈们的广场舞在家门口影响到我和大家的生活时，我才真正追究起了这个舞的来龙去脉，这个舞的文化内涵和存在价值。

先说参与者。乡镇和城市大体都一样，总体上是二十世纪八十年代之前的人。可能五十年代、六十年代出生的占大多数。这几乎可以从外貌上一看便知：中老年。媒体上都说，广场舞是大妈舞。所谓大妈，就是说老态龙钟还不是，说年轻也不相称。七十岁说老，太不见外了吧？那只能是五十年代，或者说五十年代前一点，就是四十来岁至六十多岁之间。从外貌看，尽管晚上大多地方灯火模模糊糊的，但一个大活人，样子还是一见就明白的。大多胖乎乎的，好像要么早先没有吃，要么吃撑了的那种人。身上打扮不好恭维，土气，泥腥味，一个字：俗。即便有不少人穿的是品牌、名牌、洋货，但就是脱不了俗气、土气、泥腥气，浑身五六十年代的韵味，刻在骨子里，再打扮，再涂脂抹粉，也还是改变不了时代给她们身上刻下的烙印。再看她们跳舞的姿态，腰板硬挺硬挺，脚步大大咧咧，屁股厚厚实实，双臂舞动像割稻子，或者割羊草，淋漓尽致地反映出他们没有上过幼儿园，没有进过舞蹈班，没有一点点舞蹈功底，也可能进过学堂，但没有学到什么，只好叫大妈舞，起得准，起得绝。

这批人，成长在那个时代，见识、接受教育在那个时代，灌输的知识，心灵深处的热情，血管里全是那个时代的因子。那个时代在时间上虽然离她们远去，但她们信念里装着的都是那个时代。一到时候，一有外因条件，一些这样那样的行为，就会在她们的身上复活，爆发出来，自觉不自觉地成为那个时代的"暴发户"。

说穿了，她们跳的广场舞不过就是"忠"字舞的翻版，细看舞态，就是不离"忠"的形态。播的音乐，听上去似乎都是爱呀、郎呀、哥呀、妹呀的，但骨子里就如当年的样板戏、革命歌曲。反过来理解，这些爱呀、郎呀、哥呀、妹呀，是她们人生开头缺失的，所以尽管俗，像猫发情似的直呼乱叫，但她们就是特别地喜欢，喜欢到骨子里。

其实，包容的现代人，不反对她们跳广场舞，你有你的爱好，我有我的兴致，你只要不影响别人，不干扰别人，你整天的跳，一夜到天亮的跳，都没有人会管你。虽然你有你的自由，你有你的权利，但事实不是这样。这些人骨子里带有与天斗与地斗与人斗的基因，好像不让人注意，不让人受苦不是她们的心愿。她们来广场上跳舞，就是为给别人看，给天地制造气氛，让自己发泄激情。

难道不是吗？明明一个广场上可以一起共舞，体现出现代人的团结、共融之精神，但她们就是不干，非要分成两帮、三帮、四帮不可。闹分裂、闹帮派是那个时代的遗风，她们每一帮人各放各的音乐，你放哥呀时，我放妹，你放爱时，我放恨，有意搞对台戏，相互不买账。老家就有三帮大妈舞女，弄到最后动手打架，110来了才收手。

生活中的她们也念念不忘在背后相互攻击，这帮说那帮的坏话，那帮说这帮的狠话，连被窝里的事都端出来说，这是那个时代的"田白嚼"，就是嚼舌根。有位舞头生了病，一帮人天天诅咒她得癌症，咒她快点死，这种做派，实在让人寒心，让人震惊。

"决斗"三天两头在广场的夜里发生，明的、暗的、黑的、白的，广场就如变成了她们的战场。

舞的俗气，赤裸裸地反映出她们内心中那个时代的残留。

广场在学校旁边，学校和学生面临着中考、高考，多紧张，惊心动魄。从中央到地方、从读书人到家长，没有一个不重视！广场舞的人们却表现出事不关己、高高挂起的态度。学生在挑灯夜战，连蚊子的叫声都不想听。每个家长都心疼自己的孩子，无论如何要为他们创造一个好环境，有钱也好，无钱也罢，安静是最基本的，最起码的。

但广场舞者们就如失去了起码的人性，好像她们没有生活在现实中，像是那个时代的斗士，无所顾忌，无所不为。跳舞有理就如造反有理，她们的理一直在内心扎着根，现在终于再一次活了起来。

近旁公寓楼里的家长们与她们多次耐心沟通，说高考过了，中考过了，任由她们怎样，现在为了孩子，为了孩子的未来，忍耐一下，收敛一下。然而没有几个人有心看重家长们的恳切请求，照样跳她们的广场舞，照样放肆地播放着高分贝的哥呀妹呀。她们就是乐于把哥呀妹呀灌进每个人的耳朵，让每个人知道她们有她们的爱好，她们有她们的激情。她们的奔放，不能受到任何人的阻挠，不接受任何人的挑战和反击。

学校无奈，家长无奈，只得打110，请警察来帮忙。警察来了，她们不肯罢休，与警察争论，与警察胡闹，说哪里有法律规定不可以跳广场舞，哪里有为个考试损害她们自由的权利？比警察话多，比警察理长。警察们头痛、脑涨，只得在广场上蹲守。然而警察有警察的事，一走，她们压抑的本性愈加猛烈地爆发起来，打开音箱，无所谓神灵，无所谓报应，无所谓祖宗，一副天不怕地不怕造反有理的嘴脸。

冲突是必然的，有家长拿了棍棒来到广场，有家长给她们的舞场里放爆竹，抗议不绝，冲突不绝。

那个时代的死灰，在有些人心的内核里，没有彻底灭过……

我想，当她们的孙子辈中考、高考时，她们会不会还会在广场上这样迷乱？会不会在年轮的碾压中，清醒过来……

延续在心的中独岛

如果没有虹样气势的二泉桥与岸头连接，中独岛的姿态始终像落在太湖里的一块宝石，俊秀又昂扬地展身在永远墨绿的太湖水中。因为中独岛的出现，让太湖入口的一片平静湖湾，平添了错落，写上了悬念。中独岛如同停留在太湖水中的一个逗号，让鹿鼎山的奇峰、太湖绝佳处的鼋头渚、神秘锦园的亭台楼阁、宝界双桥的繁忙……有了密切的呼应。

停留在中独岛上，又会勾起去鹿鼎山、鼋头渚、锦园、宝界桥的冲动，甚至还包括更远一点的梅园、马山、惠山、锡山等，我就是抱着这样的心态和思绪一次次来到中独山的。

是的，中独山是一座独到的山，一座一年四季书写着诗情画意的山，一座水性包裹的浪漫之山，而归结点全然在她的根子是一座引导人们走向健康的山，无论是身子骨，还是看不见摸不着的心灵世界……

曾经多少次怀着钟情和热爱中独岛的心，一次次组织私营企业的老板们来到中独岛上的太湖工人疗养院体检。一开始，我私下很有些担心，老板们住惯的是五星级、六星级大酒店，有的吹嘘下榻迪拜七星级大酒店连眼睛都不眨一下，他们会愿意住这小岛上的宾馆？且只是宾馆。然后，还要等待第二天一早的 B 超、胸片、抽血等。后来发现，我的顾虑是多余的，不仅老板本人来了，还有很多带上了老婆，或者父亲、母亲。

约定了车队一起出发，浩浩荡荡。有各种各样的名车，时间正好是下午的五点来钟，车行走到十里芳堤，只见右侧的太湖面上，一个圆圆的红日，如同火球一样悬浮着，把整个湖面染得通红通红。水波像金子一样跳跃、闪烁，中独岛则如同一个剪影，灵动地沉浸在霞光中，那样灿烂和宁静。

不知是哪辆车先停下的，然后一溜烟地排起车的长队。老板们纷纷走出车子，举头眺望。有的举起相机，一片咔嚓声。每个人的脸染在红霞里，显得特别的生动。这时我感觉，来中独岛选对了。因为老板们除了事业、赚钱，心中也有诗意，也有陶醉，也有柔柔的对大自然的热爱。

晚饭是体检中心安排的，为第二天体检真实，特别清淡，炒蔬菜油都放很少。有老板边吃边夸，说这菜难得吃到，原汁原味，有益健康。

没有想到，这种饮食方式让一对年销售上亿元的老板夫妻，回去后从此慢慢少碰荤菜，直到不碰荤，只吃素，还信奉佛教，甚至捐资上千万元，建起了一座金碧辉煌的宏大庙宇。

晚上，顶着星星，一帮老板与我一起漫步在中独岛的环湖路上。

秋风从湖的深处吹来，身上凉爽爽的。蛙鸣、虫叫包围着我们，移一步紧随一步。还有远处的水鸟叫声，在湖面上幽远幽远地滑过去，好像还撞到了远处的山壁，又荡了回来。多么美好迷人的夜晚呀，要不是体检，平时谁又会特别来到这里享受由太湖、青山、绿树、虫鸣、星空营造的无限景致！

一路上，我们的脚底碰击着鹅卵石，每个人都有些陶醉。显然每个人的内心潮湿了，话语间说得最多的是太湖美、家乡好……有个老板呆呆地望着幽幽的太湖深处，好像是自言自语，也好像是发誓：这次体检回去后一定把烟戒了，酒也别喝那么多了。办厂办厂，总是争天夺地，原来最美的天地就在脚下……

中独岛，老板们的心在这里回归，找回了那些丢失的平静、纯真和自然……

记得有一年去体检，太湖面上尽是绿藻，恶臭扑鼻。那次触动最大的是一家造纸厂老板，回去后终究下决心投资 600 万元，上了一套最先进的污水处理设备，做到了安全排放。一个一直拖而不解决的问题，从此让他心安理得，面对太湖再没有了亏欠。这是无意中收获的老板们自我心灵的体检，剔除了心灵深处的病灶……

中独岛体检持续了一年又一年，我对这岛也有了特别的感情。每去鼋头渚或者市委党校参训，走过宝界桥，总喜欢一无事由地到那里去转转，去湖边木条凳上坐一坐，远眺太湖水面，寻找那些美好的感觉，让其永远延续在心……

中独岛，映出了太湖和人心的一泓清水。

千字文里亮"彩虹"

接到老骆电话，说他出书了，我一点儿也不意外。

出书是每个写作者都追求的目标，何况老骆"写稿"（老骆语）历经半个多世纪，有千余篇的各类作品刊发于省、市、县各级报纸、杂志。报纸上三天两头就有他的文章，有时一张报上撞车他两三篇文章。老骆说有天《江南晚报》一连刊有他六篇文章，翻来翻去都有他的名字，这恐怕是业余写作者中绝无仅有的荣耀。

看报的人都知道骆炳忠这个名字，虽然大多人不认得他，但你只要一说东湖塘，人家就会说："哦，东湖塘有个骆炳忠。"他能把一方地名信息反映到自己的名字里，这也算得业余写作者中少有的了。

把半个多世纪刊发的文章汇聚起来，结个集子，"珍藏笔耕成果"（老骆语），既是对半个多世纪的业余写稿做出一个交待，也是给自己80大寿献上的一份厚礼，这么有意义的大好事，我为他高兴，为他庆贺，也为他点一百个赞。

老骆的电话号一直在我手机的电话簿里。我离开东湖塘工作已有10多个年头了，除了在文友聚会时偶然与他碰面，算上这次在内，似乎我们只通过三次电话。一次我托他弄《话说黄土塘》三本书。通过电话，第二天他就把厚厚的书送到了我家。那时他该七十有余，非常令我感动。书中有他写的文章，他写的黄土塘史稿，有根有据，朴实精悍，为黄土塘存照出了力。还有次是他有什么重要活动请朋友们一起吃饭，可惜我公务缠身没有去成，但他从来没有表达过不满，反宽慰我"工作重要"。这次电话一通，一个一直沉睡的老骆名字出现在我手机屏幕上，随之老骆亲切、谦逊的声音传进耳朵。不见人，声音还是那么年轻。他的形象在我脑海里始终是黑黑的头发，瘦长的身板，清澈的眼睛，洁净又朴实的穿戴。他说他出书了，小样出来了，给我一看，让我帮他写个序。他还说我是老领导，对他最了解。电话搁下十多分钟，老骆六十多岁的女儿就把样书送上了门。与他女儿一边聊他父亲，一边在我心里升起诸多的感慨：一是老朋友不因不通话、不照面而生疏。无论哪个时刻，只要一有对接，总是那么亲热；二是有理想、有追求的人，年纪从来不是问题，即便老骆八十有余了，还在努力不止，笔耕不辍，珍贵的人生，自有珍贵的收获；三是高尚的追求，就是儿女、孙辈都会倾力支持。每个人的内心，都有一份美好的向往，不会因为你成就的大小而小视。亲人的力量是无穷的。

样书《彩虹集》放在我案头，荷叶和红、黑鲤鱼画面构成淡雅封面。老骆选择这样装帧，肯定有象征意义的……书里夹着他用硬笔补写的《后记》，整整一页面都是楷书，一个字一个字，笔笔到位。老骆也是地方上有名的书画家。他青年时期就在乡电影院画电影海报，打下了扎实的基础。他的毛笔字参加过各级多次展览，获过诸多奖项。每年春节，政府组织上街写春联，他总是踊跃参加，发挥他的文学天赋，自拟自写群众喜闻乐见的春联。诸如"跃马迎春江南好，三阳开泰太湖美"，引得大家排队抢着要。《后记》从书法角度看，不外是件艺术作品。文字里他这样介绍他的书："取名《彩虹集》，寓意是收录在本书的文稿内容，犹如一道道五光十色的'人间彩虹'，弘扬真善美，传递正能量。"

老骆的话是恰如其分的，汇集的180余篇稿子，是从他收集的九大本剪贴中挑选出来的，算得上百里挑一了。全书五个篇目：新闻通讯、微评小议、代表风采、故事散文、唱词诗歌。一篇篇细读，足见他一生的有心、细心、认真和多才多艺。

是的，多才多艺。他不仅写通讯报道，还创作故事、散文、楹联、快板，再有锡剧小剧本。当年公社有文娱演出队，演出剧本就有他创作的，汇演还多次得过奖。

他的文章中反映的大多是身边的人、事、情。个个是小人物，有普通老师、管水员、农技员、门卫、花匠、商贩、鞋匠、剃头匠、孝子贤孙、书画爱好者等。看过他的文章，之中好多人我都认得，也略知他们的一二事迹。通过老骆一写，把他们的好事、好心、好意真实地记录了下来，发表了出去。一则，表扬了个人，激励从善者做得更好。有个退休老教师钱南兴，老骆写了两篇事迹报道，从为人天天读报到天天照顾邻里老太，反映了一个人的一贯从善，可能与老骆的激励不无关联；二则，通过宣传出去，让他们得到社会的认可。本是一件小事，由于老骆的鼓与呼，有了社会意义，引导了社会的真善美。这是老骆孜孜不倦追求的意义，也是他出书的实在目的。

老骆的文章不注重于运用过多的写作技巧，他只是把新闻的五要素用足用好，反映事件的绝对真实和原汁原味。也正是这点，使他的文章更有了亲切感和感染力。"你的事迹老骆给你登报了"，很多人都会传递这样一句话给当事人。就是这句话，激励了多少人的鲜活人生，让多少人感受到了活着的意义呀！

更为感动的是老骆用一生的业余心血做着一件事——写稿。他写的大多是真人真事，这就得依耳听和眼见为实。老骆有两个信息来源，一是自己做有心人。参加各种活动，哪怕去茶馆喝茶，他都细心听，捕捉有价值的信息。口袋里一辈子不离他的就是小本本，随时随地拿出来记一下；二是人家主动给他送上门。他成了一方土地的著名人士，人家一有报料就找他，说："老骆呀你是笔杆子，给我写写这个好事。"有些人甚至有个人委屈、愤愤不平，都找他诉说，要他评理。老骆从不写道听途说的文章，上门面见采访是他必修的功课。再远，再晚，都要上门去核准。老骆常在宣传系统开的大会上介绍他的写稿经验，他说自己是"脚勤手勤脑勤嘴勤"。有时跑一遍还不一定碰得上人，就两遍三遍地跑，盯住不放。跟随他一辈子的一辆老旧自行车，不知经历过多少风风雨雨，经历过多少故事，要是自行车会说话，它准会讲出老骆许多的感人事迹。

写稿是件苦差事，往往得晚上静了心才能写。老骆不会用电脑，他戴上老花镜，先一个字一个字打草稿，再一个字一个字誊在方格纸上，很费劲、费时。字写得像帖子，编辑看到稿子，光看字就会发出一声惊叹。第二天一大早，趁邮电局还没开门，赶紧把稿子塞进邮筒，以最快速度寄往报社。好在，他的夫人一辈子支持他，上街买菜顺路是他的邮差。老夫人从没耽搁过一封稿件。

一切的一切，归根结底是老骆的为人。其实，一辈子，他自己更像一道彩虹，亮在他的工作岗位上，亮在他的业余写稿里，亮在他的处世为人上……他始终工作在文化战线上，从电影海报画手到文化站长，从通讯报道员到主办会计，做一样钻研一样，做一样出色一样。他身在官府，从不奉迎，从不唯官，也不计较经济利益，默默无闻，朴实做人，生活节俭，很有老黄牛的精神。他虽然位低权轻，但他名声在外，赢得了人们的敬重，我同样敬重他！

他最喜欢这样一首诗："密密丛生树万千，花开花落种年年。前人种树后人凉，万里山川美无边。"恰如他的人生写照。是呀，他把无边的美，就像他书封面的那幅淡雅的荷叶、荷花画，留在了这本书里，留在了他的人生路上……

从爱情里开出的金丝皇菊

她从一条青草幽幽的细小田埂上走来，迈着轻盈且有些急促的步子……

田埂延伸到金黄色的花海中，左边是花的海洋，右边是花的海洋，前边还是花的海洋，金黄金黄，似乎天空都映照成了黄色。"满城尽是黄金甲"，想当年长安城里很可能也没有这样壮观、迷人的景象。是的，这无边无际的花海，就是菊花，但却并不是凡俗的平常菊花，而是一种经过多年科学培育而成的"金丝皇菊"。

一个"金"字，一个"皇"字，就能让人直接感受到这菊花非同寻常的身价。你看她开在田地里的姿态，不亚于小姑娘一样娇柔可爱。小小的身形，开出一身的丰腴和饱满；花丝细细纤纤，大多打着卷儿，愈加增添了花朵许多的精致和灵动，愈加惹人心爱。千千万万的花朵就这样在不远处的顾山背影里竞相开放，竞相吐艳，竞相搔首弄姿……我站在田边，一时看得有些发呆，像喝醉了酒一样醒不过来。

她从花海丛中的田埂上走来，迎接我到她指定的地点。远远地，一个身影，像只蝴蝶在金色的花海中飞舞，飞得那样融合，那样完美，她就如这金色花海的化身，是花海里一个充满活力的精灵……身影渐渐近来，我看到了她向我挥动的手臂，听到了她脆脆爽爽地从花海里飘来的喊声。我分明感受到，夹在声音里，似乎还带有花的气息，花的芬芳……

来的是席月亚，花海的女主人。

没有想到，这一刻她竟会这样随心、这样无意间地出现在由她自己打造的如此美艳、如此生动的景象里，让人恍若堕入梦幻一般……

进入11月来，金丝皇菊的盛开迎来了四邻八乡的人们的观赏，更有无锡、苏州的城里人，人们像朝圣般闻声而来。一到双休日，周边的公路上都是一排排的各色小汽车。人们涌来，有的惊呼，有的感叹，有的陶醉，有的拍照……锡城的记者团来了，几十位笔杆子流连忘返，回去后各大报纸、电台、电视台美照不绝，美文不断，着实吸引了锡城人的眼球。

跟随她，我也走在了这条掩映在金黄色花海的田埂上。脚下一团团青草，软软的，有种不舍踩踏的心疼……梅、兰、竹、菊，自古就是中国文人心中的"四君子"，现在好大一片菊花就长在这里，就在我的身旁，我不仅在观赏中被融化，也被菊花散发出的"精气神"所感动；更在赞美中，体味到了一个侍花女人的幸福……

好多天前，有幸与席月亚夫妇坐在顾山脚下的荷泽园茶庄，晒着从茂密树叶间洒下的斑驳阳光，一边喝着他们发明制造的金丝皇菊茶，一边倾听他们的创业故事。

席月亚爱喝茶，尤爱喝菊花茶。有位浙江桐乡老朋友，每年都会给她家送上上品菊花茶。中国有四大名菊：贡菊、杭菊、滁菊、亳菊，其中杭菊主产地就在桐乡。席月亚知道杭菊自古就很有名声，不由喜爱上了朋友送来的桐乡杭菊，天天喝，喝上了瘾。那特有的菊香，那泡在水中如同花儿初开的样子，那染上菊色的茶水……着实让席月亚向往和痴迷。

她老公陈先生知道老婆如此嗜好菊花茶，便萌发了一股力量。他想，老婆小名叫小菊，生在 11 月份，又特别爱喝菊花茶，是不是跟菊花有着特别的缘分？于是他冒出一个大胆的设想，自己来种些菊花，满足老婆对菊花的热爱。从桐乡朋友处引苗试种，不想效果并不理想。他平时热爱侍弄花花草草，养花有一定的经验。为了心中的爱，也为了看到老婆喝上菊花茶露出会心的笑，他铆足了钻研劲，想着法儿种出自己满意的菊花。他前往有关科研所和大专院校，请教专家培育和扦插方法。"秋菊能傲霜，风霜重重恶。本性能耐寒，风霜其奈何"，他就是本着这样的菊花精神，经过几年不懈努力，一种全新的菊花品种——金丝皇菊被他培育成功。第一年小批量种植，收获颇丰。最先给妻子小菊沏上第一杯金丝皇菊茶，当妻子深喝一口，发出满脸欣喜的欢笑时，他如释重负地舒出了一口气，也隐隐感觉到自己有可能会在金丝皇菊上打造出一番崭新的天地。

他与妻子商量，转型以前为人加工小产品，自己来种植金丝皇菊，然后加工成金丝皇菊茶推向市场。他坚信一定能成功，因为身边有顾山独到的人文和自然条件，山水灵秀，艳阳山岚，十分有益于菊花的生长。说干就干，第一年加工的少量金丝皇菊茶投放市场，居然十分畅销。夫妻俩的情感也在金丝皇菊茶成功的初创中得到了凝练和升华。他们在爱的沐浴中，扬起了前所未有的发展信心和动力。

我不由得双眼紧盯玻璃杯中的金丝皇菊，一朵黄灿灿的菊花，硕大地舒展在杯的中央，艳丽而娇嫩，灿烂而丰满，如同鲜活地绽放在茎杆上。端起到嘴边，一股浓郁菊香扑鼻而来，直灌心肺。轻轻喝上一口，醇香甘甜，五脏六腑顿觉清香四溢，双目清亮，神采焕发。多好的茶，多妙的感觉，难怪乎，专家明示：菊花茶功善疏散风热、平肝明目、清热解毒、抵御辐射；也难怪，古人把菊花茶称之为"延寿客"。这是菊花茶多好的造化！

显然，中国人中有太多像席月亚一样爱喝菊花茶的人，不是吗？连日本人、韩国人也不例外地爱喝他们的金丝皇菊茶，即使每朵卖到15元，还是订单纷纷。但我估计，不会有多少人会像席月亚一样，因为菊花而比别人享受到爱情的更多美丽和甜蜜。这是席月亚的幸运，也是席月亚的福气。"不是花中偏爱菊，此花开尽更无花"，不正是席月亚夫妻的爱情写照吗！

金丝皇菊，终究成就了他们夫妻俩的产业。这次走在田埂上，一路听到的都是席月亚爽朗的笑声和快言快语的介绍。她指指花海尽头的两栋白色建筑，说一栋是金丝皇菊的生产厂房，安装了几十台原生态的柴火烘干设备，以确保金丝皇菊烘干后保持原状不变样；一栋是无尘包装车间和办公楼，以保证产品的干净、无菌和品质。

经过三年磨炼，有着商业头脑的席月亚，明确告诉我他们以后追求的产品目标是"纯天然、高品质、益健康"。带我参观完一派繁忙景象的生产和包装车间后，下楼来，她指指紧依花海边的一片池塘，眼里放着光亮说，以后要在那里建上一座皇菊茶艺楼，人们来后可以一边喝金丝皇菊茶，一边在河上垂钓。她说她有信心做成一个集赏花、休闲、养生于一体的农庄中心。

我忽然想到"采菊东篱下，悠然见南山"和"秋满篱根始见花，却从冷淡遇繁华"的诗句。我猜想，在席月亚眼里，很可能这"南山"就是她家乡的顾山，这"繁华"就是她金丝皇菊的未来篇章！

到时，我会不请自到，凑个热闹去喝上一杯席月亚未来篇章里的"繁华"茶……

大敌压境癌症来

　　癌症，一个恐怖的名字，如果黏上你，几乎每个人都会脸孔失色，双腿发软，甚至痛哭流涕，不亚于一场地震，一次台风。当下，癌症两个字不断地出现，频率越来越高，声势越来越大。以前，好像只在遥远的人身上发生，就像听蒲松龄的鬼怪故事，听着不惊不悚，因为知道那都是假想的。现在倒好，癌症如同天上的阴云一样，越来越漫天密布，越来越走近身边人，吞噬着一个个鲜活的生命，让人惊心动魄，夜不能寐。

　　不得不对天发问，到底哪里出了问题？是谁作了这样多的孽？是天吗？是人吗？

　　癌症，对于一个生命是一次悲剧，对于一个家庭是一场天塌，往往人财两空。活着的人，往往还会套上精神的枷锁和常年的悲痛……

　　感慨沉重，因为今天又去奔了一个丧。

　　又一个村里人走了，死得很突然。半年多前，她查出胃癌，但她不相信自己会得什么胃癌。她从来都吃得下，拉得出，没有过少气力的时候，也没有过住院记录。早上她在一家早餐店给人炸油条，她炸的油条又大又脆，像个小胖娃娃，人见人爱，油条店的生意特别好。下午她来到儿子厂里帮工，她有的是气力，一辈子喜欢干体力活。她不知道自己如何得来的胃癌，自然不想死，少不了有过顽强地抗争，也少不了医院一串又一串的账单，但没有挽回她的生命。她走了，年纪刚六十出头。对于鲜活时的她，她还像四十出头。

刚刚十多天前，又有一位亲戚走了，胰腺癌。女婿是企业主，有的是钱，但来不及多治，就走了。他一生清淡得像和尚，从不与人无故交往，天天一个人待在家里，一个人接龙，一天天在接龙中度日。一张小方桌子，只他一个人。但在他的心里，天天旁边好如还有三个人，一个是他小时的玩伴，一个是他的同学，一个是他做手艺时的朋友。在他的感觉里，他天天与他们一起做着接龙的游戏。尽管有的人早已离去，但他乐于与他们在无形中相会，相会在接龙中。他也天天早睡早起，生活在规律里，生活在安静中，与世无争，与吃无争，与钱无争，与天无争，与地无争。除了一个人接龙，还一个人吃饭，一个人睡觉。他像隐士一样生活，很想就这样安静地活上一百年，但理想离他甚远，生命戛然而止，他至死不知道哪来的癌。

还是个亲戚，如狼如虎的身子骨，一米八以上的个儿，二百斤的重量，从来没有尝过生病的滋味。每次一起喝酒，半斤白酒毛毛雨，场面热闹，一斤不在话下，但也不常这样喝，家里只是小酒咪咪，生意一忙，也由不得他喝更多的酒。他开了个油漆店，二十多年的老店，生意红红火火。天天最大的运动量是搬油漆桶，客户来了，油漆一桶桶的上车，大多都是他一一提上的车。几十斤到百来斤，腰板硬着呢！搬上搬下，他总说就算锻炼身体，出身汗，爽！显然还有快乐在心，因为每一桶油漆都是生意经，搬得越多，自然钱赚得越多。哪天不搬，反而腰里会发痒，心里会发慌。也不知道是哪一天少了力气，有了不爽的感觉。一查，胃癌。死，多不甘心呀，又是开刀，又是化疗，又是吃药，七个月，折腾得死去活来。终究一切都了结了，死得跟他搬油漆桶上车一样快。

刚听说，一位做过村书记的党校老同学得了癌症，胰腺癌。刚刚，一个多月前还一起吃过中饭，棒棒的身体，还相约下次聚会到他在盱眙的工厂吃龙虾。为开车，那天他没有喝酒。试过几次想喝点，不喝酒，嘴里馋呀，骨头里痒呀，还不热闹，但最终管住了嘴，说明他在当时，一胃口极好，二控制力不错。不想，时隔一月，他住进了上海一家医院，传出消息，十分的不乐观，医生言外之意：不必再浪费钱财了，回家吧……

同学中已经走了不少于十位，都才五十来岁，最年轻的一位三十岁不到就得血癌死了。

不想再多说谁谁谁得癌死了，多说，人家九泉之下可能不得安宁。但你不难看到，癌症犹如大敌一般压来。马云说过以后十年胃癌、肝癌、肺癌会经常暴发。形势如此严峻，你准备好了吗？万一轮上你，其实已经没有万分之一，可能只是千分之一，甚至百分之一，你怎么抗争？想不想问问自己，你的癌症是哪里来的？眼下的你该不该做些什么防备？防患于未然，是不是眼下就得抓紧？

诗情画意的行走

找慧雅轩，不免有些诗情画意；认识雅慧，不免自觉有些心智不够……

正是南长街华灯初放时，满街的古色古香里，行走着流光溢彩；行走着忽长忽短的人影；行走着水弄堂河的宁静；行走着老旧门洞关不住的爵士乐节奏……慧雅轩像个少女一样出现在我眼前。这种微妙感觉，来自扎满花的环状门洞；来自正门的大幅度退缩；来自一脚跨进突然扑来的安静和光的柔和……哦，慧雅轩好像害羞于街的热闹、街的过于时尚，这就更有点像少女的情怀，或许，这是女主人的有意而为？或者是为了表达女主人的一种心境和风尚？

慧雅轩内更特别，各个墙面上布展的都是名人字画，书法、花鸟、山水、人物；油画、工笔、写意。一排排桌子，高矮不等，或圆或方，各自摆放。桌子旁要么书柜，里边放满了错落有致的书；要么收藏物，述说着一段段历史；要么花花草草，婀娜多姿，气宇轩昂。从处处洋溢的生气和书卷气可以看出，主人肯定是特别用心生活的人，文化修养不俗。

原来这里是慧雅轩主人为成功人士、奋发人士打造的一个雅室，一座天堂。或者喝茶、聊天；或者读书、静思；或者聆听名人讲座，交流心得；或者纯粹休闲，嗑嗑瓜子，吃吃话梅……反正不迎合老街的运转，只借力于这里传统文化的氛围，释放女主人和她的朋友们的文化取向；锤炼女主人和她的朋友们闹中取静的意志、淡泊人生的安逸……

这是慧雅轩主人在企业创办成功后，由经济向文化、向公益地行走，表达出她内心深处对文化的深层次追求和演绎。我觉得，用硬通的经济，做出如此诗情画意、如此丰富多彩的人生追求，可能少有像慧雅轩这样个女主人的了。

是呀，她很有值得一书的太多行走。

第一次认识她，是在微信圈里，名叫雅慧。

雅慧也好，慧雅也罢，多有文化的滋味和质感。不过，虽然仅仅字序颠倒下，但细细体味，不难发现她取名的分寸。雅慧，更优先于女人美的感觉。可能在她觉得，做个女人，先该"雅"，再有"慧"，这是不是就是当下好女人的哲学？而对于一个传播文化和知识的场合，得先有"慧"，尔后有"雅"。善于学习，善于吸收，善于总结，终究会取得"雅"的进步，提升"雅"的品质。两个名字，很小的一个浪花，但分明看到了她的智慧，她的聪明，她的能干，她的内敛。

她经营企业的成功已经足以表明，她更多赚的是外国人的钱，更说明了她的非同凡响。微信圈里，我很感兴趣于她推荐自己写的一本书——《我的诗情画意》，书里有诗歌，有散文，无锡新华书店为她举行过首发式。像书的封面一样，这是一本花样美丽的书，一本纯净的书。几个晚上，我身靠床头，凑着灯光，静静地，独自行走于她的文字里，读一个女人的心绪，一个女人的感悟，一个女人对美丽生命和美好生活的追求。有点小资，铺陈雅致。最感动的是她作为一名成功企业人，商海奋斗几十年，却在近20万的文字里没有渗透一点商海沉浮、一点商人奸诈、一点铜臭味……纯粹以一个平常女人、一个母亲、一个妻子的视角，写出了点点滴滴的生活，点点滴滴的心绪、感悟和抒情。

她把文笔行走在"雅"和"慧"的世界里，让诗情画意铺满整个篇章，收获着她"一树纷繁，心花的烂漫"。

更想不到，她又成功"行走"出了第二本书——《行走天涯》，以写游历为主，出版在即。

我有幸先读到了文稿，读到了她行走天涯的角角落落。跟着她的文字，我也去到欧洲，去到罗马，去到卢浮宫、塞纳河、埃菲尔铁塔，近距离看到了蒙娜丽莎、维纳斯、胜利女神、皇帝拿破仑、大宫女等世界名作。她写道："每一幅画所表达出的情感，足以让你沉醉。"我还跟随她去了东南亚，去了那里各个热门、不热门的地方。她把看到的演化成了"沉入心底的那一抹永恒的瑰丽"。可贵的还是没有看到她作为企业老板一丁点财大气粗的心理表露，每个文字，都展现了她的涵养，她的修炼。她以一个向往世界、探索美好的女人视角，写出了她的非凡观察力和感受。记录得那样细心，那样周到。无论古今的、历史的、人文的，还是异国风情、异域景色的，都融进了她的知识和见地。在呼伦贝尔大草原上，她写道，"好想做一棵无人知道的小草，生活在这广袤的草原上，与大地为伴，与云霞为伍，与星星为朋，默默地生生不息"、"静静地倾听草原的声音，默默地聆听大地的呼唤，缓缓地去触摸草原的脉搏"。在俄罗斯室韦小镇，她"下了心灵之约，当有一天在人生的旅途中走累了并再一次回到这里，这里是一片宁静的天堂，会以包容之心接纳你，帮你洗尽铅华，洗净污垢，还你一个真实的自我"。你完全能从她的文字里，触摸到她心的雅洁淡泊、宁静志远和悟出的人生真谛……

透彻点儿说，这一路既是她诗情画意的行走，更是她心的行走，智慧的行走，美丽的行走，追求真谛和敲问自己的行走……在一个女人展现美丽身影的一个个场合，看到了她体味不尽、思考不尽、感悟不尽、追求不尽的心路。

她的真名叫周亚南，40来岁，公开身份是无锡市嘉华国际货运代理有限公司、无锡嘉翌国际贸易有限公司董事长。呵呵，看名字，十足的男性味，加上沉甸甸的头衔，还有她一手大方大气的字，似乎怎么也无法与妩媚秀丽、眼睛明亮、身材修长、雅致时尚的她联系起来。这名字肯定是爹妈给她起的，冥冥之中，我感受到了她骨子里不少于男儿般的精、气、神。看她近日新作，"江南山水孕领袖，诗书万卷任纵横。大义凛然英雄色，阅尽江山书锦绣"，不就透露出了她男儿般的血气和禀性吗？

佩服她不仅有诗情画意的人生，更有叱咤风云的奋斗、起起伏伏而默默无闻的潜心，想必她会有更多"慧雅"的升华……

周亚南，终将会行走出"一抹永远的瑰丽"！

乡人的花花世界

　　乡人，从来没有像现在这样情重庄稼花，理解庄稼花，懂得庄稼花……

　　这是我来到羊尖南村、厚桥晏家湾最深切的感受，也算得上是深刻的发现。因为在这里，我不仅亲眼看见和亲身体验了由庄稼、庄稼花装扮起来的自然美、乡村美、生态美……更有，因了这些庄稼和庄稼花而为乡人创造出的生活美、人生美，乃至人性美，令人感慨万千，仰慕不已。

　　有人会说，这里很像陶渊明笔下的世外桃源，似乎只有陶渊明的世外桃源，才能比得起这些乡村的美。但我对这样的夸词，却很少有雷同之感，因为陶渊明笔下的世外桃源，尽管尽显自然美，但人在里边却好像不过是一棵树、一个景，就算了不起一点，充其量也只能想象成一朵花。似乎人只是一个个游走的物件，游离于社会，游离于生活。而现在的乡村，不只是梦，不只是人们口头相传的向往，而是生龙活虎的现实，确确实实的生活，就在每个人的身边，每个人每一天的行进之中。这种美，终于不再只有让人欣赏的意义，而是赋予了自然、生活、人性的相互融合，相互支撑……

与成片成片皇冠梨开发者吴春雪走在梨树的世界里，像进入了一座梨树的迷宫，除了看得到头上的蓝天白云、树冠上飞来飞去的鸟儿、千千万万叶片上的闪烁阳光，再就是哗啦啦唱响在风中的叶片声、我们细碎的脚步声……这大自然的和乐，包裹在千千万万梨树的世界里，与喧哗相隔，与浮躁相远，即便你有再多的烦恼，这样那样的悲情，还会有什么理由不能让你感染？不能让你沉浸其中？同行者，一个个早已兴奋不已，有的操起长的、短的相机；有的直接用手机，跑来转去拍个不停；有人立马传上了微信朋友圈。不是吗？此时此刻，除了想到让朋友分享美景，还有什么比这事更快乐的呢！

不过，随行的梨树主人却一个劲向我们表达着缺憾，他说要是你们春天来，那就更美了！遍地遍地的梨花，像堆的雪，整个整个的晏家湾被梨花淹没了，被梨花染白……听他这一说，我思绪奔涌，一幅幅美景浮现在眼前。一片片、一层层的梨花，还有相间而种的桃花，恰如"忽如一夜春风来，千树万树梨花开"的景象，白的、红的、粉的竞相怒放，竞相辉映。到处是花的海洋，花的世界，尽染芬芳。整个村庄被融化了、熏染了、陶醉了……那该打动多少人的心，让多少人流连忘返！

难怪乎，每年的 4 月间，梨花节盛会就在这田间举行，成千上万的乡人、城里人来到晏家湾。晏家湾此时就成为了一个乡村的焦点，一个城市的热门，一个乡村的欢乐，一个城市的牵挂。千树万树的梨花，这时，已经全然不再仅仅是庄稼和庄稼花，而是成就了现代人的一种理想和信念，一种生活和时尚，一种永无止境对美的追崇……也因此，晏家湾和晏家湾的梨树，引发出了自古以来从来没有的全新产业：乡村旅游。晏家湾终于被赋予了一种全新身份，价值的创造，财富的成长。据说，人多的一天，来自五湖四海的人有近万之多。就像开花必然要结果一样，晏家湾开出的梨花，还有花后结出的皇冠梨，毫无疑问成就了一个乡村全新的美，更有价值和意义的美。

其实，每个季节，都有她的精彩和迷人姿色，秋色里的晏家湾，更别有一番景象……

你看，千百米的梨园围栏上，有一段攀爬着满满当当的紫色扁豆。那些紫色的藤叶，倾情地缠绕着围栏；紫色的花朵、紫色的扁豆，一串串伸展，要么向上盛开，要么沉甸甸下坠，给一面本无生气的围栏平添了太多紫色浪漫。再走一段，则是一片青绿丝瓜。丝瓜因为好于张扬花的金黄而惹人喜欢。通常种最多的就数房前屋后，牵几根线，丝瓜摸着绳，驮着一张张青翠大叶，一簇簇金色黄花，施展开攀爬的天性，爬遍整个大棚。整个的夏季和秋季，丝瓜花天天开得像喇叭，金黄金黄的，就差没有从花朵里喊出声来。一条条丝瓜则长长地挂着，好像一个个吸着奶水争先恐后成长的孩子。很想伸手去摸一摸，带几根回家，来个肉丝炒丝瓜，或者排骨丝瓜汤。

梨树的尽头，是晏家湾村口，有一畦一畦的韭菜，韭菜开满细小的白花，每一朵花都开在高高竖起的细小茎秆上，纯纯净净，昂首不屈，挺拔得让人起敬。

转进村庄，彩色砖道旁有序地种植着各种植物，千姿百态，花开不止。几枝巨大的芭蕉树，帆一样张开叶片，好似天上的云朵在飘。走过树荫笼罩的小桥，桥下的河面上开满了荷花、菱花。一树树略显黄色的银杏叶，也如花朵一样绽放……里里外外的晏家湾，错错落落的晏家湾，实实地被庄稼花、有名无名的植物花所包裹、所熏染、所滋养……

晏家湾，好一派花样年华！

透过晏家湾人情重庄稼花的生活，可以看到背后支撑的是晏家湾人太多的"花花"点子。

从前晏家湾只安分于种植稻麦，是吴春雪娶来的徐州媳妇，从娘家带来了梨缘。本来娶个媳妇是理所当然的事，不想还娶回一份媳妇家乡的产业，这是很出人意料的。其实中间不乏爱情的成分和力量，因为一片梨树，能够满足媳妇对家乡的思念，对土地的眷恋。因此，晏家湾的梨花，还是一枝爱情花，有着深过玫瑰的情怀。

无独有偶，羊尖南村的于永军，一个苏北入门羊尖的女婿，同样为了他的爱情，办起了先锋家庭农场，种植了红掌、粉掌、凤梨等30万盆花。一开始因为夫人爱花，特别爱红掌，他试着种植是为给夫人一个惊喜，不想竟成就了他的大产业，年产出上千万元。

爱情，从来只钟情于玫瑰、康乃馨之类，从古至今哪有几个用庄稼花象征爱情的？这无愧为现代人的爱情观！尽管象征爱的花很"俗"，但爱情的质地却一点不俗！因为唯有胸中装着爱情真谛的人，才更明白庄稼花是硕果之花，是扎根地气的花！

乡人结出的另一种"花"，居然是种庄稼成就了老板梦。羊尖的"先锋家庭农场"，领到了工商部门颁发的江苏省第一张营业执照，宣告了第一名以种田为生的农民老板的诞生。再不像从前只是叫声老板，现在是法律意义上的老板，一种责任公司式的老板。难怪乎，见到于老板，他精神抖擞，腰板硬硬的，一个劲给我们发名片，还亮出他的各种社会身份。

庄稼花结出"品牌果""专利果"更是乡村一枝独秀之花。吴春雪的"晏家湾皇冠梨"，已经成为注册商标，受到法律的保护。吴老板黝黑的脸上，说起这些可谓眉飞色舞。种植十多年来，这个品牌居然响彻华东地区，名扬港台，现在一期产出 30 万箱，每箱卖到上百元，还远远满足不了市场的需求。人家要的就是他通过科学培育种植而成的专利皇冠梨，这梨色泽金黄，纯种的皇家之气，富贵吉庆，寓意丰富。而且梨形圆整硕大，像是用模具压制出来的。吃起来皮薄汁多，甘甜酥脆。一梨在手，有种幸福涌心头的感觉。

晏家湾人还有一个了不起的创举，就是把庄稼种植上升到一种文化。他们提出要以皇冠品牌梨，弘扬中国"梨文化"。"梨"与"礼"谐音，以"礼"示人，以"礼"待人，以"礼"育人；礼仪之邦，以礼兴邦，处处充满礼让和仁爱，这就是晏家湾人追求的"和谐社会"的目标。

每年梨花节，怒放的梨花，犹如爆开的"礼花"，迎接着每一位远道而来的客人，少不了要重温和分享"孔融让梨"的故事，每一位客人的心中，由此驻留了一份温馨，注入了一份启迪……

梨花也好，红掌也罢，就是扁豆花也好，韭菜花也罢，终于有一群庄稼人懂了她们的心，放飞了她们的梦想……

微信来的手札

七夕节收到一条微信，一条很不同于别人的现代手段里包含了传统，传统里嫁接了现代的微信。也许是个创意，但感受得到真诚的温度，少不了让我感动，这微信深深地装进了我的心里。

一开始，因为熟悉的名字，很不以为然。当下，不说信息泛滥，也大有这样的味道：千篇一律的格式，千篇一律的内容，千篇一律的说辞。不就是手指一点，来个拷贝，你传我，我传你，像病毒一样感染。即便有心思打开，可能也还是千篇一律的眼光，千篇一律的感受，最后被千篇一律地丢到一边，连删除都懒得动手。再加当下的节过得多如牛毛，就像从前农家生猪仔，一个节又一个节，祝福信息让人不胜烦扰。

什么东西多了就会烂，像庄稼人种的苹果，就算是富士，烂了也没有人喜欢。

这回打开，却眼前突然一亮。飞出来的是张信纸，就是曾经的年代里经常用于写信的那种纸。当平展展铺开在我手机屏幕上时，一种强烈的久违感冲击了我的眼睛。低头细看，信纸上写着一串又一串的文字，工整又娟秀，刚健又婉约，绝美的女人手笔。

先不说内容，光这个形式，就让我惊喜和感动了半天。现在，人们自从有了电脑和像电脑一样的手机，哪还愿意操笔呀，即使不拷贝别人的文字，用电脑打字总比伏案手写来得方便和轻松。据说现在有些人已经连字的笔画都想不全了，脑子里有的只是电脑键盘上的 A 键还是 B 键。不是想不起偏旁，就是记不得尾部，一个字顿了半天还是写不出来，只得到百度上去搜一下才豁然开朗，原来这个字这么写！但这是一封实实在在的握笔手写的短信，一笔一画，一字一句，都是经过细心运笔，再三斟酌而成。就差没有装进信封，然后跑到邮局给我邮寄。不过邮寄确实太慢了，现在到了微信时代，写就的信，用手机一对焦，拍成照，几个点击，几秒钟就来到了我的手机里，这真是一个太过聪明的女孩！我在微信里打开，一封真真实实的信就这样展现在了我眼前，好像还带着写信人的气息，写信人的手汗，写信人扑闪的眼神。

写信多好呀，读信多美呀，这是电子信息所无法传递的感受。眼睛触碰的是有体温的文字，带着写信人心绪的手写体，那是白纸黑字的真实，时空的穿越……即便不多的文字，哪怕只寥寥几字，就像沙漠里渴望的水，只要唇上沾个湿，因为是真实的水，生命源泉，那种解渴，那种希望，会永远定格在心里。

说这些，也并不是表明我是个彻底的复古主义者，也绝不是彻底否定拷贝。现代技术就是为了方便，为了分分秒秒的争夺，只是对我这样一位乐于在文字中寻找独特感受的人来说，毕竟拷贝就如一种冷兵器，是一堆文字的排列，闻不到信的芬芳，读不到文字的亲切感、温情感。现代人有信可读，也是一种幸福，是一种超越文字定式的享受。这已然有点奢侈，我为享受到这样的奢侈而深感满足。

真该深切感谢那位别出心裁的发微信者，也许说她别出心裁很不恰当。她虽然年轻，但也许早已有心的回归，心的本真。每个人可能都有抹不去的书信情结，毕竟中国人经历了太长久太长久的纸和墨，每个人的血管里也许都还流淌着纸和墨的基因。

真是微信时代里的一个好兆头，因为书信的背后，人们往往推崇的是惜墨如金和一字值千金。每个人都更渴望回归书信年代里的无邪和无杂念……

厕所里的"点赞"

点赞在微信朋友圈里很管用，打开一则信息，很有同感，或者很想表明你的态度，太简单，也太省事了，打开点赞，一个"心"形上去，朋友圈里的人即刻知道了你的行动和态度。这种交流不再表现为仅仅是省事，而是电子时代，一种现代人最新型、最简洁的交流方式。弹指间，一切明了，这也是微信能疯狂流行的原因。

昨天去上海，晚饭是在大排档吃的。三杯啤酒下肚，都懂的，憋不住只能往厕所跑。踏进厕所，男女分设，还算干净。凑前，看到压水器上方一颗"心"，两个醒目的字出现在眼前——"点赞"。我知道这不是微信，是告诉你用过后，请点击压水器，就如以前的"来也冲冲，去也冲冲"。

是谁这么聪明，把微信里的点赞形式用到了本来浑身不搭界的厕所里？看似信手拈来一种时尚形式，它的应用着实让我感慨万千。

这是坐在办公室里那些所谓的政治工作者、所谓的精英管理者们根本想不出来的。"从群众中来，到群众中去"，虽然时代都电子化了，但现在看来这句话还是着实不落伍。是呀，这种应用，唯有最了解普通人喜欢什么、向往什么、流行什么，才会像及时雨一样下到田头，下到心房。一个"心"形，加"点赞"，简洁得没有一点说教，没有一点政治意味，没有一点端架子，恰到好处地出现在该出现的地方。

在微信，你不是点赞惯了吗？点赞顺手了吗？那么请你在这里同样"点赞"一下吧。"点"水压器，一点水就出来了。赞的是你应该有的姿态，你的人品；也可能赞扬你为这里保持洁净、卫生、空气清新做的一点功德。

曾经一个时期，厕所里到处贴上了"走上一小步，文明一大步"的标签。我细心观察过，面对这一标语，多少人文明了一大步？我一直不敢得出肯定的结论，地上还是尿迹斑斑，厕所还是臭气冲天。事实表明离设计人想象的文明，不仅远了一大步，还把"文明"两个字熏上了尿味，有了嘲讽的意味。如果上个厕所"上前一小步"就能够实现"文明一大步"，那中华文明也太浅薄了，太作践了。上厕所能够体现一个人的文明举止，但不要因此而给人说教，给人贴上政治化的标签，往往会弄巧成拙，让人不买账。

细小的事，还是用细小的方式来提醒，"点赞"就是一个细小的方法，但却以小见大，点到了人们的心里，点到了人们的习惯上，不失为一种时尚的、有品位的提醒。

香在传统里的油车巷

顾山脚下的山联村，有个历史上的著名村庄——油车巷，说来既有非同寻常的历史印记，又有淳朴村风、民风的四方飘香，就像村庄名字里的"油"一样，滋润着这里的生活，又自豪着这里的庄稼人。

眼下，油车巷村西紧依锡张快速通道，村东紧挨山前景观大道，村庄硕大，人口近千，一栋栋你挨我依的农家别墅阔气漂亮，巷道纵横交错，河流穿插水动，河岸两边草木青青，一派醉人的江南风韵。

这个村庄从前不是这个样子，上百年前村上只有几十号人。一开始村名叫唐张更巷，很可能大多居住的庄稼人一姓唐，一姓张。整个村庄被山塘河包围。山塘河，顾山山南的一条河。水由山上来，平时河水荡漾，清澈见底，宁静安逸。一到雨季，河水汹涌，好在村庄依山势而建，地势显高，村庄总是安然无恙。村庄进进出出必经六条坝，麻皮塘坝、东山塘坝、横山塘坝、野头塘坝……从这些坝名里可以看得出，这个村庄一度独成一体，与世无争。

不知从什么时候起，据现在村上老人们口传，大概大清前期开始，这个村庄里渐渐多起牛来。散散落落的房屋，这家门口的泥场上拴了一头牛，那家草屋边也拴了一头牛。牛既有村上人家的，也有来自别的村巷。村上最多时养牛 27 头，这是个了不起的数字。解放初期划分地主，参考依据一是土地，二就是牛，三才是雇工。牛是庄稼人有身份的大件家当。不过，村上大多牛并不是用来耕地的，它们最多的活是拉磨，拉的也不是面磨，而是棉籽磨、菜籽磨——油坊榨油必需的前道工序。

那些来自别个村庄的陌生牛，常常显出烦躁不安，牛头高高抬起，不时发出"哞哞"的叫声。声音传得很远，远处的牛也叫起来，这就把村庄弄得牛气冲天，热闹非凡。牛很可能是催促主人回家，也可能告诉主人自己该吃草料了。主人是来榨油的，牛驮来了主人刚收的棉花籽或油菜籽，少的几十斤，多的几百斤。榨油不是一时三刻的事，顺利也要大半天，碰上油坊活忙，一两天都是有的。

唐张更巷从谁第一家兴起榨油，到兴盛有名望，不知经过了几代人的努力。村巷上时常有四五家榨油坊，每家油坊里，锅上的蒸笼都冒着股股热气，满屋子烟气缭绕。炒棉籽、炒菜籽的香味，浓浓地弥漫在整个村庄的上空，即便几里之外，甚至登在顾山顶上都能隐隐闻到棉籽、菜籽的炒香。这四处飘散的香味，自然让更多的外人知道了唐张更巷的油坊。好事传千里，邻近的张家港、顾山乡、冶塘乡、练塘乡、旺庄乡、常熟等地的人都纷纷牵着牛驮来棉花籽、油菜籽榨油。榨油最重要、最大型的工具是油车，不知是谁第一个把绕口的唐张更巷，改成了油车巷。这一改不仅叫得顺口，叫得实在，更叫出了特色，叫出了名望。

到民国时期，村上最兴旺的油坊之一张家油坊，传到了张兴发、张伟如父子手里。油坊还在正屋后边的茅草房里。茅草房的土墙上、屋脊上、地上都沾满了厚厚的油垢。五米长的油车除了沾满光亮亮的籽油外，再就是一身的滑溜圆润，沾尽人气。还有大大小小的楔子、榔头、缸缸盆盆等无不散发着陈年气息。父子俩榨油有着家族传承的丰富经验和信用操守。他们榨油要历经近十道工序，道道不能马虎。

先是对油籽水分、纯度做鉴定。牙齿咯噔一咬，舌尖一舔，大体知道了油籽的干湿度。抓一把，抿嘴一吹，又大体知道了油籽的纯度。杂质高，就得经过吹扬。即便有时生意很忙，也从不偷工减料这第一道看似不重要的工序，因为它关系到成油的口感和纯度。第二道工序，焙炒。油籽放进大铁锅，锅下烧着顾山上砍来的木柴。手脚麻利地翻炒。炒干的标准是香而不焦。火候把握最要紧，这既关系着出油率，又关系到油的香度，因此父子俩对每一锅都是特别重视，异常认真。炒得浑身大汗淋漓，从来就光着膀子干。肩上搭条毛巾，防范汗水掉进锅里。第三道工序，碾粉。炒干的油籽投进磨盘中，磨盘是金山石的，上爿30厘米，下爿40厘米，常常用牛拉，这就是油车巷养牛成风的原因。油籽一次要磨个把小时，粗细均匀，父子俩两个手指一捏就知道。第四道工序，蒸粉。碾碎的油籽送上蒸笼，七八层蒸笼热气腾腾，油籽传出特别的香味。蒸的标准是见得蒸气，但又不能熟透。第五道工序，做饼。蒸熟的粉末填入用稻草垫底的圆形铁箍之中，双脚猛踩，还用木夯。每块粉饼厚薄一致。第六道工序，榨油。这是一道最费时间、最劳累的工序，至少要 2 个小时以上。20 至 50 个胚饼装入榨油槽里，父子俩便轮换着挥起 10 多斤重的榔头，不停地打木楔子。木楔子一个又一个加塞进去，油籽饼不断地被挤压。然后换成 30 斤重的榔头，打进小一点的木楔子，油籽饼越来越紧密。喘口气，换成 50 斤重的榔头，这时就得悠悠着向里打楔子，如果打急了，一不小心，楔子会反弹出来，蹦上屋脊。有次，儿子张伟如榔头打得猛了点，楔子飞弹出来，正好撞在眼睛上，一个眼睛当场撞瞎，伤残了一辈子。这时，槽里的油金灿灿地流出来，油香也随之飘起来。宜兴产的大圆缸，渐渐就装满了。油菜籽一斤往往能榨油 2.5 两，这是最有水平的高产出了。第七道工序，出榨。待到油榨尽，先撤木楔子，再撤木桩，最后撤饼。棉籽饼喂牛最好了，牛不仅喜欢吃，还长膘。油菜饼则是庄稼的好肥料，种的瓜果、蔬菜、稻麦等特别壮实可口和香甜。所以对农民来说，无论是油还是饼，都是宝，是庄稼人的心头肉，舍不得有丝毫浪费。张兴发父子总是连油槽里的油都给主人掸得干干净净，一点不留残存。榨油只收取一定的加工费，纯粹的辛苦钱。

据老人们说，油坊里尽管香气扑鼻，却从来不见一只蚂蚁，上百年来都是这样，这事出了奇的有意思。就像油坊没有蚂蚁一样，油坊的主人们从来不贪一滴人家的油，哪怕是饼碎，这就是他们经营油坊的诚信，而且一代代都是这样传承下来的。

　　村上人都知道孔老夫子"见利思义""先义后利""君子爱财，取之有道""不义而富且贵，于我如浮云"等儒家思想，所以他们尽管很辛劳，尽管一代代经营不止，但家家也没有发大财，不过生活越来越殷实而已。直到新中国成立后，家家油坊还操持在茅草屋里。由此也得到了周边乡邻的赞许，油车巷相伴的潜台词就是好名声。

　　也受小农经济思想的束缚，油车巷的先辈们只重视榨油，没有想到由榨油发展为卖油，由此造就出经销成市的新天地。他们的内心里一直瞧不起经商这一行当，自我陶醉和自豪的是出力流汗。"挣的辛苦钱，香的！"这是油车巷人的口头禅。后来机器榨油来了，油车巷的榨油业一下子走入了衰落。但是，唯勤劳、诚实、守信的基因一代代流传在油车巷人的血管里，成就了他们今天的富裕和幸福。

　　今天，村庄大变了样，成为山联村"江苏最美乡村"里的一员。油车巷承载的历史经典，也以独特的风景吸引着人们的乡村旅游。山联村委顺应时代潮流，决定有组织地在油车巷恢复打油油坊，一则传扬农家打油传统文化；二则顺应当今人们渴求环保、健康农产品的心理。可以来料打油，也实行对外营销，再运用精美包装等，使传统产品焕发新的生机。让来村旅游者无不喜欢，成为带回去馈赠亲朋好友的佳品。

　　到时，油车巷一定更有一番热闹，定然也会张扬出新的活力和文化品位，成为顾山脚下传扬天下的新美谈。

阳山的热力辐射

　　喜欢阳山这个名字，更喜欢阳山这块地方。

　　中间，既有阳山这个名字散发出来的热力辐射，又有后天到过阳山的迷恋和精神升华。更重要的还有，虽然我远离阳山，与阳山没有一丁点直接的血缘关系，但在我平淡无奇的人生历程中，总是有着与阳山千丝万缕的关联，一年年，就像阳山这名字背后辐射出的温暖，暖和着我的心，浸养着我的情……

　　第一次接触阳山，是在 1983 年。那时我还是一个 20 刚出头的毛头小伙，对无锡周边地理有些蒙昧不知，既不知道阳山这个地方，更不了解阳山有哪般风情。似乎是无锡的一个故事会，旁边坐着一堆写故事的能手，有阳山的杨先生、江阴的卞先生、洛社的惠先生等。经人一一介绍，我脑子里天然自成对来自阳山的中年汉子杨先生产生了特别的好感和亲近，尤其在他上台讲了一个有关安阳书院的故事后，我对阳山，对安阳书院有了更多的期待和向往。

不可否认，当时杨先生留给我比别人更多的亲近感，一定程度上与阳山地名有着很大的关联。你想，阳山这名字，与江阴、洛社等名字相比，弥漫着阳光气、温暖感，甚至有点诗意。尤其在我人生开初的迷茫阶段，从骨子里，渴望着阳光、温暖、明媚、灿烂，哪怕就是一个名字，也会对我起着望梅止渴的作用。何况，杨先生讲的故事，杨先生成熟的写作技巧和带些阳山口音的说讲能力，特别往我心里去，让我在钦佩的同时，更鼓励着我以后的读书和写作。

有了机会多次去阳山，我开始由名字的亲近感，深入了对阳山的真实体味和熟悉。毋庸讳言，一方阳山能够成为今天闻名遐迩的桃乡，甚至称得上现代派的世外桃源，与这方土地骨子里储存着巨大的"热力能量"是分不开的。

几乎一田之隔，就是浩渺的太湖。太湖秀色像长了腿似的直染阳山。近水楼台先得月，温情的太湖水，从古至今源源不断地滋养着这里的每一寸土地，养育着这里的每一位乡民，从而铸就了这里既淳朴、真诚，又温情、温暖的山水人文。

早在1.4亿年前，当阳山从水底冒起，火山灰从大阳山顶洞口喷涌而出的时候，就注定了这里土地的异常肥沃，各种微量元素的充沛，水脉的清纯；也注定了一个乡村有着传世的桃花好幸。虽然大阳山、小阳山、长腰山、狮子山都不算很高，但山丘平地起，一山复一山，加上阳山湖、安阳潭、朝阳洞、清水洞、文笔峰等自然景致的交相辉映，难不成先天就是一个美人胚！在曲径串接、格田有致的几万亩桃树林前，当我透过一层层粉艳艳的桃花，远望一座座小丘山包裹的天地、村舍和葱郁绿树时，无不由衷地感叹：山河造物主对这里的偏爱，赐给了这里太多的美丽、灵性和天时地利人和！一个乡村命中注定有如此大美的造化，人能降生在这里，无不是一份天大的幸事。

显然，天然自成的阳光和温暖，如果没有人来认知，没有人来开掘和赋予意义，可能不过也就是一堆杂物，就像有些人家的古家具，一片蒙尘，总想着当废物丢弃，为的只是多腾一席开阔的空间。再说了，一方地名，叫得美，叫得响，叫得温暖的，在全中国多了去了，哪有可能处处惹人爱，惹人醉，惹人遐想？无疑这中间关键的是人的因素，历史的渊源。

始建于光绪年间的安阳书院，门楼两边长着两棵近 200 年的古银杏，高大茂盛，就像两位坚守的门神，见证着这里的源远流长和变化；也好像先知先觉的圣人，预示着这里迟早会来的美丽回归。门楼的要害处，写着"樕朴作人"四个篆书大字，墙面左右两侧是"廉耻""礼义"四个粗壮黑体字，分明是书院向世人教诲和昭示着自己的立场、做人的准则、永生的根本。穿越时空，直到当下，同样不失为是一种人生的规范准则。

难怪乎，近代历史上，安阳书院有幸走出了一位院士、两名大使、四位将军和众多科学家、教育家、艺术家、企业家；也难怪乎，先人说到安阳书院，总要与东林书院相提并论，流传有"东有东林书院，西有安阳书院"的赞词，这真应了安阳书院门前一座石拱桥名字——"来成桥"的字意。

　　这是一座建于大明成化八年的石拱小桥，取材就是阳山黄石。几百年来，这桥始终以淳朴、坚实的姿态横卧在河面上，贯通着安阳书院与外界的唯一联系。恰巧，这石拱小桥当年是由一位名叫比丘宗琜的和尚题的名，这就让"来成"两个字渗透了禅意。是呀，安阳书院也好，抑或整个阳山也罢，因为有扎根人心的"樲朴作人"这个古训，"来成"于世不再仅是禅意，而是注定要来的温暖。

　　这就不能不说一位姓苏的惠山文友，我们几十年来只是平淡之交，但他总在阳山湖锦桃上市的时候，送来两盒。从来没有自己上门，总是悄悄让人捎来。时间越久，次数越多，越是让我感觉到不再是两盒水蜜桃，而更多的有了爱的甜蜜和温暖，有了人性向善和向美的"来成"激励。有位阳山脚下八十多岁的吕姓忘年交，一辈子写着自己热爱的诗词，画着家乡的水蜜桃。有幅送展北京的桃乡画和他结集出版的诗集，嘱咐人转送了我。画，我一直挂在老家的厅堂里，每每看到这幅画，总感觉好如整个阳山进到了我的家里，我的身上不自制地弥漫起暖暖的"阳山热力"。血液加速流动，不由愈加感叹"樲朴作人"造就了多少阳山人的至高境界！

　　我想，每个拥有这种心底境界的人，一辈子肯定会活得像阳山遍地盛开的桃花一样美丽和精彩……

公交车售票员

　　一脚踩上平台，提着裤管蹬一级台阶，刷卡，拉住杆子，找个位子，还没有坐下，车子已经开动。窗外的人流向后移，楼房、平房、一团团的树冠向后移……现在乘坐公交车就这么简单。

　　当然知道去哪里，但却并不知道该在哪一站下车最方便。现在的公交车多了去了，有时中途还要转车。站台也多了去了，一忽儿左拐，一忽儿右拐，只看到马路向后移，最后很容易连方向都迷糊。只得问讯，可问谁呢？售票员没有了，整个城市的公交车上再找不到一个售票员。一开始很不习惯，后来是实实在在觉得不方便，甚至有冷冰冰的感觉。

　　曾经的售票员，跑熟一条线路，就像活地图，沿路周边几千米地形、建筑等都在他或她的心里，只要你问，很少有答不出来的。他或她或用普通话，或用当地话，既热情又清楚地告诉你：乘几站路下车，再倒几路车，乘过几站，回头走几百米。还强调，千万别往前走,是后走几百米,向左拐过一个弯,前边就是了,熟悉得有点让你不相信。现在只得问同车乘客,有本地的,有外地的。问上外地人,摇头的多,就算一知半解给你支吾几句,大多不着边际。就算本地人,不在那边住或生活几年,也还不一定熟悉,哪有像售票员,既有耐心,又能专业地回答你的线路。

有回,我去一家企业,乘在公交车上,问了五六个人都不知道所以然。也有疑疑惑惑的。只见车外一会儿是团结路,一会儿是友谊路,一会儿是人民路,一会儿是红星路,一会儿是解放路,条条马路缺失地形指向,根本不着边际,我被迷糊得晕头转向,哪还能分辨出要去的地方。结果好惨,本来由东向西去,却乘去了南方,相去甚远,只得打车了事。亏得那些个出租车司机,都知道这城市的路,这路周边的住宅、公园、企业、机关,甚至厕所。

公交车售票员一度是一个城市的标志甚至亮点。我老家隔壁村上,有位女士,上海插青,上调后,被安排在公交车上做售票员,那个高兴劲别提了,一家子,她老公,她孩子,见个人就说:"嗨,我老婆调公交车上做售票员了!""嗨,我妈妈是公交车上的售票员!"话里话外透着无尽的自豪。后来还请客全村老少,弄得全村人都为她高兴。

那个时候我青春年华,经常来来去去乘公交车,上车最爱看的就是售票员。大多是漂漂亮亮的女孩子,也有帅气的小伙儿。个个要长相有长相,要打扮有打扮,要气质有气质,好像现在飞机上的空姐、帅哥。最好看的是他们的头发,总是最时髦的,好像一个城市的潮流，一个城市的质地。有的是卷发，飘散着一股子浪漫气质；有的是披肩发，边打票，边还甩甩头发，超级的洒脱；有的是超短发，特别简练精干，在挤来挤去的人堆里，可以清楚地看到他们时而侧身，时而扭动的身躯，很是让人倾慕和温暖。有的女售票员还在脖子上围条丝巾，打个蝴蝶结，妩媚极了。站台上有老人，或者拖这拿那的不方便的人，售票员总会主动上前一步或者伸长手去，给你搭一把，让你感觉得到一个城市的人情味。每站都一一认真报告，起站，到站，下一站，报得很细，连周边学校、公园、医院、机关、企业、饮食店、宾馆、有几路倒车等都报得清清楚楚，让你心中很有数。问讯的人很多，特别外地人，有的带着浓重的地方口音，很难懂，但他们见多识广，总能回答得头头是道。

最挤的时候，售票员也是无法挪动半步的，只得让人把钱票手搭手地传过去。钱票上往往还带着人的体温，一边传，一边传出者和售票员两头一声一个谢谢，让所有传的人感到很高兴，很温馨。然后找零了的钱和打过孔的车票从售票员手里传出，又是一双双手的接力，零钱和票顺畅地传到了传出者手里。这样的传来传去，传出了多少乐于助人的风气！是呀，即使车厢里总是人挤人，总是有很多的不舒服，但很少有人挤出情绪，挤出火气来的，因为有售票员从来不停嘴的温暖调和：请大家往里挤一挤，再挤一挤；请给这位老大爷让个座；请方便下抱小孩的；请下车的提前做好准备了；请别遗忘了你的随身物品……

公交车在马路上飞跑，人们心里因为有售票员的真诚服务和互动，觉得自己像个真正的乘客。

　　有次在杭州乘公交车，车到站台刚停下，售票员抢先从车上跳下来，然后恭恭敬敬站在车门边，满脸笑容，腰微微前倾，迎候着你上车，就像现在上飞机，舷梯边有两位笑容可掬的空姐迎候你登机一样，那种被尊重、被呵护的感觉特别地温暖。进到一个陌生的城市，从公交车开始就有了如同做客到家的感觉。现在社会，其实更需要在公交车上张扬这种售票员式的城市精神。

　　让流动的车厢变身为一个温暖驿站，其中不能少了售票员这个岗位。也许会增加经济成本，但收益的是无限的温暖效应。

三建的会议舞台

多次去一家叫三建的著名企业，看到在一方大草坪的背后，有一栋很大的房子。那是一个会议厅，足有 300 平方米以上，里边一排排的桌子和座位，可以坐得下 400 来人。每一天，整整齐齐列队着的桌子，就像忠实的妇人，守望着丈夫的归家。但我暗自想过，一年能有几次聚会？这会议厅会不会望穿秋水？

一张桌子有三只抽屉，可以并肩而坐三个人。抽屉用来放文件、材料和笔之类的东西，容不了很多，却不拒绝精品，就像人脑子这个智慧仓，这是会议厅的智慧仓吧。会议厅的前端是一个大舞台，上边有不少聚光灯、进口音响设备、立式麦克风。背景是一抹红色绒布，中间总挂着一个大大的中国结。这结从来不告诉人们会议在什么时间召开，是什么内容，却适合于任何一个会议，适合于每个与会人员的每一种心情，每一份心愿。舞台的地上是红色毯子，灯光一开，整个舞台像发光的太阳，放射出红红的光芒。那股热烈劲，让人兴奋，让人心醉。

我不止一次地想过，作为一家企业，而且是民营企业，要这样大张旗鼓地设置一个大会议厅干什么？难道还时不时要聚人来开会？开会还要浪费企业的钱财？浪费企业主管的精力？当然，就是有一些会议，也根本不要这样的场面，这样的周到呀。我的心思，毕竟没有钻进企业的内核，不懂企业的想法和追求。直到参加过几次三建会议，坐在这个会议厅里，身临其境，我才真正明白这个会议厅对于三建的意义。

那天，一个年末时间，我随三建高层走进会议厅，已坐满黑压压的人。像所有桌子和凳子一样，每个人都有每个人的定格点，凝合起来是一个井井有条、横竖成线的队阵。是不是这也向每个与会人员表达着三建的一种精气神呢？

我落座其中，看到人人都穿一身青褐色的三建工作服，人人脖子上都亮出一个红色领子，满厅靓靓丽丽，可以强烈感受到三建人真神气！

多年来，我常常看到三建特别的工作服，董事长、总经理、员工，每人都天天这样穿，无论在办公室，还是在工地，乃至出差在外。我一直不明白为何领子是红色的，凝成一个整体后我懂晓过来，那是给员工脑袋的烘托。说白了就是三建重视人的脑袋建设，乐此不疲构筑员工与众不同的知识世界和精神世界，让每个员工在纷繁世界里有自己的精彩视角和人生。就如钱董事长一直说的一个理念：企业是你的，也是我的，归根结底是大家的。这挑明了三建与每个员工间的幸福关系，难怪三建多年最重视员工的培训工作。每年初，每人都要坐下来，放下工作，静心地参加几天的集中学习。

后来知道，这次会议不仅有三建的全员职工，还有所有外协单位、分包商主管、所有管理人员的家属。所谓家属，三建最多的是男工，让夫人们来，就能让她们知道她们相亲相爱的郎君，一年里做了哪些艰苦卓绝的努力，为企业分担了哪些忧，担当了哪些责任，做出了哪些贡献，以让她们更好地理解他们，尽心地挚爱和支持他们。难怪每次这样的大会上，总要一批又一批，不厌其烦地请有功员工上台，然后由公司高层上台，当着所有家属的面与她们的郎君一一握手，颁发红色证书，当场送上奖品或奖金。随后，颁奖领导融进得奖者队伍，合影，记录下鼓舞人心、激励人心的瞬间。摄影师都是专业的，用的是专业的相机。如此，每个细节都不懈怠，都一丝不苟。做到这样的地步，在当下企业中绝对不多。劳苦功高之人，就是需要有这样光芒四射的舞台和细节来展示，甚至张扬。

三建的会议更特别的在舞台的不断变化中。尽管会议只有两个来小时，但从形式到内容的变化足以超越这个舞台的容量。不仅仅是三建一年来所做工作的全面公开展示，更是一个个员工从外在到精神面貌的铺展，全部能力、活力的展现。

会上，各种形式交替进行。先是舞台上出现一个不长的主席台，坐上主要领导。领导以书面的形式，隆重、认真、全面、客观地给大家报告全年的工作。报告一完，主席台就撤下了，换上一男一女年轻职工来主持会议。很标准、很有磁性的普通话，宣读一个个先进个人、一项项科技创新和发明、一个个优质工程和项目，还轮得到一家家诚实守信的供应商……近百人，一批批颁奖和领奖，中间有点累了，马上置换文娱节目。先是舞蹈，一席青春女性，青白相间的如羽服装，青色的绸缎扇。那舞姿，那眼神，那洋溢的青春、活力、美丽，跟专业的相差不了多少，看得人一个个睁大双眼。再是自编自导自演的小品《工地爱情》。三位男女搭配的年轻员工，上台演绎了发生在他们中间的一对恋人在工地的爱情故事，台下的每个职工都感动得鼓掌不断。再是独唱、连唱，从民歌到流行歌曲到摇滚，样样拿手。

一个个节目，展现出的不再仅仅是娱乐享受，看得到，甚至摸得着的是三建的人才辈出，人才济济！还有，就是三建人的时尚与品质，三建的个人美、团队美、领导美。

节目中还有个人发言，老、中、青，代表管理层、基层、一线，大家都诚恳的介绍自己的成长，工作亮点。听到说得最多的是团队的合作，公司的培养，家属的理解和支持，字字句句感受到真挚、谦逊、高尚、感恩和还需要的努力。

董事长最后讲话成了顺理成章。这么多议程过来，这么多员工上台，表演了，发言了，你说，董事长还没有亮相，是不是让员工们很有点过意不去？好像这个舞台不是董事长的号令台，而是职工们自主的舞台了。对了，这才是钱董事长的大聪明、大智慧和大作为！他一上台就说："市场经济法则，永远选择优秀的企业，企业永远选择优秀的员工。"表达的意思就是"我们三建的员工是最优秀的"。他又说，"当今世界是精彩的，全因为有我们企业的精彩，员工的精彩……"话不长，但员工们句句都铭记在心，感召在心……

我在享受和聆听的同时，也因为感动而激情飞扬，这才是优秀企业的本质……

这个时候，我明白过来：这是三建一个必需的舞台，不能差劲一点点的舞台。即便就是一年只用一次，也足以把舞台资源发挥到极致。因为在这里，集合了每位员工的最美形象，留给了每位员工一天天、一月月、一年年对公司的一份深情、一股深爱的表达，点燃了三建明天更美好的希望……

南京的雾霾

11月在南京待了一段时间，看到浓重的雾霾总是弥漫在南京的上空，遮盖了每一条大街小巷，一时也遮住了我的眼睛，忽而看到南京好像在云里；忽而感觉南京像泰坦尼克号航行在海上……直到走的时候，似乎连南京人长什么样子都没有看个明白。即便迷迷蒙蒙瞎闯进了南京大学，看着那些由古老殿堂构建而成的学府，也没有能让我看清些什么。雾霾像蒙在了我的心上，反正真的让我认不清南京，认不清南京的这座大学……

我是从鼓楼医院第9门向外走的。第9门向西开，出门就是天津路。天津路很小，几乎刚够两辆车通过；也很乱，到处挤占着各式各样的汽车。被雾霾熏染得灰头土脸的停车收费员，瞪大眼睛穿梭于马路两边，只看到他或她晃来晃去的身影和不住伸长的手。

路西一长排银杏树，长得高挑瘦长，有点像竖起的豆芽菜。枝枝丫丫倒是很茂盛，很像探着脑袋往西边的围墙里看，似乎里边有什么稀罕东西似的。一开始我没有注意到这些银杏树的姿态和动向，只看到一团团伸进西边围墙的金黄色树叶很是张扬，也很养眼。在这样一个雾霾笼罩的天地里，算得上给了我一点精神的欢愉。

从鼓楼医院第9门出来，本想随意走走，吸吸新鲜空气，感受一下金秋南京的人间烟火。是对门匆匆的人流，无意间引导我走进了一个简单得有点破败的门洞，到得里边我才知晓，我跨进的竟然是南京大学的天津路大门。

南京大学我可从来没有来过，也从来不知道它在南京的什么地方。几天来，就是站在鼓楼医院第10楼的西窗口，一次次看到树丛里满是古色古香的大楼，仍然没有联想到马路对面会是南京大学。心里只是嘀咕：会不会是什么明朝遗留？

南京大学的名字我是一直知道的。早先，单位里有几位同事就毕业于南京大学。之所以一定要说到同事，是因为他们都官运不错，虽然一路闹出许多笑话，笑柄在民间广为流传，但不能否认，因为得益于南京大学的名气，在每个节骨眼上，他们的运气总比别人好。在很多的聚会场合，都会听到有人大声夸赞他们："不愧是南大的高材生。"那个时候我就知道了南京大学的厉害。不过，诸如像李四光、竺可桢、茅以升、陶行知、张大千、徐悲鸿、傅抱石，甚至潘玉良等这些如雷贯耳的名人，倒是查了资料后才知道他们原来也属在南京大学名下。当然，不必过分他们是毕业于南京大学前身的中央大学，还是更早的金陵女子大学，历史总有沿革，学校也一样。谁都知道，抢到他们的名字，有太多的含金量，不妨人云亦云，确信南京大学真造就了这一大串的名字。这是皆大欢喜的事，让以后沾上南大边的人，无形中就能添加很多的光彩和成功概率，就像我的同事。

学校绿树遮盖的小道上，因为留下我很突然的足迹，让我一开始很是谨小慎微。毕竟我这一辈子没有上过正规大学，像这样有名气的南京大学，更为我所奢望。

每迈一步，自然就多了一份小心，也多了一份细心。校园里，除了大片大片遮天蔽日的梧桐、杉树、银杏、柏木外，还有掩映在古树名木后的一栋栋青砖白缝建筑，古色古香，看得到历史在这里的沉淀，散发着流光溢彩。诸如金陵大学旧址、何应钦公馆旧址、行政楼、东南楼、西南楼、学校礼堂、校史博物馆、图书馆等，让我目不暇接，惊叹不已。恍惚间，我似乎走进了南大的过去，看到了南大的神秘、南大的强盛、南大的博学多才……

这个时候，即使南京的雾霾全然挡住我的眼睛，迷蒙了我的心灵，也绝然不会挖空心思地联想到："鼓楼医院为何与南京大学如此巧合地相逢在这样一条狭窄的天津马路上？会不会是一种什么预示，一个现代宿命？"等此类不合时宜的闪念。

一切都在踏入校史博物馆和一场来得不是时候的小便以后……

其实我也不是保守，或者过于挑剔。诸如，目睹了校园的墨绿草坪上、灰暗的树丛里、宽长的条板椅上，三三两两都是背靠背、手挽手、头枕腿肚的男男女女，从稚嫩的腰板和脸上，一看就知道他们不可能不是学生娃儿，但我还是很镇定地相信自己不是走在哪个公园里，不是在哪个土豪的相亲会上……

　　一个现代社会，何况南京是个六朝古都，秦淮河畔都有董小宛、李香君、柳如是、陈圆圆等陈谷子烂芝麻的故事，现在都成了南京的卖点和骄傲。毕竟光天化日，他们也算得上是正大光明，我理解他们旺盛的朝气和对爱情的向往。

　　爱情在任何大学早已不是什么秘密，听说有的大学一到周末，门口排满的是豪车，一个个富商和官家子弟，用最名贵的交通工具和最时尚的消费，吸引去了太多的青春学子共度周末良宵。我没有看过南大的周末，但我理解每个周末都会有不寻常的故事，即便有的不是为了学业。没有什么大惊小怪的，这就是现实。

　　校史博物馆在校区的南端，一棵歪倒的古树指向校史馆的大门。这是一栋民国建筑，门洞有很浓的民国风韵。我开始只是被这股风韵所吸引，不自觉地踏进了门洞。

　　到得里边才知道，这是一栋南大校史博物馆。底楼是个大厅，大厅被几位重要领导视察的大幅照片所占据。这种巨大的占据，看得到南大的用心和荣耀。我没有顾得细看这组照片，顺着导路牌匆匆往二楼赶。二楼是真正的校史展厅，我突然有了极想了解南大前世今生的欲望。展厅里只有一个人，站在展板前一直打着电话，直到我看完展厅，他的通话还在继续。我怀疑，他特地躲进这里，就是为打电话。

　　校史有许许多多出我意料的东西，如我知道了南大一路走过太多的纷繁，似乎在中国近代的每个政治当口，都深深卷入南大的身影，连单设的一个那个时代小展厅，都展示了红火年代里取得的很多荣誉。再看下去，我看出了展览的政治命脉和政治主线。政治挂帅像游丝一样串接起整个的展览，而那些，我心中自以为大学该有的最神圣学业和学术成就；对人类进步的科学发现和发明，好像都淹没了最昭示的"领导关怀"之中。当看到一个个在领导面前或躬腰、或满脸痴笑的知识精英们，我突然发出不该有的奇想：这些人是知识分子，是中国知识分子的脊梁吗？

纠结着极其复杂的心情，我踏着黑色的阶梯下楼，再次驻足于大厅中央的庞大照片前，看到一个个曾经的领导们高大的身影，镇定自若的神态……照片在我的眼前晃动起来，突然有了幻化，看到的似乎是李四光、茅以升、陶行知等这些对现代中国科学和学术产生巨大影响的南大前辈，他们站在我的面前，一个个脸庞瘦削，但腰板挺拔，目光深邃、坚定，表露出的全是智慧……还有，他们对"领导崇拜""政治崇拜"等迸发出的不屑……

终于，门洞外穿破雾霾的一束白光照进来，一下子刺痛了我的眼睛，我眼前的幻化即刻转成了现实。哦哦，即便雾霾把太阳遮蔽，光亮还是照进了校史馆……

时间一久，感觉到了肚下的尿急。这尿来的也真不是时候，在这样神圣的殿堂，算不算是一种大不敬？我趁势跑出来，急急找进东南楼，一栋像戴在明朝朱棣皇帝头上的官帽一样的房子。楼下是厕所，我用鼻子一嗅就找到了。急急上前，看到便池上方贴着一张小纸片："上前一小步，文明一大步。"以我不好的记忆，想起来这种纸片大都贴在街边厕所里，还有如高速公路免费通行时，服务站的厕所里。我顿生怀疑，这是南大的厕所吗？我有点不相信，南大的精英们、学子们难道还要这样的提醒？即便不排斥这样的提醒，作为一家著名学府，难道不应该推究一下？这所谓的"一小步"，难道不是人人应该做的、必须做的？况且这跟"文明一大步"有着对等关联吗？如果把这"一小步"都能说成是文明的"一大步"，岂不是中华民族的文明太浅薄了，或者说太无价值了？也是不是如此理解现代文明、世界文明，太掺杂尿臊味了？

我想起吉兆营旁我住的一家小旅馆贴在厕所的提醒："上前一步，感谢您的支持！"我赞赏这种见解的真实和人情味。

从厕所出来，走过一个拐弯口，一块白底青字的牌子出现在我眼前，上书：爱我南大，净化校园，我有点发呆地站在牌子边上。表面看，没有什么大错，但是细想一下，一个高等学府，贴出这样要求的标语，在我觉得是不是对南大精英和学子们太低估了？甚至说得不好听点，是不是有点玷污？因为连捡破烂的都知道，净化一方地方，是对一方地方的热爱。毕竟是南大，毕竟是学子，每个人来到这里，都背负着远大的志向和目标。当今社会，人人都在做"中国梦"，而南大提出的却仅仅只要"净化校园"，就是"爱我南大"，也好像南大不在当下。

回到鼓楼医院，我想，鼓楼医院名气很大，全国的病人都蜂拥而来，救那么多人的命当然要紧，但我觉得更紧要的是应该设立一个"人文病理科"。南大可以近水楼台先得月，来个细致诊断，能够药到病除，让南大真正走在科学和学术领先的正道上。我知道这是我的想当然……

回来一段时间，从电视新闻里看到，南京的雾霾散去了，南京有了蓝天白云，鸥鸟飞翔在了浦口浩渺的长江之上，只是不知道我什么时候能再去看到……

小镇的快餐时代

　　小镇唯一装红绿灯的十字路口，不敢说是小镇的中心，但多少带有小镇标志的特性。这在小镇人心里，大多都这么认为，一点不夸张。

　　就说有一家服装店，它有四开间门面，该是镇上少有的气派店铺。这里的服装，就是小镇的潮流，看顶格满墙的玻璃展示窗，三天两头出列新潮服装，少不了吸引小镇人的眼球。小镇人乐于在这里买服装，除了图个方便，也不失有一定的身价，不然服装店也不会一开就是十来年。再说，旁边有两家银行，一家邮政局，一家医院药店，从某种角度讲，不仅带来了一定层次的消费群体，也烘托出了这家服装店在小镇不能小视的身价。

　　小镇人一度很讲身价，所以就有事无事也乐于来这里转转。晚上酒足饭饱后散步，也乐于进到服装店看看。一时兴起相中了，乘兴添上一两件满意的衣服。即便不买，店堂逛逛也算作是一种享受，或者一种消遣，还可以领略一下衣服款式和潮流。

不想，突然有一天，这家服装店不见了，改头换面，开起了一家中式快餐店。门面上赫然做着耀亮灯箱的中式快餐广告，站在小镇十字路口就能一眼望见，那种气派，不输旁边的银行，更不输一拐角的医院药店。

第一眼看到这中式快餐店，不说吃惊，也还是很有疑惑，乡间小镇需要快餐店吗？即使经营者有这样的理念，小镇的老百姓会买账吗？这是我心里最不踏实的，多少为老板捏了一把汗。到时会不会店堂冷清，血本全无？

快餐，在我意识里，是为城市诞生的，就是城市的产物，来自顺应城里人生活、工作的快节奏。就像电脑，对大文件必须压缩一样，城里人在无法实现对工作和生活现状做出压缩的时候，动足脑筋，把一日三餐的占用时间做出最无情的压缩，让时间从一日三餐中挤出来，然后去应付更长时间和更快节奏的工作，更多压力的生活。

小镇人从来不像城里人，一直自得其乐地工作和生活在自己的慢节奏里。就说那家服装店，要没有小镇人的慢节拍，也不会开上十来年的时间。

我细细观察过，城里人卖春装的时候，小镇人还在追着买冬装。这个时候，显而易见价位远低于城里。小镇人也并非只是为贪图那点小便宜，他们只是在春来的时候，实在感觉还是在冬里，从不急着去抢季节的更替。其他季节同样类推，夏天来了，大多人还添春季的服装；秋天都快结束了，夏天的服装居然还抢得俏，这就是小镇人的做派。

很有意思，浙江老板摸准了小镇人的脾性，大把地赚足了季节性差价。他们赚多了，小镇人还浑然不知。浑然不知，也就是小镇人的快乐源泉。

追根溯源，除了小镇人身处乡间田野外，还跟这里的地域特点有着很大的关联。锡北运河东西方向穿过小镇的中心，河水流到小镇，大概在八士拐了个不小的弯，路经张泾东头，又拐了个几乎90度的大弯，水势就这样，一次次像被踩了刹车，一截慢过一截。待到流进小镇桥下，已是慢慢悠悠，像个慈眉善目的僧人一般，波澜不惊。看一棵水草漂过一座桥，有人可以吃完一大碗红汤面；也有人可以在桥下洗好一个澡；还有女人可以在河埠头洗过半盆衣服。这样日经月流，慢慢地，慢慢地，流水的性格渗进到了小镇人的骨子里，小镇人的性格里。用现在人的话说，就成了文化符号。小镇人也真的打心里以为：做事有什么急的，今天不着有明朝嘛！

最明显的是，小镇上的邮政局多少年来，以不小的规模和最高的气势，占据在小镇的最紧要处，有着最好的市口。

小镇人乐于写信，乐于寄信。即便开始有了电脑，有了手机，邮政局的信件还是不少。每到早上，邮政局进进出出的人不亚于现在的超市，从来没有人怀疑邮政局会过时，也从来没有人想过离开了邮政局，人们如何与外界沟通。小镇人喜欢把话装进信封里，然后让其上路。小镇人一直这样以为，只要把信投进了邮政局的信筒，就如同跟收信人说上话一样。即便最快三四天到达目的地，远的一星期，半个月，小镇人也从来没有觉得太过慢，他们有的是时间，有的是耐心等着另一头的回音。不想这几年，邮政局也强势不再，虽然没有到达关门的地步，但门面被隔到只剩原来的十分之一，就像边角料似的。其他空间腾出来，做了手机、电话、电信的专卖场。小镇人的脑袋被电脑和手机的快捷所占领后，无可逆转地开始了快捷生活的追求。

再看两家银行，不知哪一天，在门面的紧要处，破洞设置了自动存取款的 ATM 机。一开就是三个窗口，三台 ATM 机日夜不停地运转，日夜不停地有人进进出出，日夜不停地向外传出"你已进入监控区……"的声音。

有一天中饭时，多半是好奇心驱使我走进了中式快餐店，宽敞、明亮、素洁的大厅里，呼啦啦的人潮，着实让我吃了一惊。这么多人，难道真都来吃快餐？虽然不相信，但眼睛骗不了自己。一张张火车席似的洁白小桌上，一簇簇坐的都是面前摆着大碗小碗的吃饭人。多有熟悉的，打了招呼，点过头，才知道真的是进到了自己镇上的中式快餐店。

从垒得很高的大托盘堆里拿上一只，眼睛早被玻璃罩内一盘盘排列整齐的荤菜、蔬菜所吸引。前排明码标着价，大都 3 元、5 元一小碟炒菜，8 元都是鱼呀、肉呀的荤菜了，很少有超过 10 元的。鸡蛋豆腐或者鸡蛋番茄汤，一律 2 元一碗，米饭 1 元一碗。有两个添饭处，不够由着你加，由着你放开肚皮吃。看荤菜，色香味浓；蔬菜，青翠油亮。隔着玻璃，口水暗自流在嘴里。多有吃福，个个菜敢出手，道道菜好滋味，只怕肚皮装不下呀。就是一家子来吃，三十来元也足够大家吃得有滋有味，快快乐乐。

后来知道，小镇来了快餐店，各家的女主人像得了救星似的，一个个造起反来，拿出虎脸态度，不再乐于下厨，到吃饭时间就嚷嚷："都什么时代了，快餐店吃一顿吧……"一家子呼啦啦坐进快餐店，省了工夫、省了钱不说，还各人各点各的，各取所需，滋润了各自的胃口。

小镇人，如此热衷快餐，是我始料不及和想象不到的。

雅闲凤凰山

　　知道安镇是因为节场。清明节游胶山，外婆家就在胶山脚下。每年清明节心就会像掉了魂，必去无疑。哪年遇上有事去不了，外婆就会站到场角，目光望过胶山东麓，伸长脖子盼她的外甥们，直站到双脚发酸。那个时代农家没有电话请假，外婆那份真挚热切的心，让我们不忍不去，所以胶山在我心里很亲热。

　　至于3月18日游吼山、游鞋山、游安镇，应朋友相邀，偶尔去过，但没有留下多少记忆，想得起的只有山上山下、街头巷尾到处的人，到处红得发紫的荸荠和高过人头的甘蔗，还有家家户户的热闹景象。从来没有听说过游凤凰山，甚至也不知道胶山西麓有座凤凰山。原因是凤凰山名字很美，却不一定身出名门。哪像胶山，山北有商朝贤大夫胶鬲辅德之墓，山南有安国豪宅、名园西林、南林，山顶有玉皇殿，个个名声威震四方，甚至名噪天下。吼山，则因了有泰伯洞居、七云道院、一壶泉等名扬天下，顶膜朝拜者常常络绎不绝。有意思的是，凤凰山身高不如吼山，壮观不如胶山，不过圆山头一座，与凤凰没有一点相像，况且南靠牛腿山，北倚鸡笼山，与一群"家畜"相伴，要想有个大的名分，除非山窝窝里飞出金凤凰。

这一天一直在沉睡，一直在等待……

就像人，不受名分累，乐得逍遥多自在。就说游胶山、游吼山两个节场，虽然没有凤凰山的份，凤凰山却并不受冷落。三五成群的人们照样来到凤凰山下的寺脚下、龙宕头、南山头等自然村的亲戚家，照样一股子的热闹劲。只是有了清明和十八两个时段的选择，让这里加深了农闲的松散，农家的宽厚，所谓"水性使人活，山性使人实"，便是如此。

凤凰山不大，山背后却有两座规模不小的寺院。一座叫幸福禅寺，一座叫胶西禅院。两寺一墙之隔，并驾齐驱。一山容两寺，两寺还黄墙相连，这在无锡一带是绝无仅有的。两家寺院除了建筑样式有所不同外，共同之处都有周老爷殿、天王殿、大雄宝殿、祖师堂等。每个大殿，翘角耸云，借山蓄势，气度不凡。烛台上香火云绕，遇上初一月半，更是香客如云，诵经之声此起彼伏，朗朗不绝，把这座凤凰山弥漫得如坠人间仙境，草草木木飘飘欲仙。

朝拜者不少是凤凰山人，是呀，如果没有凤凰山人的真佛心，真道心，哪有一山两寺的和平共处？也哪有香火冲天如云的连绵不断？这是凤凰山人多少年来养起的心的雅闲，心的雅致。他们早就把"学一分退让，讨一分便宜""增一分享用，减一分福泽""自净其意，众善奉行"的禅意渗透进了生活的每一个细枝末节。难怪乎，即使当下物欲横流，奢靡盛行之时，凤凰山下的人们却依然故我地生活在天然自成之中。

在凤凰山、鸡笼山相望的山坳里，一条条河塘清波荡漾着山的青翠倒影，树呀竹的婀娜多姿。河面上一张张如盘的荷叶耀着晶莹的水珠，不时有蛙你传我、我附你地鼓噪出一片嘹亮。从水中升起的河滩，穿过树荫的斑驳陆离，通向一排排二层的农家院落。在山的背景里，绿墨般的浓重中，一座座农家院落你挨着我，我偎着你，就如唱响着的一曲山村吴歌。整个村庄虽然不气派，不奢华，但整齐、洁净、宁静，时不时还被披上一层山的氤氲之气，让山村笼罩上几分神秘，几分朦胧，几分诗意。

更有意境从场边一角涌来，坡的斜面上，有的地方奔放地开着一簇簇向日葵；有的地方，一垄瓜藤张着宽大的叶片，迎坡爬去，叶缝间一枝枝金黄的花蕾探出头来，就如点亮在叶片下的一支烛光……

千百年来，凤凰山人习惯于生活在这样一个让人陶醉的安逸村庄里，习惯于生活在有左邻右舍的相伴之中。左邻右舍一起相居，就像人的左右手，有着平等相邻、世代为帮的好处。哪家大门洞开着，总会有人多只眼，给你照看。雨来了，晾晒在竹竿上的衣被，从来不用担心没有人帮你抢。哪会像现如今的公寓房，虽然还是家家相邻，但因为是上下为邻，伤害了人们流淌在血液里的平等、睦邻暗示。一家踏着一家的头顶，人自然多了忌讳，多了隔阂，多了冷漠。

好在凤凰山人托凤凰山的福祉，他们在政府的规划里，将永久保留原生态的生活方式，只是会略做些依山傍水的最美村庄的改造，尽善尽美地张扬出天造地合的意境。无疑，以后凤凰山将成为现代山村的一道风景，一块福地。

巧合的是，京沪高铁就从凤凰山与鸡笼山的交口里穿过。因为安镇东站近在咫尺，车打北京过来，到达凤凰山已是慢速滑行。打上海过往，正好进入加速前奏，高铁在这里始终有着舒慢的节奏。这是不是就是一种宿命，既方便了凤凰山人在家里清楚地看高铁的流动、高铁车的时尚，又让车里人可以探头清楚地看凤凰山的景美，领受凤凰山的诗情画意。很可能下一回，车里人就有了停步这里的念头，走进世外桃源般的凤凰山，领受世间自然而为的另一番美好景象……

凤凰山真的醒来了。政府拿出了依托锡东新城的建设方案，启动凤凰山完全原生态的闲适村落工程建设，里边包括有种植、养殖中心，休闲旅游中心和垂钓娱乐中心等。不久的将来，会有更多的人，追踪和陶醉在这凤凰山的雅闲里。真如安国在胶山留诗所云："白云满路迷行迹，红叶千林斗醉颜。半日聊成鸡黍约，凡人能脱利名关。偶逢老衲流连久，月吐松梢尚未还。"

写完这篇文章，突然感觉凤凰山在我心里像胶山一样可亲可热了。

下凡斗山

　　八十有余的小阿姨、小姨夫回到斗山老家住下，很出乎我们所有亲戚的意料。

　　九十年代初，小阿姨一家从斗山脚下搬入张泾镇南别墅区，一住已经十多年，早已成了街上人，至少外人看来是这样，当然我们这些外甥、外甥女们的看法也不例外。

　　八十年代初，建在斗山脚下的那幢简陋老楼，早就荒废得不成样子了。有段时间想出租给外地人，派小姨夫回老家察看，想拿个整修方案。小姨夫打开锈迹斑斑的门锁，进得家门，一股霉味扑鼻而来，内里千疮百孔，朽蚀不堪。回家后直摇头，说不再值得投资，作罢算了。从此老房子像被人遗弃在山边的一根木头，关锁在那里，任由斗山的风刮着、雨淋着……

　　忘记那幢房子，是很自然的事。小阿姨从来向往住街上，喜欢过那种街市上逛逛、多个肉摊前挑挑、乐此不疲在小饭馆品品小笼馒头的生活。她常对我们说："街上热闹，街上方便，街上乐趣多，街上……"街上有许多说不尽的好。听小阿姨这么说，我们自然为她高兴，也自然为她幸亏生活在这样个好时代而感到庆幸。

小阿姨跟母亲虽然是同一父母所生，年龄也上下差不了多少，但各自成家后对待生活的要求和态度很不一样，用带点政治意味的话说，她就是"好上进，好荣耀"。俗话说："人生最圆满不过活住在街上，死葬在山里"，她一直很信奉这样的信条。根在斗山的她，因为儿子创业有成，居然也具备了这样的条件。在她看来，再回斗山，肯定应该在闭上眼睛以后。

生活从来是一盘不尽然由你自己下的棋。有年秋里，大概是稻收以后，天气已经有些寒意。小阿姨的小儿子突然电话通知我们，让我们立马去斗山脚下的老房子里，与小阿姨会最后一面。电话里低沉又轻弱的声音告诉我们：小阿姨得了胃癌，医生说已是晚期，最多活一两个月了。

小阿姨自己不明就里，但她从医生进进出出的神秘和子女们慌慌张张的神态中感受到了自己的不祥。回斗山老家是她自己提出来的。她一出口就执意要回。子女们劝她：房子那样破烂，装修一下都来不及。她坚持说：打扫一下就可以了，至多马上装个抽水马桶和水龙头。这样低调，是她有生以来从来没有过的，足见她在内心是有了准备了。也可以说，像所有中国人一样，到了叶落归根时，留恋的唯有那片热土。何况她是曾经有过盘算，死后是要葬在斗山上的。

　　小阿姨回到斗山，像回到了生活的原点。她一开始天天盼着儿女们、亲戚们、媳妇们去看望她。天天大清早硬撑着从床上爬起来，让小姨夫搬个小木凳，在大门口依框而坐。她的眼睛一开始有些模糊，但她还是能够看到圆圆的太阳从斗山墨形般高大的树缝里一跃一跃，尔后渐渐地、渐渐地从起起伏伏的山腰间突然升起，犹如少女的脸蛋，红扑扑地挂在她的面前。显然，还照耀着一大群一大群各种各样大大小小、白白黑黑鸟的身影。小阿姨被这幅情景惊得有些发呆，心里像春潮似的一涌一涌。那种感觉，真有点儿像当年在斗山脚下成亲时的味道。

　　这是她住街上十多年再没有看到，也再没有感受过的情景。她还清醒地闻到了从斗山南坡潮水般涌来的清新空气。她拉长鼻子，嗅了又嗅，无从怀疑，那是淡淡的草的清香，还有柏松、茶树、毛竹的滋味，再就是庄稼地里青青麦苗的味道……小阿姨的心渐渐被一种东西融化了、陶醉了……她终究忘记了坐在大门口的初衷，一股子活着的强烈愿望从心底爆发出来。她不想死！不要死！她要陪伴在这样的光景中，一天天，一年年生活下去，而后哪怕就算化作斗山上的一棵树、一支竹、一只长着长腿的白色鹭鸟……只要是活着，就是活成斗山上的随便什么都不再紧要。她对着每个来看望她的人叨叨：她看到太阳了，是住街上从来没有看过的好太阳……她闻到山的青色香气了，也是住街上从未进过鼻子的味儿……心里舒畅呀……

　　一段时间过后，待我们再去看她时，她居然不用坐个小木凳，还得依靠门框支撑了。她开始迈出小步，由小姨夫携扶着，绕上山脚边的黑色马路，散起步来。

再过段时间，见到小阿姨，居然笑容满面地跟我们说，她一个人爬上斗山顶，去了斗山禅寺烧香了，几次都是烧的头香。她补充，每次香火旺呀，看来阎罗王是不想请她去了。

小姨夫则站在旁边告诉我们，他在房子后面开垦了块小菜地，种上了萝卜、白菜、大蒜、韭菜……菜地后边就是一条河，河水是从山上下来的，清得能看见鱼儿在里边游。浇水太便当了，菜一夜一个样地长，现在吃菜都不用上街买，相反孩子们来，还有菜带回去吃。

小阿姨早忘了她患有胃癌，已经都十多个年头活过来了，再没有上过医院检查。她的孩子们、亲戚们都惊诧不小。太不可思议了，是什么东西让小阿姨战胜了胃癌？难道当年是医生误诊？也不是不可能，即便就算误诊，现实生活中，好些人多半早被吓死了。

小阿姨有些神秘地告诉我，她说："活八十多岁，现在算是活明白了，斗山可是座'北斗七星'下凡的神山，现在不光有政府改造得像大公园一样的环境，更了不起的是斗山上处处充满了地气、灵气、仙气，真的有灵气、仙气！不然这里怎会到处种灵芝？怎会每天都有那么多上海人赶大老远来山顶上烧香？是因为灵验呀！"她接着说："你小姨夫本来身上也满是病，腰都直不起来，现在你看看，哪还是个病人，种菜浇水什么活不干！饭吃一大碗还不够，嚼嘴里那叫个香哟！我的两个儿子，住街上这多年，也一直像个病娃娃，过段时间，我是决计要他们一起回斗山来住。"

回家路上，我特意停留在斗山半腰，极目四望，满眼尽是一垄垄葱郁翠绿的茶树，再有就是高大茂盛的毛竹、柏松和桃树。气韵如墨，山岚幽远，除了丝丝扣扣的风声，树顶上还不时传来成群结队的虫呀、鸟呀打斗、嬉戏的脆鸣声。远处山顶金黄色的斗山禅寺里传来一阵阵清脆的铃铛声和念佛声，悠悠远远，仙气飘飘，空气中弥漫着一股股青山绿水的气息和神秘气氛。我一点儿也没有了动步下山的念想……这个时候，我的脑子里突然闪过一个念头：要是山下有个自己的家多好多妙呀……

是不是住惯了城市的人们，也应该有下凡来斗山的醒悟？斗山的地气、灵气、仙气真的可以洗刷你身体里的污浊，精神上的萎靡……

找回早餐的闲逸

踏进小镇上一家不大的早餐店，根本就不会想到竟然会吃出另一番滋味在心头。什么滋味？肯定并非仅是点在桌上的美味小笼包加阳春面的滋味。

固然，小镇上谁都知道小笼包和阳春面都是王兴记祖传，味道鲜美，甜咸适中，汤水汁液开胃、过瘾。往往，人们今天来了明天还来，所以王兴记生意天天红火。但我不惊异这样的滋味，也从来没有在乎过这样的可口美味。

今天有幸踏进这家早餐店，多半还是为满足小孙子的口福。小孙子人不大，才30个月不到，但他已是这里的常客。小笼包、阳春面、肉馅小馄饨样样喜欢，百吃不厌。女儿常回来夸说小家伙：小嘴巴这咬一口，那尝一匙，一副狼吞虎咽的样子。吃得满嘴油腻不说，还弄一手油滑，煞是好玩。

从来没有诧异，小孙子怎会这小就有这样的好口福？因为知道现在生活条件好了，去饭店不过平常事，不曾多想包含有别的什么。今天与小孙子一起在王兴记，一边不急不慢、你一口我一匙吃着小笼包和阳春面，一边脑子里浮起来一个问题：自己为什么从来没个闲时、闲心在这里心静气定消受一顿早餐？是我吃不起？还是我胃口不好？显然都不是。

发现旁边餐桌上，两个男子，裤管卷过膝盖头，一副农民样子。他们一边你一个我一个津津有味地吃着小笼包，一边抬起头来，说笑着什么。听话音，大多可能是村巷上的趣闻逸事，说着说着，不时发出一阵阵开怀大笑。

充斥着男人味的笑声被墙边空调打出的凉风吹得很远，然而空调的冷气没有能够减弱他们笑声的感染力。店堂里的人们，都被他们无所顾忌、发自内心的欢愉所吸引，无不抬头用眼睛友善又好奇地看着他们。小笼包吃完了，再是各人面前一碗阳春面，面浇头搁的是油煎鸡蛋。他们并不急着吃面，而是用筷子不停地搅动着面条。一筷子卷起来，上面的面翻下去，下面的面撩上来。这样老练地翻过多次，油煎鸡蛋到了碗底下，面条飘出了更强的香味。

两人宽开双腿，偏转脑袋大口大口地吃开来，待到碗中汤汁一仰脖子全部喝进肚里，店堂里的客人已有几拨进进出出的了。他们还是不急，拿过餐巾纸一边抹嘴巴，一边任由唇间发出清脆的吧嗒声，一副心满意足的样子。

面前的碗呀碟呀筷呀，服务员招呼着收走了。他们还是没有走的迹象，好像凳子上有粘胶粘住了他们。侧边的空调凉风习习，喝足吃饱的他们，增添了足够的精力，继续着手舞足蹈的情绪宣泄，说笑声一串串地迸发出来……后来店家给我指点，说他们从来不急，真会享受。还说现在这样的人不在少数，一上午，一拨又一拨地来。

我的心着实震惊了一下。我想，如此这般吃早饭，对我过去走过的人生何尝不是一种天大的奢望，何尝不是一种人生的奢侈！

一辈子，到了今天工作退居二线，这才有了大段的时间轻闲，才可以用一个完整的早上，带上小孙子消受一顿完整的早餐。时间，时间，早上的时间，对于一个上班族来说，从来像打仗一样紧张，像黄金一样珍贵。要么一碗泡饭，或者只是冷饭冲过一二遍开水；要么隔夜冷粥，微波炉转几圈，都不敢转烫了，怕端起粥碗不能轻易地灌进肚里。这样年复一年，上班又上班，很少有过纵容自己好好享受一顿早餐的时候，别说早餐里有什么情趣和快乐了……不明白，这是一种上班族的悲哀，还是一种上班族的献身？

早餐，医界告诫特别重要，但在人们的生活里却最容易被轻视。中国的传统里，有人请你吃中饭、晚饭，却从来没有人大张旗鼓地请你吃早饭。即便喜庆办酒，也没有哪家连早餐一起请的。早餐是人的必需，但又似乎从来不登大雅之堂。这算得是早餐的先天不足？还是人们后天的轻视？

许多时候看到，有人一边咀嚼着油条、大饼，一边坐公交或走在马路上，甚至有人边骑自行车边啃的。有人即便讲究个时尚或者档次，手里拿袋鲜奶，拿颗鸡蛋，但还是坐不下来在家享受，还是把大马路、公交车当了餐厅，或者索性带进办公室，瞒过领导眼睛偷偷下肚，哪还喝得出鲜奶的醇厚，吃得出鸡蛋的清香？一味只为满足充饥而已。

但愿小孙子长大后，每一天的生活，既能有足够的时间消受早餐的美味和乐趣，又能缓解上班的匆忙。

上班族，每一天，别再忽视了享受一顿早餐的幸福滋味。

生活与大款无关

"如果你是大款，腰包里不下几千万，还会像他一样生活吗？"一直这样问自己，总是无法做出肯定的回答。大款，太诱惑、太奢侈、太多情、太狠毒的一个字眼，对任何一个人，都是太大的变数！但他却始终像一只生了"锈"的金元宝，一味心甘情愿地生着"锈"……

站在你面前，你绝对不会相信他就是大款。七十多岁的他，瘦骨嶙峋，一副弱不禁风的样子。你握他的手，像捏着一张纸，纤细、软弱、轻绵，心里会不由地咯噔一下，担心捏碎了他的手。除了总是一身平常衣服外，最让你不相信他有钱的是他的手机，那是台很可能生于二十世纪九十年代的国产货，只有接收和拨打电话的功能。你给他发短信，从来不会收到他的回复。不是他笨得不会玩手机，二十世纪五十年代他就是一所大学的助教，而是他的手机没有发短信的功能。他从七十年代开始创办企业，买一台任何款式的手机都不在话下，何况几十年来，在他的培植下，他的夫人、儿子、女儿、女婿，每人手里都有一至两家企业，一家子年利润超过一个亿，相当于五六十年代一个县、九十年代一个发达乡镇的财政总收入。但是他，就是连个旧手机都舍不得换，哪像是个有钱人的架势！陌生人碰上他，肯定以为他只是一介破老头子。他自己内心里是不是藏着有钱的感觉，谁都不知道。他活在有钱里，但是他，确确实实生活在与金钱无关的状态里。

有次他和夫人陪我们一帮去一个小饭店吃饭，本来就有些寒碜，饭罢，他老夫人更有"寒碜"的举动。叫来服务员，拿过打包袋，自己动手，一个剩菜一个剩菜打了包。看到那情景，你的心里自会生起怪怪的感觉。无论如何都想不明白，他们为何还在乎一个剩菜？打包回去，难道还留着自己吃？而他们却一点不在乎客人的感觉，从来只在乎自己对每一颗粮食的珍爱。他们常挂口头的是一段苦，解放初期饿肚子，一生一世忘不了。他们心中根植着对粮食比天大的珍爱，即便今天再有钱，也影响不了他们的思想和行动。

媳妇是个老师。有次，媳妇动用企业的小车，带上同事去了趟城里。回来，婆婆当面批评媳妇："你不是厂里人，怎么有权动用厂里的小车？"媳妇掉了眼泪，儿子也掉了眼泪，但掉眼泪并没有动摇公公、婆婆的理念。从今往后，媳妇再上城，断然没有了动用厂里小车的念想，人们总是看到媳妇在公交站台上等车。很多人不理解，为媳妇抱不平，说嫁这样的人家，算是白嫁了。倒是后来媳妇理解了，说这是企业的规矩，谁也无权打破。

这就是他们企业几十年来一直兴旺发展的法宝。

有位老党委书记，家里装修用了他们企业生产的 5 万元材料，款子一直没有了结。大年夜，老夫人等不及了，驱车上老党委书记家。可能人家还误以为是上门送礼，想不到老夫人一开口竟是讨要 5 万元欠款。这位老党委书记除了吃惊，还有就是很难拉下面子。老夫人却说："企业有企业的生存法则，我讲了情面，市场不会给企业讲情面。"如此理直气壮对待企业的每一个铜板，绝然不是他们仅仅对金钱的斤斤计较！

有天晚上，他们的儿子外出，走的时候，三楼房间的灯忘了关。老夫妻俩发现后，老母亲即使腿脚不便，硬是爬上三楼关了灯。下楼时，没有想到该打开个楼道灯，摸黑，老母亲一脚踏空，从楼梯上滚了下来。脚摔断了骨头，手摔断了骨头，住了好长时间的医院。相比于点一个灯的钱，医院花的，可能要多几千、几万倍。不是点不起灯，只是一盏灯的浪费，他们都不愿意！

有回晚上我去他家，老夫妻俩正吃晚饭，手里端的是粥碗，桌上仅有一碗黄豆和几个蔬菜。我待着，目光都有些不好意思看。他却一副轻松的样子，用筷子点点碗里的黄豆，说："我喜欢，香。黄豆可以锻炼牙齿，你看我这副牙齿，多好！"

看他一口好牙，可想他多么钟情于黄豆！

有一段时间，他特爱养兰花，如痴如醉。一个从乾隆皇帝手里传下来的品种，觅宝到他手里，经过高超手段精心培育，如春笋般繁盛起来。送去全国兰花展，多次获得了国家兰花展金奖。这在行内名声大振，浙江、台湾兰迷们开价 20 万元一枝，一盆 200 万元，多次上门向他恳请转让。旁人听说如此好事，眼睛都红了……他却坚守一条：兰花，雅致之花，哪能沾上铜臭味！

那年，他六十大寿，因为名望在外，人家都去给他贺寿。他却一概拒绝，那种坚决，对任何人都毫不含糊。他说："六十岁还小，我到八十岁时，欢迎你来祝寿。"这样的拒绝，没少人情味，好像，还为着能更长寿。当地党委、政府例外，给他送上了一套《二十四史》书，他收受了。从此，他家客厅案头，天天打开着这套《二十四史》。他像一位再世的圣贤，忙碌完企业的事，踏进小镇街角一栋普通住宅，潜心于《二十四史》的阅读。你与他再谈企业，再谈社会，他的口头，自觉不自觉会吐出：我给你讲，《二十四史》里有则故事……或者，给你说说《二十四史》里一段话……《二十四史》俨然演绎着他生活里的故事……

这样的人的这般故事，也许你会觉得像天方夜谭。那就来小镇吧，你会看到更多他和夫人与金钱无关的生活，让你看后，擦亮你落满凡尘的心智……

新年的水果摊

在小镇上，选块不大的街边地方，摆个水果摊，为生计。这样的人多了去，没有什么值得大惊小怪的。但，这一家不同，几年了，他们的身影一直在我脑海挥之不去，每走过小镇上的十字路口，我都会不自觉地张望那里，心里随之有股隐隐的辛酸和愧疚涌起。真的很希望看到他们一家，看到那个脸被冻得青紫的小女孩，看到他们的生活一天天好起来……终究，后来几年，再也没有见过他们露脸。

我一直想，他们还摆水果小摊吗？

那年大年初一，他们就出摊了。一辆三轮电瓶车，车上装着苹果、香蕉、甘蔗、柑桔、小番茄等。有整箱的，垒得很高。也有零卖的，码得很整齐。摊前是东升大道，笔直的马路一直向北延伸。寒风在马路上像一群讨要压岁钱的孩子，因为没人理会，耍着性子，一个劲地上下打圈圈，冲来杀去，把些纸屑、尘土折腾得昏头转向，也折腾苦了马路牙子上的几个水果摊位。

因为这一家子的水果摊位离十字路口最近，锡港线上来来去去的大卡车、大巴车刮起的风，裹挟着刀样尖锐的寒气，直冲水果摊位。捆扎水果箱的绳头，像气象台的风向标，不停地打着转转。一家三口躲在箱子后边，女主人不时猫起头，一个劲瞄着马路，眼光里充满一种祈望，渴望十字路口过来的路人，能停下脚步，从他们水果摊买几箱水果，或者称几斤也好。

春节了，走亲访友哪有空着手去的，水果是最健康、最拿得出手的礼品。然而大年初一，他们哪里知道，这里的人们有不扫地、不花钱、不住院的习俗。就算大年初一走亲访友，礼品大多在早几天就准备好了。看得出，男主人可能早有这样的心理准备，因为他一直不急着做生意，只顾低着头看手中的报纸。一张当地晚报，看了一整天，还在手里翻来翻去地看。后来我从他脸上不急不躁里悟到，他出摊的目的，只是为了占住这个最靠前的摊位。即使一单生意也没有，只要占住了这个有利摊位，不怕一个春节做不到生意。

是呀，生意人都看重市口。好市口就有好生意。

但是大年初一，他们一家守在马路边上，顶着凛冽风口，空等一整天，太不容易了。如若做了生意，哪怕生意不多，心里也会好受一些，还有一点点温暖。但这一天，全中国人都在快快乐乐消受幸福的时候，他们却什么也没有消受，什么也无法消受，除了受够一天的寒冷，一天的蒙尘，一天的空等待……

可能，男女主人因为心中装着希望还可以忍受，但是他们的孩子呢？也会这样理解生活？肯定不会，她只是个三四岁的孩子，在她的心里，大年初一就应该是新衣服、压岁钱、好吃的糖果、点心。调皮点的，还可能是百百响、五彩烟火、玩具汽车、变形金刚……我看到，小女孩一身旧衣服，一顶旧帽，耳朵包裹在里边，唯有一张小脸冒出在外，冻得青一块紫一块的。

她绕在水果摊前只顾玩自己的，有时汽车在她身边一擦而过，我的心提到嗓子眼上，却没有看到她父母有一丝的担惊受怕，就连瞄一眼也没有。是他们太大意了？还是他们习以为常？

有个情景一直让我揪心。小女孩也许因为玩累了，口渴了，伸出脏兮兮的小手，想捏个柑桔吃。她妈妈好像早有防备似的，在她小手还没有来得及捏紧黄澄澄的柑桔的瞬间，一只大手迅捷地拍打了过去，就像拍打一只苍蝇一样，抓上小手的柑桔滚落了……女主人突然站起来，揪住小女孩胳膊就往水果摊外拉。小女孩的屁股用力后缩，犟着不肯走。女主人哪肯罢休，腾出手拧住小女孩耳朵就向前拖。小女孩一边压抑着哭声，一边歪着头，很不情愿地快步跟上……

不知道她们要去哪里，也不知道拉小女孩去干什么。我的心，也像被女主人揪着，生生的痛……

后来几天，我发现他们的水果摊，尽管上去的人很多，买水果的却很少。一开始我不明白什么原因，是他们开的价贵了？是他们的水果不新鲜？是他们的服务态度不好？细心观察后，我发现其实什么都不是，问题出在他们抢在了所有水果摊位之前。他们成了人们价格的咨询点，好坏的比较点，心里盘算的参考点。

一个春节，他们都这样死死蹲守在第一位置，自以为抢到了好地段，占在了人家之先。然而却丝毫没有站在客户角度去想一想客户的心理。这种自以为是的做法，逃不开既有小农思想的作祟，又有生意经研究得不透，显然，注定会吃亏，吃了亏，还注定明白不了就里。

我想把这个发现告诉他们，试了几次，终究没有上前开出口。他们会信我的发现吗？他们会乐于后退三舍吗？我纠结着……但是，后来只要想起那个小女孩，心里就会升起一种愧疚，泪情不自禁在眼里打转……

午夜噪音

　　三点。对，凌晨三点，应该差不离，大多时候还可能提前。当大多数人沉浸在深度睡眠的时刻，我们一家，却陷入了无法入睡之中。就算你太过劳累，睡意特浓；就算你熬到了半夜，想在下半夜睡个好觉；就算你吃过安眠药，药性还正在兴头上，你却还是无法入睡。是不是我们一家太过娇惯于一种安睡环境？事实并非如此，因为这里的老住户，熟悉这里环境的人们，我们整栋23号楼上的其他五十多户人家，以及另外几栋高楼里的几百户人家，都在诉说无法入睡的痛苦，以及由痛苦滋生的愤怒。不少人还都走上了上访路，有的向市长写人民来信；有的给电视台打热线电话；有的向环保部门投诉；有的在网上发帖子，但一切无济于事。

　　凌晨三点，人们还是一天天，一天天，照例忍受一种恶魔般的嘈杂，严重地搅扰你的梦乡。是的，就如来了恶魔一样，从这个时间点起，你的耳朵里好似灌进了铅，脑子里好似塞进了石子，鼻子里好似堵进了泥巴……你辗转反侧，唉声叹气，哪怕把床翻遍，把床垫子翻穿，还是睡不着，有种生不如死的感觉。

一切都因一个庞大的淡水鱼批发市场，蠡桥边上，梁溪河畔，建筑路、湖滨路、红星路、太湖大道的交会地带，三点钟，太阳也在睡觉，马路上的灯光全然昏昏欲睡的时候，鱼贩子却准时开始了出没。他们开着各色车辆，有的就从城区的各个角落菜市场，有的从靠近常熟、江阴、宜兴等地乡镇的菜市场……从四面八方潮水般涌过来。他们为了赚钱，为了生计，说好听点儿，也为了百姓丰盛的餐桌，起早贪黑，竭尽艰辛。亦或，他们的行为本质上无可厚非，如果无端指责他们，谩骂他们，天地良心，你的内心里会有一种不安，甚至一点不小的惭愧……因为你的餐桌上，离不开他们起早贪黑的忙碌。

但是他们确实造成了你半夜睡不安宁、梦不踏实，以致影响你第二天的工作，破坏你本该好好的情绪，直至伤害你的生命。巨大的噪音，是从他们贩运鱼的车辆上爆发出来的。他们大多驾驶的是二冲程摩托车，也有三轮小卡、小飞龙什么的，大多是中国市场上最粗制滥造、最低劣、最便宜的车辆。这些车辆，即使不是夜深人静上马路，只要一踩油门，气缸里发出的巨大嘭嘭声，就像一台开动的爆米花机，能把每一个路上的行人都吓出一身冷汗。要是你睡在床上，显然能清清楚楚地听到，一串串巨大的嘭嘭声，由远及近而来。嘭嘭嘭，听得到到了楼下。嘭嘭嘭，声音穿过墙面，好像到了你床头。再嘭嘭嘭，压上了你的身子，从你头顶碾了过去。然后，声音由近渐渐远去，嘭嘭嘭……即便很远很远了，还能听到嘭嘭声像阴魂一样弥漫在空气里，不肯散去。有时嘭嘭声到了楼下马路边，突然嘭一下就停顿了，打住了，再没有了喘息的迹象。隐隐约约便听到人的争吵声，或者忽高忽低的说话声。心里由不得泛起焦虑来，担心是不是车子坏了。这么冷的天，他们自己能修吗？若不能，哪里找人修？或者，是不是出了什么事故？伤着人了没有？嗨，你睡你的，犯不着你多事呀，却不知为什么，怎么压都压不住心底升起的顾虑。从怨恨他们的角度讲，正还盼望他们出点什么事，伤着人也是他们自作自受，是对他们的报应。但是，这种闪念，终究没有占上风，于是搅得自己无法入睡的，更多还是人性里那点软软的同情心。

有段时间，市民反映急了，环保部门推城管去管，城管则推交警去管，交警说这是政府的规划问题……反映人感觉到，这是件想起来简单，操作起来极其复杂的事。但总归得想个办法，还老百姓一个安宁吧。

交警迫于群情压力，硬着头皮，半夜出来执法。车辆被一辆辆拦下，发现大多破烂不堪，而且无证无照，按说都可以依法查扣，甚至没收。但车子扣了，没收了，批发市场的鱼怎么办？搁置起来？碰上大热天，鱼臭了、烂了，谁负责？再说，家家户户餐桌上，还有机关、工厂、学校食堂，鱼从哪里来？一个简单的生活问题，在警察的眼里，很可能演化成政治问题。再加上鱼贩们还一个个诉苦，他们说：他们干吗要驾驶这雨来一身湿、风来冻骨头的车？他们也想开上一辆好车，既方便做生意，也有个脸面，但他们只是个小商小贩，只能赚个活命钱。谁不想赚大钱？钱多会烫手？但鱼的价贵了，老百姓不答应，政府也会整治。现在哪一样不涨价？就这破车，油都烧不起，最好不用开呀。但不开车，鱼怎么拉到各个菜市场？你们警察也讲理，还让不让人活命？交警自然无法解答这些既复杂又纠结的问题。他们只得用口头警告、限期整改等搪塞，由着车辆在眼皮底下扬长而去。

住家本想与鱼贩较上劲，只求过上一个安静夜晚，但住家的痛苦、鱼贩的痛苦、警察的痛苦始终并存。是人，显而易见只能接受这生活强加给你的痛苦……难道鱼贩们不是吗？他们每夜连睡个囫囵觉都成为奢望。相比之下，你是睡在被窝里，还可以拥着老婆，只是忍受一点噪音的折磨。而他们，忍受更多的可能是大多人无法想象、无法体味的痛苦。比如早半夜起身、黑灯瞎火赶车、寒风穿透裹夹着破军大衣的身子、刺骨冷水里捞鱼、手上疮疤一串串、城管的执法、各部门没完没了的收费……我的睡梦里，便多了份同情，多了份体谅。

不知大多人会不会这样想？凌晨三点后的夜里，反正我这样想，便很无奈等到天亮……

荡口，一个把湖隐身在后的水乡

荡口留下青史是必然的，不管曾经被遗忘、被篡改，还是被解肢，荡口永远是那个被人一口一个"傺俚银荡口"的地方；一个具有丰厚历史和不朽遗留的水乡。她既活生生地存在于现实生活之中，又以一种飘逸的、宛若古典女人的风雅，活在人的心里，活在人的想象中……

这不是宿命，这是一种寓意式的延续，一种文化命脉的不朽……

荡口不是生于今天，要是生于今天，她不会叫"荡口"，她一定是现在人心绪最直观的反映，该叫"鹅湖镇"，会的，一定就是这个名。2004 年，甘露、荡口两镇合并，启用的就是"鹅湖镇"这个名。

我查过"荡口"的产生和发展历史，除了民国时期一所女子学校启用过"鹅湖第一女学"的名字之外，任何时候，不管是繁盛时期，还是战争年代，这里没有人用过"鹅湖"这个名。明明荡口乡脚就在鹅湖边上；明明鹅湖有着 8000 亩水面的浩瀚和荡漾；明明"鹅湖"名声不小，一汪清水拍岸，直抵隔湖的苏州堤岸，更有抢先用"鹅湖"名的可能。恰恰，历史的长河里，荡口就是没有被叫过"鹅湖"地名，即便那些根植荡口的一代代精英们，像翰林学士华察、国学大师钱穆，他们居然连把"鹅湖"叫成一方地名的念想都不曾有过。按现在人的想象，这就奇了怪了，很不可思议。是呀，除了古时人们与现时代人在思维方式、寄予生活意愿上有着很多的不同之外，到底还有什么在支配着荡口人心中的真切愿望和对一块地方文化命理的预期？

我想说清，可是很难说清……

可是，我还是从一声声呼唤"荡口"的语感里，体味到了荡口"昂首俯身"的姿态，那种深藏着对"湖"低调的品质。

在中国人的排序习惯里，荡比湖小，所谓湖、荡、河、沟。明明可以傍"湖"之大，沾"湖"之光，却偏要叫个低湖一筹的"荡口"之名。可能荡口人，古时就有憎恶傍大名、傍大款、傍官府的清高，有着"谨、慎、独"的处世风尚和低调做人、做事的先风。

官场归隐乡间的翰林学士华察；受李鸿章器重，功成名就后归乡教书育人的华衡芳等，无不例证了这一切。难怪直到现如今，荡口人从骨子里仍然乐于接受"金甘露，银荡口"的口传。在某种意境里，是不是体现出了荡口人不乐于独占鳌头、逞能好强的性格呢？

徜徉在北仓河、深深古巷黄石弄，我在思考这个问题的时候，发现终究被眼前的历史留存所印证。

北仓河是条由鹅湖西岸流淌而来、两岸裹挟着古老金山石岸的小河，是现如今荡口留存明清建筑最密集的地方。两岸一排排民房、一栋栋店铺，鳞次栉比。但从房子的造型、屋脊、门户、窗扇等可以看出，无不都是平民化的粉墙黛瓦砖房，透着一股子的烟火气。就是名声在外的华察府、钱穆旧居、华衡芳、华世芳故居、王莘旧居、华君武祖居、老义庄等，也不过都是些很平常的建筑，与现时代的楼堂馆所，即便与平民住房比，也很难同日而语。而让现在人称颂的，不过就是这些建筑里包含进的一个个历史时期经济、文化、民俗、风情等的特质和信息。

还能从荡口一处处留存的古老名字中，感受到荡口"低调"的存在：横街、狭街、黄石弄、杨家弄、卖鱼桥、卖鸡桥、永安桥、福华桥……一身的草根味、烟火气，除了平民化，还是平民化。

就算翰林学士华察等一代名流提的建筑名：嘉遁园、真赏斋、春草轩、怡老园、花笑亭等，哪怕寺院名：水月庵、圆通寺，除了很有些阳春白雪，找不到一丁点跋扈气、铜臭味和张扬感。荡口，就是百姓的荡口，就是很有些书卷气的纯净乡村。

再有，在荡口的人文精神里，同样存在着"昂首俯身"的姿态。当过朝廷命官22年的进士华察，官至翰林院掌院学士。嘉靖二十三年，出任会试主考官的华察，依据成绩考评，将状元给了一位叫"吴情"的人。嘉靖皇帝看到"吴情"两字，自认为"堂堂状元，岂能'无情'"？凭着天上顿起的一声雷响，居然钦定带"雷"的"秦雷鸣"

进士为状元，这让华察凉透了心，看透了官场的昏庸专断和骄横腐败。后来，他又因为断然拒绝严嵩父子的拉拢，不甘于结党篡权，同流合污，遭到了莫须有的诬陷、弹劾。他毅然"抗疏乞归，拂衣归田"。回到荡口，他以"不欺天、不欺君、不欺亲、不欺友、不欺民"——"五不欺"的平民心态，过起了诗酒唱和、冠带闲住的生活。华察的这种精气神，影响着一代代荡口人的精神世界。

但是，荡口的"荡"，毕竟因"湖"而生，绝然不是河荡的荡，草荡的荡，它的背后，生生有"湖"的底气，"湖"的博大。

就说荡口养育出的像明代铜活字印刷家华燧；清代双星数学家华衡芳、华世芳兄弟；翰林学士华察；当代国学大师钱穆等一批对中国发展有着重大影响的杰出人物，足以见证荡口有着不浅的人文底蕴，有着让中国扬帆世界的底气。

华衡芳是让大清王朝军事造船业气宇轩昂的重要人物之一。他因有渊博的数学知识和机械制造原理，受邀到曾国藩"安庆军械所"工作，与同乡好友徐寿一起制造出了中国首艘"黄鹄号"明轮蒸汽机船。随后，他进驻曾国藩、李鸿章在上海创办的江南制造局，制造出了中国第一艘"恬吉号"大型兵舰。这舰长十八丈五尺，阔二丈七尺五寸，马力 392 匹，载重 600 吨，装有 8 门大炮，揭开了大清自行制造兵舰的历史篇章，奠定了我国舰艇工业的基础。此后整整十年，操江号、测海号、威靖号、海安号、驭远号、金瓯号军舰一艘艘下水扬威。其中海安号，装载大炮 20 门，水兵 500 名，足够从黄浦江走向东海，走向太平洋。要不是清政府的腐败，中国兵船早有了扬威世界的雄厚实力。从华衡芳等人创造出的这些壮丽篇章可以看到，小小荡口的胸中，不光装着"湖"的浩渺，更装着"海"的蔚蓝和远大。

所以荡口，让我看到了第三层境界，俨如"湖"和"荡"的"会通"，达到了德与智的"会通"，激发了荡口的新生机。

明朝中叶，谁都不会想到荡口会诞生一名铜活字印刷的鼻祖。这个人的出现，直至今天还有着重要影响，让荡口成为了名扬全国的彩印之乡，使得500余家企业、几万职工依靠印刷吃上了好饭。这个人就是荡口人华燧。

华燧一生自信"会而通之"，他总结前人胶泥、木板活字印刷的经验，创造性地研制出了铜活字印刷技术，能媲美当时欧洲的"摇篮本"印刷技术。华燧把他发明铜活字印刷的作坊命名为"会通馆"，至今"会通馆"印刷的书籍，成为国家珍贵收藏。一句"会通"，其实也说透了荡口人做人和成长的道理。不是吗？荡口人把"湖"和"荡"的"会通"，以超人的思想引伸到了德和智的融会贯通，硬是把一方偏僻乡村营造出了勃勃生机。

因为荡口与梅村相邻，作为吴文化的中心，从上流社会到民众，无不深受"至德泰伯"的熏陶和影响。早在晋朝，"南齐孝子"华宝名震朝野。后人一代代敬仰他，给他建了"华孝子祠堂"，至今历时1500多年，犹存惠山古街。祠堂中央端坐的华宝塑像头顶上，"首行为孝"四个字，一直影响和激励着荡口后人。从来没有政府倡导，从来没有外部压力，早先的荡口富人们，就对建立一种方式和制度来履行社会责任觉醒了。

1410年，华仲谆割出自己数百亩良田，"置义仓赈荒"。1745年，华进思、华公弼父子总结前人经验，捐出义田1340亩，富有创意地建造起了占地2500平方米的荡口第一家义庄——老义庄，把荡口人"积德存善"的举动推进到了建立起基地的层面，愈加博得了华氏家族的拥戴和支持。鼎盛时期，老义庄拥有华氏族群捐出的义田7000亩，相当于华氏家族总耕地的十分之一，被誉为"江南第一义庄"。

受益人不再只限于华氏族群，波及到周边百姓。到得清朝中后期，荡口连徐氏、殷氏、过氏、秦氏、薛氏等家族也纷纷建起义庄，镇上义庄多达20余家。老义庄、新义庄、襄义庄、永喜义庄、春义庄……不亦乐乎。踏进至今犹存的沧桑老义庄、襄义庄、永喜义庄……细步轻移在墨色的正方形砖地上，那一间间厅屋、一面面白墙、一根根椽子……好像都在诉说着荡口人温情脉脉的体恤之心，温暖了一个个前往朝圣的人们的心。

荡口人办义庄，在体恤人生存的同时，也想到了"训蒙童"的职责。就是说，贫困学子可以由义庄以粮代缴学杂费，把关怀人的发展第一次提上了"义"的位置。到了十九世纪中叶，"尚义崇教"的华存宽，临终前明白一个道理：教书育人是华氏代代兴旺的根本。遂立遗命："捐置田租500亩，建立'华芬义学'。"民间办学正式提上了议事日程。歌曲《歌唱祖国》作者王莘，当年幸得就读于华芬义学，才有了后来的走上革命道路和创作才华。

到了华存宽儿子——清末举人华鸿模手里，他把"华芬义学"上升为了荡口"蒙童讲习会"，不久改名为"果育学堂"，正式演变成了一所完整的学校。当年，10 岁的钱穆，在果育学堂就成为一位善于向老师发问的学生。到了华鸿模孙子华绎之时，办学理念出现了新变化，学校也更名为了"果育鸿模高级小学"，除招收本族、本地学生外，扩大到了招收江阴、常熟、吴县等地学子，且都一视同仁，免缴学杂费。

荡口的教育发展一开始就体现了高远的眼光，他们从日本购进实物标本、理化实验仪器；建设鸿模图书楼，添置藏书万余卷；聘请国内外名校毕业人士做教师。如出任校长并还任教数理化的顾建伯老师，毕业于日本东京大学；国文老师华振，毕业于日本应庆大学；著名音乐家刘天华任音乐老师；连本校学成后的钱穆、顾毓琇都出任过"果育鸿模高级小学"的国文老师，这些老师的名字，就是现在听来仍然如雷贯耳。

1945 年，华绎之决定再次提升当地教育水准，于是捐出自己的宅院，创办了"学海中学"。还引入先进的校董会管理制度，华绎之被推荐为第一任董事长。新式学堂的开办，给荡口注入了全新的气象。钱穆在《师友杂忆》中说："余至晚年始深知人才源于风俗。"这个风俗，细想一下不外乎荡口人提出的"行善积德三不忘，修桥铺路造学堂"。

还很值得一说的是，在那个农村妇女深受禁锢的年代，清光绪三十一年，荡口居然办起了"鹅湖第一女学"，这就不再仅仅是办学和培育人的事了，更有了撬动社会变革的深层意义。

现在想来，荡口之所以能养育出一批像双星数学家华衡芳、华世芳；国学大师钱穆；教育家顾毓琇：物理学家钱伟长、钱临照；漫画家华君武；音乐家王莘；琵琶艺术家华秋苹；刺绣艺术家华璂等巨星，显然与荡口从古至今的德、智"会通"有着密切的关联！

当下，"鹅湖"由历史的后台，走到了建设和发展的前沿。"鹅湖"时代的到来，但愿更有一番像先辈秦铭光所写"石榴喷火照鹅湖"的境界。

刚柔羊尖

"羊尖"这两个字，细细推敲很有意思。羊，总能让人联想到羔羊什么的，意味得到一种不小的软弱。尖，一般说来，总与尖厉、尖刺相伴，说白了就是锋利、厉害、强硬。"羊尖"两个字，一个软一个硬，一个弱一个强，一个阴一个阳，反差极强，居然构成一方地名。是不是冥冥之中，对这样一块地方，早就有了一种命运和人文的非常布局？俗话说：名如其人。羊尖其"人"，果真有像其名一样独特的精气神吗？

我发现是肯定的。

"羊尖"两个字就是刚柔相济的化身。《易经》告诉我们，天地，天乃阳，地乃阴。羊尖有足够宽广的大地，在当年无锡县有 35 个乡镇的时候，它以近 4 万亩粮田铸就了四大粮仓的第二大粮仓。首推硕放，但现在的硕放，早变成了工业城，而羊尖农田依旧，庄稼依旧，田园风光依旧。如果以乡镇区域不变为参照，现如今已经没有哪个乡镇能够超得过羊尖的农田了。重视粮食生产，显然羊尖是领头羊，只是现在的农业生产，早已实现了机械化和现代化。羊尖大米，加上精美包装，紧俏沪宁一线，节假期间成为馈赠佳品。国庆前夕，我拿到朋友送来的两小袋羊尖大米，如获至宝。夫人烧的新米粥，居然把小孙子养白了，养胖了。所以要我看，要美白，吃羊尖大米，是不错的选择。

不仅羊尖大米绝佳，包裹在田园风光里，"阳气"十足的绿羊农庄、水墩上自然村、严家桥古街……更是闻名遐迩。它们早实现了集农业生产、田园生活、乡村体验、观光旅游于一体的新时代生活模式，弄得城里人纷纷眼红这里美如世外桃源的景色。每到双休、节假日，上海人租上大巴车，一批批像上了瘾似的泡在羊尖的田园风光里不肯走。农村生活，在羊尖创造出了现代人梦寐以求的新意境。

还有宛山和宛山荡，也是刚柔相济最好的注解。3000亩的浩渺河荡，一池清波，一座青黛宛山如墨一般倒映在波光里，为宛山荡增添了不少的灵气。山顶一座江苏省唯一的明代七级石塔，顶天立地，雄风招展。塔在世人的原创里，本来就是对男性生殖器的崇拜。当年宛山脚下的败家子顾大栋，在宛山头顶建这座实心石塔，在我看来，为的就是向全社会忏悔他的败家过错，发誓或告诫别人要像这石塔一样，做个挺直的男子汉。从某个角度讲，他的内心有着敢作敢当的男子汉特质。社会流传的"报亲塔"说法，只是一个美好的说辞罢了。所以，宛山因为有了这座素雅石塔，不再只是一座土山，而是增添深厚的人文底蕴。宛山荡也因为有了这座身印清波的石塔，不再只是一个河塘，而是多了一份遐想古往今来的诗意。难怪宛山荡湿地公园刚建成，成群结队的乡下人，心静气定地在这里休闲、游乐、谈情说爱，成了一方现代净土。

以柔克刚如同一种宿命，恰恰成全了锡剧在羊尖的发源。

清朝时期，锡剧的雏形就是"东乡小调"。所谓"东乡"，无锡东僻之处的羊尖、怀仁等地。所谓"小调"，山歌也，吴歌就是其中之一。

太平天国前后，有人从"小调"中悟到生活出路，三两个"小调"能手，操起二胡等乐器，吸收江南民间舞蹈元素，出滩乡间，为老百姓演出一些吉利小戏或生活故事，以赚小钱糊口。不想，滩簧就这样演变而来。滩簧因为贴近百姓，演出生动，流动活跃，在民间逐渐火热起来，漫遍苏、锡、常地区。

但是，"十支山歌九支情，剩下一支骂朝廷"，清政府和民国政府曾经多次以"淫歌"为名查禁滩簧。羊尖严家桥树有"淫歌、滩簧由此起，严禁也必由此起……"的石碑。还派人到严家桥，捉拿当时名声在外的袁仁仪等一批滩簧艺人，迫使袁仁仪带上一批弟子逃亡上海。"塞翁失马，焉知非福"，无锡滩簧从不幸中进入了大上海。开阔了眼界的袁仁仪等一批能人，为扩大无锡滩簧在上海的影响，把京剧等一批优秀剧种的表演元素接入滩簧，诞生了"无锡文戏"，即后来命名的"锡剧"。1921 年，袁仁仪在上海大世界演出《珍珠塔》，梅兰芳、田汉前往观看，演出结束两人赠言："无锡滩簧在上海有前途。"第二天上海各界报纸纷纷报道，轰动了"十里洋场"。上海 VB 胜利唱片公司为袁仁仪灌制了《珍珠塔·赠塔》《林子文·陆秀贞探监》等唱片。锡剧在大上海从此由一个弱者走上了强势地位。

锡剧的以柔克刚，还表现在它的唱腔、表演形式和思想性上。吴侬软语，伴上柔和轻快的簧调、大陆调、紫竹调等委婉唱腔，再加男角身穿长衫短褂，头戴瓜皮小帽；女角身着短袄长裙，头插绢花，手持方帕，迎合了江南人的文艺审美，让锡剧迷们赏心悦目，魂牵梦绕，嗜剧成瘾。透过形式看本质，剧目大多强化了思想性，崇尚真善美，如《珍珠塔》《昭君出塞》《双珠凤》《庵堂相会》《杨乃武与小白菜》等，以极强的思想感染力，陶冶了一代代人的情操，影响了一代代人的成长。时至今日，碰上羊尖人，来一段锡剧，能听得你目瞪口呆，心驰神往。

羊尖性格中的柔中寓刚，注定了唐氏家族在羊尖的发迹。太平天国时期，唐懋勋落难，举家逃亡到了羊尖严家桥。虽是落难，但唐懋勋心中的创业烈火没有熄灭。他看到严家桥水路交通便捷，班轮可直达江阴、无锡、常熟、苏州，且这里家家户户常年纺纱织布，机杼声日夜不止，他断定这是他东山再起的好地方。

生活落定，他就在双板桥旁开设了"春源布庄"，不想生意如日中天。著名学者海笑在他编写的《中国工商界四大家族》一书中说："当时国内花布客商，没有一个不知道无锡东北乡严家桥小镇双板桥有个春源布庄的。"但唐懋勋没有就此满足，也没有被小农思想束缚，他对事业有着强烈的追求。积富后，他开始了大手笔的投资，先后置地 6000 亩，在永兴河西兴建了唐氏仓厅、唐氏宅院、唐氏码头。到唐子良、唐竹山兄弟俩手里，子承父业，相继又创办了"同济典当""德仁兴茧行""同兴木行""同济栈房"等商铺，名副其实成为东北乡的首富。

唐家新老交替，一代代始终如一拥有"柔里寓刚"的性格。二十世纪三四十年代，到第四代"源"字辈时，唐家把触角伸进了无锡、上海，兴办起了中国早期的民族工业。九丰面粉厂、润丰油厂、锦丰织厂、庆丰纱厂、丽新纺织印染厂、协新毛纺厂等，威望名震无锡、上海。抗战胜利后，他们又把事业发展到了香港。现在他们的企业和后代遍布港、澳、台等地，东南亚、美国、巴西等国家和地区。香港财政司司长唐英年，成为现时代唐家最杰出的代表人物之一。曾经这个时期，唐家连同荣家、薛家、杨家，以号称"无锡四大民族"工商业巨头，推动了中国近代工业的发展进程。小小羊尖，这块风水宝地显然有着功不可没的基业效应。难怪，现今的金羊、神羊、绿羊等企业，也都成了行业中的领头羊。

《淮南子·精神训》说："刚柔相成，万物乃形。"羊尖，不管是以前，还是现在，乃至将来，其"形"总是充满在刚与柔的"相成"里。

厚桥水运

有桥就有水。

这桥是厚桥。厚桥既为一座桥，又为一方地名。在早先的流传里，都说架在茅柴港一个支浜上的桥宽厚、结实，人们发自内心给她起了个朴实无华的名字——厚桥。就像乡间有叫儿子阿狗、阿猫一样，土得掉渣的名字往往能反映出人们愈加亲近、愈加热爱的心理。

厚桥人的命脉里，浸润着这块地方的山水灵气，深藏着这块地方桥与水构筑的生存机运。

是呀，能把一座桥唤作一方地名，注定这块地方更多的是水，更美的是水，更有潜力的还是水。

水，每一天，每一刻都从走马塘、茅柴港、南兴塘、曹慕塘等蜘蛛网一样南来北往串接的支流中流淌，流出了支流两边多少如诗如画的江南景致和丰硕庄稼。每一天，每一刻也都在宛山荡、谢埭荡、陆家荡、八千荡止步积累，积累出了平原湖荡多少令人心醉的宽阔浩渺，多少感天动地的人间世事，多少一往情深的美好愿景！

说实在的，厚桥的水，那是一方南贯三万六千顷太湖，北通母亲河长江，东连苏州漕湖的汇聚之水，融会贯通之水，相辅相成之水。

先人早有所悟，始建清乾隆年间，坐落宛山荡北端太芙村的大成桥上，有副桥联，一语说透了厚桥之水的来龙去脉和澎湃气势。"胜迹平分，右梁溪左虞麓；浩流奔赴，前宛山后长江"。

从厚桥人的语音就不难看出，厚桥人更接近苏州的吴侬软语，性格中更包含吴地特有的柔软、质朴和纯正。有次宣传办漂亮的小汪与我聊起厚桥人，说到厚桥这几年的大拆迁，她说"大多人家都很好说话"。她解释：厚桥人总乐于听政府的，容易满足现状，少有人斤斤计较，甚至动歪脑筋的。所以，几年来，几百万平方米的百姓房屋拆迁，风平浪静，顺顺当当。再说透彻一点，厚桥这水中，还真渗透了百丈远外、鸿山脚下泰伯"三让王位"、厚德载物的思想精华。有人说，厚桥的"厚"，就是泰伯"厚德"的"厚"，也许不无道理。千百年来，厚桥人真是本着这样的"厚"，改变了厚桥人的精神世界，纯洁了厚桥人的灵魂。

历史上的义庄，可以反映"德"的一角。时至清末，无锡有名望的义庄48所，厚桥竟然占有4席，且有义田将近3000亩，其中南桥头周氏义庄以1098亩义田名列无锡48所义庄前四位之中。今天，又有了被厚桥人赞誉为"善德流芳"的顾亦珍女士，她致富不忘家乡情，先后捐资近千万元支持地方公益建设。看到厚桥街道倡导的"厚桥精神"，第一句话就是"厚德"，足见厚桥那柔和、多情、纯洁和融合的水，一直流淌在厚桥人的血管里。

厚桥的水，也还聚聚散散，亦或映照着人间异曲同工的命运。无锡、常熟相交的横河塘上，有座74米长的三孔花岗岩古桥——钓渚渡桥。地方志记载，钓渚渡桥重建于明崇祯年间，在清嘉庆年间施过大修，可见这桥源远流长，而且也传说纷纷。据说先前，塘北姑娘钓珠嫁给塘南小伙阿炳时，宽阔的横河塘上靠的是摆渡来往。钓珠姑娘婚后满月回娘家，阿炳同渡相送。一进娘家门，母女有着说得完的话。阿炳心急家中老娘要看郎中，只得狠心舍下新娘先回家。待到太阳落山，钓珠姑娘急匆匆止步塘边，只见塘水滚滚，白茫茫一片。渡公早已回家。好在这时，一条富家大船打苏州方向远远驶来，思夫心切的钓珠姑娘哪顾得多想，奋臂高呼行行好，渡她过河。船主汪大，扬州富商，这时正仰面朝天躺在满船的苏州大米上，两眼直愣愣盯着渐暗的天空，一股脑儿犯着心事。他最愁家里黄金万两，妻妾成群，却无子无后。钓珠姑娘飞步跳上他的船，他便一跃而起，双脚沉甸甸地踩在苏州大米上，心里怦然一动。莫非北寺塔烧香真有灵验，一位如花似玉的姑娘从天降我，真要实现我续后心愿？他当即命令船工，扯足篷帆，乘风破浪，箭似的向北方驶去，任凭钓珠姑娘在船头哀求哭闹。

抢回汪宅，汪大对钓珠姑娘软硬兼施。钓珠姑娘身在远乡，只得看在身怀阿炳骨肉的份上，委曲求全，与汪大洞了房。二十年后，阿炳骨肉云庆长成了大小伙，且中举任了大官。就在汪宅张灯结彩热闹庆贺、赏赐乡邻的时候，阿炳和他娘漫漫二十年寻亲，居然老天照应，不期然来到了汪府。一番交谈，钓珠姑娘先从乡音里回头，再从眉宇间细看，认出了自己朝思暮想的亲人。发妻重逢，父子团聚，这是何种的喜剧，也是何种的悲剧！钓珠姑娘悲喜交加，不知哭干了多少眼泪。她在内心发誓：不能再在他人身上重演她的悲剧。于是她携资返乡，亲自指挥，建造起了这座花岗岩三孔大桥。人们为了纪念钓珠姑娘的善举大德，给这桥起名"钓珠渡桥"。钓珠姑娘坚决不从，有位私塾先生折衷，提笔改了一个字——钓渚渡桥。从此，一直沿用至今。不过，民间也有叫云庆渡桥的，桥北还造了座庙，叫云庆庵。大概在厚桥人的心里，总念念不忘那个有出息的名叫云庆的阿炳儿子。只可惜，2005年，钓渚渡桥被拆迁到了常熟的沙家浜，成为沙家浜一个无本之木的景致。厚桥失去的，不仅仅是一座钓渚渡桥，好如当年钓珠姑娘的悲剧命运再次重演一样，实在令人有太多惋惜。但愿以后，钓渚渡桥这种悲剧里有喜剧，喜剧里有悲剧的故事，在厚桥人的生活里不再重演。

厚桥水的悲情，竟然还发生在谢埭荡的身上。二十世纪五六十年代，"以粮为纲"把近3000亩的谢埭荡，有2000亩几乎在一夜之间变成了旱田。一生以渔为业的渔民，被赶上岸头，内心唯有焦虑、苦恼、彷徨。好在谢埭荡人自身努力，经过几十年艰苦奋斗，硬是把一块低洼之地，改造成了一个令人羡慕的新农村。现今的谢埭荡人，更明白了水荡的珍贵，一年年，不断退耕还荡。养鱼专业户陈老板，在他300亩鱼塘边的廊亭茶室里，一边悠闲地喝着茶，一边跟我聊他的养鱼经，也聊他的宏伟设想。他说他打算与其他三位老板合作，共同出资 5000 至 6000 万元，扩容水塘 1000 亩，在谢埭荡中心建起一个集养鱼、垂钓、休闲、娱乐、度假、餐饮于一体的国际垂钓中心，到时他要邀请世界级垂钓高手到谢埭荡来，举行国际级的垂钓比赛。看他黝黑脸上，两只眼睛散发出的深邃、自信的目光，似乎就能触摸到他宏伟目标的脉动。我给他说，到时我也一定来谢埭荡，坐在清波旁，听着虫鸣声，伸出一杆长长的垂钓，等着一次次惊喜的到来……

说厚桥水的大好运，宛山荡是绕不过去的。这块具有 3000 亩宽阔水面的河荡，宁静如镜地铺展在厚桥、羊尖、安镇的交汇处。本来"养在深闺人未识"，自从确立锡东新城建设新目标，无锡市、锡山区总投入了三亿多资金对宛山荡实施了大刀阔斧地改造和建设，目前成为无锡很富创意和生机的一个超大规模湿地公园。任何时候踏上这片一眼望不到头的湿地，都能看见绿树成林，青草如茵的景色，各色各样的鸟儿在水面上、树丛中、草地上，飘然飞翔。远处青翠的宛山，倒映在宛山荡波光粼粼的水面上。山顶，那座始建于明代的高耸白塔，好像一位玉女，忠贞地守望着这蓝天、宛山、宛山荡，现在，她终于以一身美白的姿态，融进了这新城的一汪清水、一片绿洲、一种文化……厚桥，一个崭新的发展时期已经开始，一座以无锡京沪高铁站为中心的现代化大都市终将崛起。

一切都在按照蓝图实施，一切都在一天一个样的变化之中，一切都好像唾手可得。古人早有云："宛山之乐乐无极，云庆之景景有情。"

厚桥水的好运，赋予了这里最美好的一切愿景。

闹心恼怒说产品

　　现代人的生活，是由产品构筑而成。每个人一睁开眼，就离不开五花八门的产品，吃的、穿的、用的、行的，大到可以背一辈子债务的房子，小到针头线脑，一样也少不了。就是你不睁开眼，睡在床上，哪怕就是最后一站进入火葬场，还是离不开千种万种的产品。产品无时无刻、无孔不入地占领了每个人的生活，影响和干扰着每个人一天天的生活质量和情绪。

　　浙江人很厉害，凡涉足人类，甚至非人类生活的产品，无所不包、无所不有地生产着，源源不断地输向任何一个市场。国内的，国外的，只要你踏进任何一个市场，都有浙江产品。

　　早先我是很敬佩浙江人的，说美人，有西施。几千年来，大凡男人，都暗自把西施当作梦中情人，都想带这样的女人回家过日子。西施不仅长得美，更有服从大局，敢于牺牲自己的爱国、救国之美。越王勾践，落魄吴国，卧薪尝胆，忍辱负重几十年，硬把一代天之骄子的吴王夫差踏在脚下，变败为胜，越国雄风再起，实现了中国历史上男人少有的精彩人生。具有扶桑奇功的范蠡，功成名就，急流勇退，归隐民间，辗转太湖，以打鱼为生，但不甘沉寂，潜心研究商道，写出了中国历史上第一部商道名篇《商经》，几千年来成为指导和规范商业行为的重要准则。现代鲁迅，"横眉冷对千夫指"，以一生的正气、正义和敢于承担社会责任的精神赢得了百姓的爱戴。这一切的一切，现今的浙江人是不是仍然记得？可能大多人的回答是肯定的。我也做梦都在念想，渴望浙江人的心里、血管里仍然流淌着西施的美丽、勾践的胆略、范蠡的准则、鲁迅的正气。但是现实生活，并非这样一厢情愿的美好，一次次，因为浙江产品，扰乱了我生活的平静，让我本来正常的生活滑向无尽烦恼，几多恼怒。一次次忍无可忍地喊叫：再不买浙江产品了！

就说手头一把剪刀吧，做得也够像模像样的，刀头尖锐异常，手把上套的红色塑料，很是亮眼。剪刀两面，三个钢印字——张小泉。张小泉乃名剪，天下谁人不知。可是，这把样子可爱的剪刀，过段时日，任你怎么使，都活像个窝囊男人，挺不起腰板。碰到像布头线脑、烂菜叶子、纸片塑料等这些绵软又韧性的东西，咔咔嚓嚓，由你怎样用劲，指根磨出血泡，这些劳什子就是卡在刀叉里剪不动。是不是刀锋钝了？那就拿块油石，耐心磨磨吧。先是干磨，再来水磨，磨上半天，仍然不见好的刀锋。一气恼，掷进垃圾桶，跑进超市再买一把。这下，可以称称心心用上一把好剪刀了吧。然而，好景不长，一段时间下来，这把剪刀和之前那把如同一个娘肚里生的坏胚子，一副无赖样。它们真够统一思想、统一行动的，好像就为与你斗，与你过不去，好好的日子，就这样，因为一把剪刀，只能将就。

其实，厨房刀架上大大小小的刀，也没有一把使起来爽心的。看它们把把有模有样，而老婆每次用上，都要催着快些磨刀。就像当年战士上战场，为刀总得折腾一番，不然架在菜上，咔嚓咔嚓，没法有个了断。切肉更来气，你铆足劲，脚尖都提起来了，肉还是在砧板上滚来滚去，皮牵着皮，筋连着筋，一块好端端的肉，糟蹋得惨不忍睹，了无美食的样子。老婆当然生气，骂骂咧咧数落"浙江无好货"。

最生气的是有回杀鹅。鹅是灵性极好的家禽，比鸡鸭聪明得多。它可以看家防贼，叫的声音，响过半条街。老婆在水泥板上蹭刀口的时候，鹅好像已经知道了自己的命运，伸长脖颈一个劲地叫，翅膀扑腾得地上尘土飞扬。刀架到脖子上时，鹅反倒没有了折腾，可能吓坏了。老婆咬紧牙，很想一刀下去，爽快结束它的痛苦。杀家禽，本来就是件有些慌乱的事，不争气的刀，在鹅的脖子上来来去去地锯，就是进不了它的皮肉。鹅感觉到了不祥，双脚拼命向后挣扎，脖子想着法缩藏起来。一不小心，一边翅膀挣脱出来，顿时，像铁扇公主打出的芭蕉扇，把地上的碗扫得叮当打转。老婆吓得声嘶力竭地叫喊。全家倾巢出动，一阵忙乱，算是把鹅制服了。但刀锋生性愚钝，拉锯了好多次，才在脖颈上冒出血来。一家人一起看杀一只鹅，很有些不人道。出过血的鹅，放进盆里，等着烧开水褪毛。不想，它死不瞑目，一身血淋淋地支撑起来，扑扇着翅膀。两只小眼睛里全是哀怨的光芒，看了让人心惊肉跳。这鹅烧熟了虽然还是出奇的香和味美，但一家人难动筷子。它挣扎的情状，眼睛里喷出的光，让人好伤感。

后来知道，这浙江人做的剪呀刀呀，全是劣质钢坯所造，无一不是冒牌货，自然免不了会给你的生活惹出诸多祸端，伤害你的好心情、好生活。

说起家里浙江产品惹的祸，真是比比皆是。抽水马桶盖子，很紧要的东西，几年里，换一个坏一个，表面看一个个做得天衣无缝，各种标识贴在上边，十分醒目漂亮，好像盖子很有美誉度和可信度。不想，根本经不起坐压。没用多少时日，不是橡皮垫子掉了，坐着少了平稳，就是座子开裂，一不小心，屁股被夹，皮肉受罪。

一个圆形晾衣架，几十个彩色塑料夹子，晾晒小件衣物极为方便，挂在阳台上像个装饰品。但日晒夜露，要不了多长时间，那些漂亮夹子，手一捏，全然碎了。一顶蚊帐，没用多长时间，塑料支架断了。为防备刚刚学步的小孙子摔坏琉璃杯伤着自己，特去市场给每人买了一只不锈钢杯子。老板带着浓重的浙江口音，再三声明：5元一只的是假不锈钢，8元一只的，绝对正宗不锈钢。他拿起杯子，用杯盖碰得当当响，说你听听这声音，脆生生就是真不锈钢。我信以为真，拿回家，用上两个星期，先是杯盖生起了锈点，再是杯底生出锈蚀。放一个晚上，点点滴滴像长出"金子"似的，恰如某些浙江老板的心肠。

最恼怒的是浙江出的奥什么空调，夏天室内温度34℃，家里有小孙子，你说不开空调怎么过日子？这节骨眼上，奥什么空调的自配遥控器坏了。机面上的按钮，操作不了，急着找厂家给换遥控器。回电是无锡奥什么空调售后服务部，遥控器的报价吓了我一跳，90元一只，还不包括上门服务费。那遥控器，极其普通的一种，连显示屏都没有。我上网一搜，这种遥控器淘宝网价格15元。这下我来气了，这不是成心宰我一刀吗？我先打电话12315，工商部门让我打12358。物价部门回话说：国家对整机的配件没有定价规定。再打北京，回答是相同的，只是多了解释，你嫌它价格贵，可以不买它的产品呀。这不是乱弹琴吗？当初我在苏宁电器买它整机产品的时候，哪知道它配个遥控器要大于市场上9倍的价格？要早知如此，我无论如何不会选择奥什么这样个品牌。不过，倒真提醒了我，第二天，赶紧去无锡专业市场找遥控器，品种很多，广东产的，仅15元就挑回一个。

恼怒的是小车出无锡城的时候，上中山路右拐，圆形红灯边突然冒出一个红色小箭灯。习惯了红圆灯正常右转，哪来得及反应，闯了红灯。唉唉，买回一只15元的遥控器，开车近百公里，停车费10元，闯红灯200元，加起来300来元，更加剧了我的气愤和恼怒。如果没有这个遥控器的问题，哪会有节外生枝的祸害。

出过西施、勾践、范蠡、鲁迅的浙江，但愿什么时候，能够追回丢失的信誉。

死亡在时代病

当今有种死亡，是不是可以叫时代病？这算不算也是一种宿命？一次次从殡仪馆参加完各种对象的葬礼出来，我抹着眼泪，这样拷问自己。有时问得自己都头痛，有些晕乎，有些胆战心惊。也许，社会中的那些"好好"者们，谁都不会这样想，还多会指责我这样想。

现实生活中，这人、那人的死亡，可以说是正常死亡，细细追究也可以说是不正常死亡，正确说应该是正常与非正常之间的死亡。这样的死亡不断地出现在我们眼前。

姑母自嫁人后一直生活在杭州，退休后本可以享受杭州西湖边令全国人都羡慕的生活。但她没有领取多少退休工资，就早早离别人间天堂，丢下牵挂她的所有亲人，去了阴曹地府，远远没有达到国家公布的平均寿命。她的死，隐藏着一个命题，说直白一点她是被股市害死的。

退休的时候，她积攒了一些钱。姑父高工身份，曾经担任一家国营航天企业的厂长，即便就是工资，也足以让他们过上体面的生活。

姑母因为担任过一家国有大企业的党委书记，注定她是一个不安分的人。她感觉钱存在银行，就像孩子寄养在别人家，总是不放心孩子的成长，总嫌孩子营养不好，长得慢。那几年，全国股市像疯子一样膨胀，到她从银行里把钱领出来欣喜若狂放入股市时，全国的专家们正开动所有的电视、广播、报纸等工具一个劲叫嚣：一万点就在眼前。她听信专家，凭着一个老太太的善良愿望、曾经做过党委书记的自信，倾全家财力，烧着红红的眼睛，似乎看准了进入股市。

那年我去杭州玩，住在她家里，她几乎用整夜的时间给我讲她的炒股经，讲她的大好形势，讲她的发财梦。早上送我上 115 路公交汽车的时候，她还是那么兴奋，透出一股强烈希望我一回家就入股市的劝导。

秋季里，早上的风很凉，我的脑子十分清醒。尽管她是长辈，尽管她的想法里包含着当时所有人的乐观，但我还是以我自己的固执，对这个社会深沉的看法，给她提醒：你都退休了，忙了一辈子，好好过段清闲日子吧，别炒什么股了。人家赚再多钱，我们不眼红，只过我们的安稳日子就行。

我当然不知道以后股市会是什么走向，冷水不敢多泼。从杭州回无锡没有多少时日，就听到股市一泻千里的消息。姑母从此度日如年，提心吊胆。为补老鼠仓，她四处借钱，一会儿向儿子借，一会儿向同样退休在家的弟弟借。儿子不敢说不，弟弟却老大不开心，在电话里给她说古训："六十不借债，七十不过夜。"她很不开心，骂弟弟："待股市上去了，我借一还二给你！"毕竟老姐弟，钱借去，补进了股市。越陷越深的直接后果，她急出了脑出血，昏死在医院里。直到她永远闭上眼睛，永远告别令她一世自豪的杭州，股市仍然还在一个劲往下掉。

一个曾经为股市疯狂的生命，为股市丧了生。我在心里一直心痛她的生命，也憎恨无情的股市。

有位经历几十年风雨的朋友，从教师岗位上退休没有几年，却不幸死在因为子女们的太有出息上，很出人意料。

他终生教师，除了本分工作，就会写一些格言诗。这些诗，在他住在美国儿子的庄园里时，令周边的华人们敬慕不已。这一切本来是他可以长寿又长寿的动力，但他却还是过早地离开了他本可以过尽富贵生活的世界。原因是他女儿、女婿在深圳办厂成为亿万富翁后，一对恩爱小夫妻，一对令老师骄傲不已、逢人就夸的小夫妻，却在一个深冬，说离婚就离婚了。社会人想不明白，做父母亲的同样想不明白。

痛不欲生的时候，儿子让他住到美国的庄园。虽远在万里之外，他心里却还是结着千千万万解不开的痛，他渴望回到他活了大半辈子的中国。无奈的儿子给他在深圳的一个山脚边买了一栋楼，他携妻子从美国争分夺秒逃回来，开始按照自己的意图装修一栋他想住一辈子的房子。然而没有等到房子装修完成，他却因为装修污染和心情不佳（大多人都这样以为），得上了血癌。从美国到中国，从南方到北方，从西医到中医，从专家到神仙，他都试过。他最不怕的是花钱，但终究没有挽救他的生命。

他在隔离舱里一个劲地写诗，留恋他的人生，留恋这个世界，留恋他的子女们，他在留恋中死去。躺在殡仪馆的水晶棺里，他戴上一顶羊绒帽子，还是那样的年轻，根本看不出他六十有余的年纪。他老婆、孩子们一个个哭得泪人似的。清醒的他，至死都不敢说出夺去他生命的真正原因。

有位长者，也是死在退休后不久，得的是一开始不以为然的毛病——肺气肿。钱桥殡仪馆火化结束，一摊白骨的中间，清清楚楚抹了一小摊的黑。火化师傅指指那摊黑说："这人老烟枪吧？那是肺的位置。"真的是验证了医生曾经的告诫："你的肺被香烟烧黑了，少抽点吧！"

他一生只是位司机，除了养家糊口，应该没有多余的钱吸那么多的好烟，以至于吸到烧黑了肺，患上肺气肿。司机在我们这个社会里，有三六九等，他是给重要领导开车的司机，他的身份不是领导，但因为给领导开车，潜规则里就有了与领导一样重要的身份。与重要领导一起下基层，深入单位，领导在发表重要讲话后，就有重要礼品慰问领导。人家没有小看他是司机，常常也送上一份，最多的是香烟。香烟都是市面上最贵的那种，他舍不得浪费，就自己亲自吸。不像领导，香烟拿了，不吸，或者一转手送别人做个顺势人情，或者让老婆一转手卖个零用钱。领导由此一世有人夸，夸他是好领导！他却不，认一个理，烟是人家的一份情，要不是自己亲自抽，会辜负人家一片情。于是乎，一有空闲，跷起二郎腿，摆开架势把烟来抽，抽出了嗜烟如命的大名声。常常半夜回家，也不忘抽上几支才肯睡。大清早，天还没亮，喉咙痒痒，咳得厉害，做的第一件事就是伸手摸烟，吧嗒吧嗒地抽。一点星火，一亮一亮，直到窗口透进白光。有句流行话：出来混，迟早是要还的！烟抽多了，生命受到损害。曾经的所谓荣耀，所谓的潜规则，变成了杀人刀子，早早结束了他本还可以好好活下去的生命。至死他后悔不已。

　　……诸诸多多这样的死亡，每一天都在发生，都在现代化的殡仪馆里灰飞烟灭。这是不是一个时代的沉重，很值得每个人掂量！

本可不必的逼仄

办他的白事，只能借马路的一角。一角也不大，在商业房的夹缝中，仅容得两辆汽车过往。这个时候过路的汽车只能退回绕行，行人也不方便，大多绕道而去。

给他送行的人大多站在街边的马路牙子上，有亲戚、朋友、战友、同事……静静地等着一个个程式的进行。天阴灰得很，下着雨，雨不大也不小，却滴滴冰冷。人们没有一个打伞，个个满脸肃穆，任由雨点打在身上。每个人的脸上，阴得更加的厉害。

他的家实在太小，小得只能容下几个花圈。其实根本就不是厅堂，只是进楼上二层、三层楼的一个过道。就在这样一个过道，设置着他的灵堂。灵台不得不紧挨门槛，给他行最后大礼的人，好像一半身子在门槛之内，一半身子在门槛之外。当我跪下的瞬间，一股悲凉愈加地从心底涌起，愈加惋惜于他对自己的不近人情。

两支烛光照着他的照片，一脸的慈祥、温和，不失健在时的气度。他在生前确实是个不一般的人，当过兵，做过部队和地方主要领导，那许多的不一般写在他远瞩的目光里、脸庞之上……

但他最后的生存逼仄，也生生地展现在他最后一次的葬礼上！

我给他送上的花圈上写着这样四个字：哭惜念怀！这是我真心的表达，哭他走得惋惜，哭他活得逼仄，念怀他的真挚、他一生的奋发付出……

其实他有很多房子，一长排都在街面上，占着小镇上最紧要的位置。这种位置在当下人的眼睛里都是资源，都是金子。

这些房子从楼上到楼下，他都出租给了人家。人家住他的房子，用他的房子开大超市、熟食店、小卖部，一二十年如一日，开店的浙江老板发了，发大了。

他呢，一年年收缩在逼仄的一角里，仅容安身他和他的老夫人，还有他的儿子和媳妇。

他的住处，在一处出租店家的二楼上。进去得经过店家背后用三夹板隔出的一条狭窄走道，然后提脚、收身、摸着墙，小心翼翼走上窄窄的楼梯。二层有一个很小的房间，没有客厅，纯粹安身在床的地方。有张沙发，沙发里放满杂物。

刚退休下来的时候，他当然不习惯。大白天的往哪里去？一时成了他的大问题。常常，他借楼下店家阳台边一角，搬张小桌子，与孙子就在那里下象棋，时时受到店家来客的干扰。来人多了，他就和孙子把小桌子往边上挪挪，直到再挪就会掉下平台。有时同事去看他，他就拿上店家的长凳子，一人一头，坐在阳台下边，一边与同事聊天，一边看采买客人走进走出、听店家忽高忽低的吆喝，像一团乱麻。他和同事，自顾聊得开心，时不时要发出哈哈的笑声。外面人说："看，看，ZZ 开心的，他是天天进账纷纷！"

是的，房子出租，就有租金回收。一年一收也好，半年一收也罢，金子都会哗哗地进来。看在金子的面上，即使自己和全家没有像样的住房，挤在一角将就着住，只住几十平方米，他也是心甘情愿，乐此不疲。

九十年代末期，某部门的三层临街房子破产。那时他还没有退休，得知信息的他，稍稍与我通气，鼓动我与他一起合买。他给我一个绝好点子，"以房养房"，我为他的好意而感动。

夜里我与老婆算了本账，如果我们参与去买，以当时的收入和所谓"以房养房"的店面租金相抵，我们两个要背债三十年。从消极的角度讲，就是说得过上三十年的紧日子、苦日子，天天节衣缩食，之中肯定不能有老人犯大病，不能有孩子大的教育投入，不能有别的什么变故……从积极的角度讲，三十年，这是一个向前看充满光明的日子，有奔头的日子。三十年后，房产是我的，租金也全归了我，吃喝再不用愁。

当时我和老婆想，一个人活久一点，也才三个三十年，让我俩一辈子的三分之一过上实现投资目的的紧日子、苦日子，做承租户的嫁衣裳，我以我正壮年的生命和生活意义看，这是一种傻，一种得不偿失。即便到了三十年后无债一身轻，房子、租金都归于我，我已是一个古稀老人，又有什么意义？

我放弃了这场看起来非常有前景的投资。

踏入这一步的他，二十多年来过的不出我所料的日子，这从他和他的子女住房的逼仄里可以看得到。那么多的街面房，看起来是他的，但形式上又貌似不是他的。房子只是为租金而存在，但租金收回来，还得去还投资的债，他只做了个二传手，背后是一日又一日无穷无尽地算计自己，带来的后果是经济的逼仄和生活的逼仄。不然，当兵出身的他，一直身强力壮，也不会慢慢从小病到了大病，由大病到了不治而逝。

唯有的贡献，他倒是为市场繁荣出了一把力。

他一直盼着，盼着看到这整排街面房子，能给他和他的子女们带来最富足、美好的日子……

当他被装进一只木盒子，由子女们把他从火化场抱回来的时候，我想，他是安息了，但他的老夫人和孩子们呢，还要过上多长的逼仄日子？

也许，他们二十多年这样过下来，习惯了，只要租金捏在手里，蘸着口水一张张数得开心，就算有了生活的快乐。

这俨然变身成了精神的逼仄，这是我最想要掉的眼泪……

我坚定自己的信念，钱的根本是为着生活快乐，如果要用漫长的逼仄生活换回来钱，我宁可守住生活本身，这钱一文不要。

一文不要，恰恰是我自以为一直过在生活的自如和快乐里。

迎龙桥，度你彼岸无弱者

孙子的学校在迎龙桥。一天一天，孙子来到迎龙桥，像当年皇帝上朝一样去赶学，为的是耳朵能够恢复听力，学习说上一口像普通儿童一样的话。

这是不是一种巧合？中国人喜欢讨口彩，"迎龙"算不算是口彩？不管怎样，大多人听了都会很舒服，有人还少不了会喜上眉梢，缝人显耀："嗨嗨，我家小朋友在迎龙桥上学！"望子成龙是每位家长在心底最大的渴望，"迎龙"两个字，肯定说到了每位家长的心里，因此，不说学校名字，就说在迎龙桥上学，最欢喜不过了。

迎龙桥是一座值得一说的桥，架在棚下河上。河不宽，桥自然也不长。圆拱，金山石。石缝里长出很多的草，有向上的，也有下垂的；有阔叶的，也有细毛毛的，把拱桥烘托得愈加古朴和沧桑。这是一座建于清乾隆年间的石拱桥，早被政府列为文保单位。桥的南侧有一棵樟树，大概不下50年的历史，树冠有一片操场那样大。

枝干伸到半河中央，像个调皮的孩子伸手去戏水。有人早把粗大的树干用围栏保护了起来，旁边还立了几块太湖石，加上河的映衬，桥的辉映，像是小桥流水人家，有了几分景致的味道。

孙子的学校在樟树底下，樟树显现着勃勃的生命力。随着太阳的转动，树荫庇护着孙子的学校。暑热时，家长大都聚集在树荫下等孩子们放学；下雨时，树冠像把伞，即使你忘了带伞也碍不了大事。

我常在树底下想，这些孩子们的人生路上多需要这样的樟树呀。出校门，几十步就是那座石拱桥，汽车是过不去的，孩子们就更喜欢上石拱桥玩。蹦蹦跳跳走过光溜溜的桥面，便是繁华的西水区域。民国时期，荣宗敬、荣德生就在迎龙桥畔的西水一角，依水建起了无锡第一家面粉厂——茂新面粉厂。荣家就此走上了近一个世纪"崇德兴业，实业报国"的兴盛之路。现今当年的茂新面粉厂改建成了"中国无锡民族工商业博物馆"。这一切，由历史走来的兴盛，是不是因为迎龙桥的吉利？冥冥之中是不是有一种"成龙"的爱的力量在支持？

该说一说迎龙桥的名字由来了。据说这桥一是为乾隆下江南所建。当年唯有水路好行，皇帝出行也不例外。只是皇帝坐的船叫龙船，迎接乾隆的桥自然就该呼作迎龙桥。迎的是真龙天子，所以这龙不是一般的龙，而是人人敬仰的龙、望尘莫及的龙、高贵的龙、无所不能的龙。现今的家长们个个希望自己的孩子都有这种龙的风范，龙的精气神，听起来有点儿俗，但一点儿不过分。二是无锡当年盛行赛龙舟，迎龙桥是比赛的终点站。这下迎的是龙舟。龙舟也不赖，勇往直前，热闹非凡。反正有个龙字，谁的心里都装着让子子孙孙龙腾虎跃的愿望。

这座迎龙桥旁的学校叫"特需儿童干预中心"，这里的孩子，都有着这样那样先天性的毛病。有的，通过先期干预和努力，很可能得以康复。比如先天性耳朵失聪，装上人工耳蜗，即可恢复正常听力，已有很多类似的儿童得以恢复。专家说戴人工耳蜗，如同近视眼戴眼镜，听力与视力一样可以恢复到正常。我孙子就是这样一个儿童，装过人工耳蜗在学校训练半年，金口开启，爷爷、奶奶、爸爸、妈妈、老师好、谢谢等，一应会说，让我们全家激动得泪花飞溅，扬起新的希望。也有的脑瘫儿童、自闭症儿童，只要一站你身边，你自会有所感觉。这一个个先天不足的孩子，要在当今社会的将来成为"龙"，不用多想都会知道何其难！家长们心里的阴影怎么也掩饰不住，甚至那些阴影，一眼看得到，就写在他们的脸上。因为每一天的早上和傍晚时分，聚集在学校门口的家长们，无论是眼神和嘴巴，还是手脚和身体，无遮无掩传递出的都是有些过分的爱、焦虑的爱，好像每一天、每一分都要用千千万万的爱来补偿孩子。这种情绪就是这棵樟树、这座迎龙桥都能感受得到。我常常被这种种复杂的爱，融化出太多的心酸，控制不住，泪就含在眼眶里打转转。渐渐地，孩子们的脸看不清了，孩子们的身影模糊了……

一到下午四点钟，家长们就会不自觉地向校门上挤，巨大的玻璃门被挤得一晃一晃的。孩子们由老师拉着手排队走出来。家长们一拥上前，有的抱住孩子，有的一连声说"快，叫声妈妈"，或者说"叫声奶奶、爷爷"。有的孩子会叫出声来，但大多只有家长能听懂。家长一个劲在孩子的小脸上一口一口地亲，两只展开的大手一个劲拍着孩子的背。有的孩子嘴巴歪斜着，呀呀的发着声，说出的不像一个字，口水从嘴里流出来，但家长无所顾忌，热烈地亲着孩子。强烈感觉得到，几乎每个家长，看到孩子时释放出最多的就是焦虑和急切。不自觉的情感外露，着实让人揪心。

也有孩子从里面奔跑出来，天性好动地冲向无障碍跑道。家长就会闪出来，无论年轻的还是年长的，一边张着双手跟上孩子，一边"囡囡当心！囡囡当心"的叫喊。孩子一个趔趄摔下去，家长几乎同时扑倒在地。一把抱起孩子，紧紧地、紧紧地搂着，一个劲揉搓孩子的手，生怕孩子摔痛了。

有天早上，我看到一个孩子不肯下妈妈的摩托车，一边哭，一边哇哇地叫，意思就是不想上学。奶奶也送了来的，站在摩托车旁，拉住孩子的小手，跟旁边的人们解释她在家就不肯来上学，说着与小女孩一起哭起来。妈妈在身后抱着孩子，也是泪流满脸。后来老师来劝，孩子还是一意孤行不肯上学。也许这女孩根本就听不到或者还听不懂大人的话，也包括老师的话。家长无奈，老师无法，这种僵持在摩托车上的情景，要多伤情有多伤情！

有个矮小得很有点可怜的失聪男孩，上下学每天都由近八十岁的奶奶接送。孩子打小就懂孝顺，从来不要奶奶抱着走。他匆匆、匆匆走在马路上，像走入无车、无人之境，那个危险劲着实让人不敢睁眼看。奶奶老态龙钟，在人缝里、车缝里闪来躲去追他，气喘吁吁，脸色青紫，看了让人惊恐又心酸。就是这位老太，每天早上六点就要送孙子上学，三十多千米的路，要换乘三趟公交车。送罢又换乘三趟公交车回家，为的是到家吃一顿自己做的不花一分钱的饭。下午一点多，又从乡下的家里出发，再换乘三趟公交车到学校。接上孩子，还要换乘三趟公交车回家，每天到家天已大黑，尤其冬天日头短。这样一天天风雨无阻，冷暖不缺。我不止一次对孩子说："即使你以后当了皇帝也是报不尽奶奶的恩情呀！"孩子当时还听不到我的话，只好说在他的后脑勺上。说的时候，我的喉口涩涩的……

但愿，迎龙桥能像家长们的心愿一样，渡每个先天不足的孩子到达美好的彼岸……

平凡家庭的百岁底牌

我寻找一位叫周静英的 102 岁老太，她生活在一个叫陆更巷的村庄。

大片大片的农田，大片大片的水稻，大片大片的树林，陆更巷就掩映在这样的田野里。

我一路走，一路看，水稻一望无际的碧绿，像铺的一层地毯。即便地毯，也不会绿得这样青青翠翠。这是一种生生息息的碧绿，一股子的旺气，书写着大地的精气神。陆更巷就融化在这样棒极了的生态环境之中。

水在沟渠里流淌，泛着幽幽的白光，像一条白带，伸向绿色深处。

我想问个讯。整个田野，没有一个人，只有三三两两的白鹭在蓝天之下，翠绿之上，展开翅膀，侧着身子，滑翔来，滑翔去，好像它们是蓝天派来的白色精灵，在天地间用它们的身子滑翔出一个个洁白的符号……

这是一个格田成方的万亩丰产方，也许还超出一万亩，十多年前就被认定为国务院的农田保护区。

陆更巷像嵌在这里的一颗珍珠，我有种陶醉的感觉。

走过一座一席白栏杆水泥桥，陆更巷的一座座农家小院就坐落在河沿边上。一河沉静的清水，倒映着密密麻麻的树影。

问讯第一户人家，我说找周静英。主人立马问我是不是那个102岁的周静英。我说，是、是。主人立马一脸欣喜，跑到场边，用手指向西边，说向西走，中间一户，有围墙。

主人溢于言表的自豪和由衷的高兴，可以看得出全是因为自家村上有位百岁老人。

站在围墙外面，看到外门、里门紧关，再西边有位老人在门口，我赶紧上前打问。老人说："我大姐家呀。她102岁了，不会哪里去的，我领你去。"门其实都是虚掩着，我轻轻推开进去。一位长者迎出来，后边紧随一位瘦溜溜的老太，嘴里一个劲地说："啥人来了？啥人来了？"吐字很清晰。

我立马意识到，说话的很可能就是我要找的周静英。

老太神清气爽，对有人上门很是兴奋，一个劲要弄清我是什么人，迎着我问："你啥人呀？哪里来的？"我一边笑，一边说："我来看看你。"

一时之间，我还真不知道怎么回答她我是啥人，我从哪里来。

没等我回答，她又问话我："你来什么事？我好像不认得你。"

感觉得到她有一颗很强的好奇心。

长者给我端过一张光滑的农家木凳，刚坐下，老太也麻利地拿过凳子，与长者一起坐在我旁边。三个人很自然地围坐在一张方桌边，拉家常一样地聊开了天。

家里很整洁、干净。不像有些农村家庭，一进家门，角角落落都塞满各种各样有用无用的杂件。正堂正墙挂着有联有画的中堂，中堂下长条桌、红漆八仙桌摆放得很气派。西墙的矮方桌上方，满满一墙的奖状。长者给我说都是孙女的，我粗粗数一下，三十多张。不得了，从这面墙看得到这个家庭的自信、骄傲和希望。

长者原来是周静英的媳妇，她介绍自己正好 80 岁，可看上去却像 50 来岁的样子。开始我还以为是老太的孙媳妇，想不到她们两人竟然是婆媳关系，相差 22 岁。看那亲热劲，倒更像是一对母女。

媳妇有一双明亮的眼睛，一眼就能看到，她手脚利索，朴实勤快，忠厚真诚。她介绍，婆婆 102 岁了，生于 1919 年。我问哪个生日？她说不知道。她解释："婆婆自己也不知道。"哦哦，漫长的岁月，很容易磨灭人的记忆，什么都有可能忘了，即便对当下人来说是很重要的生日。但是，周静英说起这话头，像说外人的生日，没有一点影响到她的心情，显然更没有影响到她的生命。

媳妇介绍自己叫席彩娥。我问："席彩娥？哪三个字？"她说不知道。我说是不是毛主席的席？她说是的是的。是不是彩色的彩？她说大概的。娥呢？女字旁一个我？她说："要问了儿子才知道。"

有意思吧，一个不知道生日，一个不清楚名字，这对当下人而言，大概率很少会有这样的人。我心里涌起疑问，难道她们婆媳两个活糊涂了？亦或者失忆了？但看到她们说起不清楚生日和名字时，一脸的笑呵呵，彻底的无所谓态度，我深切地感觉到是她们对自我的淡泊，其实是忘我，一种超脱的心态。什么名字呀、生日呀，有什么紧要的？人如果一味活在生日里、名字里，背后潜在的很可能尽是累，也许就是一种对世俗的趋炎附势。

很可能这就是人们常说的心态。什么样的心态，就有什么样的生活，也会带来什么样的生命质量。漫长岁月里，这种连自己生日和名字都不放在心上的心态，肯定是她们婆媳健康长寿的重要原因之一。

诚然，光有心态是不够的，周静英的生活方式其实很讲究，讲究在她的生活形态上。她一直保持着城里人的生活习惯，而且是八十多年如一日。她 27 岁进了无锡国棉三厂，那个时候，一身芳华，满足于一直做挡车工，直到退休。工厂生活，有城市的味道，更有军事化的样子。晚上睡觉，哪怕一双鞋子都要放得端端正正；早上起床，哪怕一床被子都要叠得方方正正。我走进她现在的卧房，看到她一张雕花老床上的薄被子，不仅干干净净，更是折得有棱有角，枕头放得板板眼眼。媳妇介绍，衣服、床单什么的一直以来都是她自己晾晒和折叠的，从来井井有条、一丝不苟。看到房间里还有她的嫁妆，红色大官箱上垒着红色小官箱，虽然陈旧、老派，但放得也是板板眼眼，还显现着当年的气派。可见周静英有着恋旧的心理。一房间，除了一台 32 英寸液晶电视机、一台正在运转的空调是时尚产品外，别的都是过去的老式家具，连放电视机的桌子，都是一张民国时期的红榉梳妆桌。三个抽屉上的铜环，被她拉得金光锃亮。她一定怀恋着过去的生活，过去的生活也一定带给她无尽的美好记忆。

看到小官箱上还加了一把锁，估计里边有她的贵重物品。媳妇介绍，家里钱什么的都是她自己掌管的，她让领多少，我儿子就帮她去银行领多少，她一直是家里的当家人。当年自己在生产队得的分红，后来去工厂做工挣的钱，都交给婆婆管的，要用再向婆婆拿。家里大大小小的事，都有婆婆做主。她说九十年代初，造这个楼房，都是婆婆做的主。

这着实让我有不小的吃惊，竟有这样的婆媳关系？这个婆婆真了不得，在这个家竟有这样的担当和权威。这个媳妇，也真了不起，对婆婆竟这样的信任和敬重，几十年来，自己的钱全都交给婆婆管。她们俩分明就是母女，别人大多都很难做到，何况漫长的时间里，任何人都难免生出一些分歧和摩擦。我还是有一些疑惑：真的都发自两个人的内心？经得住漫长岁月的洗礼？

然而几个细节彻底打消了我的疑虑。我们聊到近四点钟的时候，因为我内心被聊的话题所震撼和感染，忘了时间点，不想周静英突然抬头问媳妇："几点了？"媳妇一看腕上手表，她说："哦哦，快四点了。婆婆让我烧晚饭了。"我又是一惊，问媳妇："你怎么知道婆婆要你烧晚饭了？"媳妇说："我们一起生活一辈子了，婆婆一个举动我都知道她想干什么。"哦哦，对她们，时间真是个好东西，婆媳相处竟然达到了心照不宣、心领神会的地步。这样两个不同血脉的两代人，相处到这样的境界，不得不让人起敬和对中国传统美德推崇。

媳妇说："我不陪聊了，婆婆五点钟要按时吃晚饭的。"便站起身，毫无拖泥带水地走向厨房间。

感觉她对婆婆的话"言听计从"。

后来知道，媳妇40来岁的时候，老公因病过世。那时儿子还很小，婆婆一直悉心照顾着她和她的儿子。她才40来岁，正值年富力强、勃勃生机，但她切身感受到了婆婆的好、婆婆对这个家的爱。婆婆在她心中，像一棵大树，挡着这个家的风风雨雨。她决计与婆婆相伴一生，不再离开这个家，把有人说上门的改嫁，推得一干二净。她拒绝了生活的所有诱惑和不着边际的幻想，一心一意做婆婆的媳妇，做婆婆的心头肉，也做婆婆的侍从……

按时吃饭、按时休息、按时锻炼是婆婆一辈子养成的习惯，她就按照婆婆的"按时"，运作家里的事务。早上，婆婆喜欢喝粥，她就早早起来，煮好稠稠的稀饭。儿子一起床，配合着为奶奶现打一碗豆浆。喝的时候，放进一匙灵芝孢子粉。媳妇从冰箱里拿出一瓶灵芝孢子粉，举在我眼前，给我说，吃这个很有效，婆婆从来不伤风感冒，睡眠也特别好。中饭，她会烧上红烧肉，炖上鸡蛋汤，炒几个豆制品和蔬菜。婆婆最喜欢吃烂烂的红烧肉，吃得不多，但每顿不能少。蛋汤也是每顿必喝。她喜欢喝本地鸡的蛋汤，自家养的都给她吃。而且买鸡蛋，也专买自养的。十一点时，媳妇常常自己还不饿，就陪婆婆坐旁边，看着婆婆吃饭，看到婆婆吃得香喷喷的，心里特别快乐。

平时，婆婆喜欢吃水果，什么杧果、猕猴桃、青葡萄、西瓜、苹果，都是她的最爱。牙齿脱落了，像苹果等硬的水果，就捣烂了给她吃。婆婆胃口好，吃西瓜从不坏肚子。她不怕瓜果性凉，爱吃什么，从不避嘴。婆婆是有口福的人，说着她呵呵地开怀大笑起来。

这是一种由衷的开心，是对生活满满自信的开心，也是享受美好过后的释怀……

当我走出这个家的时候，周静英一直送我出第二重门。我按住她说别送了，她还是健朗地往前走，一个劲交代我："路上慢点，路上慢点……"

这是一位 102 岁老人的嘱咐，我听了心里特别温暖，很是感动。我觉得这次来对了，尽管这是一个极其普通的家庭，但这个家庭里隐藏着很多家庭不常有的和美和长寿的秘诀。

我再回进那片丰产方，看到那片最平凡的水稻。我想到，人的生命哪能离得开这个平凡的庄稼，她是人生命的根基，是幸福的起源。这个根基，也如这个平凡的家，有着生命里最重要的爱的源泉……

这是我看到的这个家最美好的底牌。

张秀芹装满爱的104岁淡定

104岁的张秀芹，我第一次登门拜见她时，表现得比我还焦急。她问我找谁，说儿子去外面了。我说找她，问她有她儿子电话吗。她说儿子一时不会回来。我拿出手机，指指屏幕，她说看不清。我说你若有儿子电话，我打他，让他回来。她噔噔噔往外走，脚步轻捷又快速。我想拉住她，担心她走路被什么绊着，有个闪失。走出一段路，发现我的担心是多余的，她走路一点不像104岁的老人，每一步都轻快、有力。

这个时候，正是午后，太阳高高挂在头顶，既温暖，又明媚。老太快步走在我前边，我紧随其后。这时才看清她，一身有些宽大的花点子单衣，干净利落。身子有些瘦削，双手甩动有力，一头芦花色白发浓密闪亮……我在心里惊叹：这是一位104岁的老人吗？她真有104岁？岁月难道忘了磨蚀她的生命？

拐进最西边一户人家，女主人迎了出来。她说老太除了耳朵听不到，其他什么都好，什么都吃得进，只嫌给她吃的少。我说我来看看她长寿的秘诀。她说有什么秘诀！她没有秘诀，她就是身体好，不见老。我跟她开玩笑说没有秘诀就是秘诀呀。

她说，你倒是厉害，给你说准了。这老太，104岁了，还赚钱呢。天天念经，一扎经卖二十元。我过年时买了她三百元经。她拿上三张百元大钞，在手上甩呀甩，呵呵地笑。人家都信她念的经，104岁老人念的经，管用！

女主人搬过凳子让我坐，一边用手机打电话给老太儿子，说有人来采访你娘，快回来。儿子回复正有事，让我明天上午来。

我在小方桌旁坐下，知道她们乡里乡亲，一定清楚老太的情况。她正包着小馄饨，小方桌上，一盆鲜肉馅，一袋皮子，手脚麻利地用筷子勾起肉馅，一头皮子折过来，另一头折过去，点上水，一掐，一个小馄饨排进了盘子里。速度之快，令我眼花缭乱。她说在家门口开了家小吃店，一大早就生意好得很，只是不容易，累。

老太自顾在女主人边上坐下来，自然、亲近，倒像是一对母女。我们聊着老太和老太一家，我有千百个问题提出来。老太安静地坐着，她耳朵不便，估计听不到我们聊什么。

忽而，她站起来，向外走去。我说她独个儿走不会有什么问题吧？女主人说，她健康着呢，常来我家，不会有问题的。

过了半个小时，女主人大概包上两盘子馄饨的光景，老太又返回来了，她说让我到她家去坐坐。从她的眼睛和语气里，感受到她是那样的真诚和热情。应该说，她不认识我，于她，我不过一介陌生人。但是她也不明白我的就里，居然像对待亲戚或者乡邻一样招呼我，无意识中，体现出了她的好客和善良，很有些让我感动。

第二天上午，如约与她儿子碰头。她见我再次到来，满脸堆笑迎我进门。今天她换了身淡色的外罩，显得比隔夜更利落和年轻。再有，脸上的笑，更舒展，更柔和，好像皱纹也少了许多，我心里生出更多的惊奇。

哦哦，大半应该是因为她儿子在家了，心里踏实了，对我这个不速之客也没有了招待不周的愧疚之感了。

当我端着热茶，在堂前与她儿子聊开话头后，老太坐进她的房间，靠在椅子上，闭起双眼，全身心地进入了她的念经时空。

中途趁他儿子给我倒茶的当儿，我走进她的房间，看到她静得出奇。一长串的佛珠，一粒一粒在她指间滑动，下去一粒，上来一粒，一丝不苟。嘴巴轻轻地翕动，默念着经文。佛珠转一圈，她就拿起一个盆里的珠子，放到另一个盆里计数。一个盆里的珠子全数搬到另一个盆里，一堂经就念完了。经是念在灯草上的，没有人看得见，也无法知道是有是无。这是她的信念，从来不会有一丝丝的偷工减料。儿子说她记忆力特别好，经文都在她的心里。还有小时候的事、养育五个孩子的事，她都记得清清楚楚，常要家长里短地讲给人家听。再有，家里哪个东西放哪里，怎么放，都规规矩矩、工工整整，从来不马虎。冰箱里放什么东西，有时，儿子换了地方，或者丢弃了，她都会问个清清楚楚，一个东西也逃不过她的眼睛。她还特别细心，白天只要儿子不在家，就会把大门上好锁，门背后再靠上一张小凳子，有人来敲门或者推门，她听不到，但会看到凳子晃动，她就会从她的房间出来开门迎客。

昨天她就是这样为我开的门。

其实，老太在漫长的岁月里，也经受过各种磨难。她第一次婚姻老公早逝，丢下两个孩子，一个 7 岁，一个 5 岁。再婚招婿进门，又生下三个孩子。养育孩子是她最大的辛苦，在缺衣少吃的年代里，她总是宁可饿着自己，也不让孩子们受苦。中间又有女儿、女婿、一外甥因病等早逝，给她很大的打击。慢慢地，她领悟了佛的信念，常常到村东的万寿庵去诵经拜佛，超度逝者，也超度自己，让自己的灵魂有所寄托，有所沉静。慢慢地，她开始用佛心来看待尘世的来来去去，内心越来越安静，做事也越来越细心。用心对待她的热爱，用心对待她的生活。

诚然，她也不是那种纯粹的佛徒，只是半知半解，半佛半俗。既不看破红尘，也不俗不可耐；既做凡夫俗子，也淡定自己的生活。无论四季如何轮回，她都随遇而安。她与 69 岁的小儿子一起住，小儿子烧什么，她吃什么。她总想着法帮衬小儿子，像洗衣服、晾衣服这些在家门口的活，总抢着帮小儿子做。她知道，小儿子一个人，不容易，在家既要做男人的活，特别是家门前的老屋里，开了个做包装箱的加工厂，制箱、检验、搬运、推销都是他一个人干，既是个体力活，又是一场智慧的竞赛；又要干女人的事，像买菜烧饭、倒马桶、给她擦背……小儿子忙上忙下，样样都做，她心疼小儿子。

纵观我的采访，细细为她总结，她的幸运是她一生碰上了两个人。一个是一辈子爱她、护她的老公。儿子说，他打小就看到父亲什么重活都不让母亲干，母亲只要做好家务活就行，曾经的双抢、发担、挖河等重活，母亲都逃过了劫，身体没有受过什么大损伤。父亲 81 岁过世，对母亲没有一天不是恩爱有加。张秀芹享受着爱，也倾注出自己的爱，是这个家最大的幸福，也是她内心最大的平静。

眼下，又有了小儿子的孝道之爱，上上下下，里里外外，小儿子给母亲打理出了一个最好的生活环境和最舒心的心理指向。总是不厌其烦地做上母亲最爱吃的饭菜，有些做不好的，上街买，如菜馅的大馄饨，再如鸭脖子、鸡头等特色菜肴，买回来让母亲慢慢地品味。母亲虽然牙齿全脱落了，但她喜欢这样的味道。儿子最开心说起的是，母亲从 70 岁开始就吃上了天然蜂王浆，一天吃一次，天天不落。儿子总是挑最好的买，一有掺假，母亲一口就能尝出来，来不得半点马虎。儿子介绍，母亲从来不生病，摔过三跤，连骨头都没有伤到过。

可爱，因为是你自己的可爱。今生今世，都活在可爱里，104 岁肯定不嫌长。张秀芹，还会活出更长的平凡和快乐。

"品若梅花" 度疫情

关注微拍堂，从微拍堂感受世相、世事、人情，完全是因为新冠病毒疫情宅在家里，于无聊之中开始的。

2020 年的农历年前，新冠疫情的风声一天紧过一天，我家住的小区大门内、外设置了两道岗哨，特别是外岗哨，排起一长溜桌子，两头留下缺口，一边进，一边出。桌子上放着各种各样的物品，体温枪、警棍、哨子、宣传单、空白表格等。旁边站着四五个臂戴红袖套的年轻人，有的是当地政府派来的，有的是上级政府来督察的，他们一个个戴上白色大口罩，大多还头厚戴帽子，仅两只严肃的眼睛裸露在外，看着让人有点发怵。从早到晚，北风呼啸，寒意袭人，但他们时刻坚守，严查每一个进出的人。

如果你硬要出去小区，三两个戴红袖套的人会围住你，让你填报去哪里、办什么事。进来更麻烦，不仅要填报来哪里、去哪里，还要测体温、查验身份证、健康码，就是回自己家里也得严查。

新冠疫情当头，如临大敌，决然不能有丝毫的马虎。

省得给自己惹麻烦，也害怕小区外的马路上病毒会像鬼一样撞上，我像大多人一样，收起了出门的心，浇灭了出门的欲望。安心宅在家里，或者边喝茶边上网，刷刷微信，或者边看书边听音乐，倒也没有什么危机缠身。

微信里有微拍堂，是弟弟传给我的信息。注册进去一看，文化藏品数不胜数，这给我一下子注入了生活的新兴奋，着实转移了我的注意力，减轻了宅家的许多憋闷感。

过年前后，好货不断上架。我喜欢上了狮耳铜香炉、乳足冲耳铜香炉、螭龙三足铜香炉……有大明宣德款、乾隆年制款、民国款……从炉的器型看，浸透着历史的沉淀，外观、品相精致漂亮。更吸引我的是实用价值和吉祥意味，当下疫情，看到网络上介绍，说在家里点上檀香或者艾香，有益于驱疫防病。以往，我坐书房写作时，常常喜欢点上一支檀香，既迷恋点香的气氛，星火闪闪，轻烟缭绕，又享受那幽幽的扑鼻香气，激越神经。我便会满脑子天然自成地生出许多的构想和幻觉，然后轻轻敲打键盘，一个个激情文字便蹦跳出来。

我把香炉图片下载到电脑里，点击放大，再放大，横过来看，竖起来看，越看越是爱不释手。

大多零元起拍，有设置几元一加价的，几十元一加价的，也有几百元一加价的。开拍大多价位放得很低，时间也拉得长，一般两三天之间。一旦参拍，只要不截拍，心里时刻都会痒痒的。

卖家肯定渴望人气，希望围观、出价的人越来越多，这样价格越可往高里抬。

不想，2020 年的春节前后，人们关注更多的是新冠病毒，给自己想着法儿抵抗新冠病毒的侵入，用各种养生方法来践行网络里叫得一片响的"免疫力就是竞争力"。同时，时不时又被武汉和别的地方传出的一则则惊人信息所牵制和左右。一会儿李文亮受训诫，一会儿医院救治爆满，一会儿李文亮病危，一会儿宅家女敲锣求救，一会儿红十字会失责，一会儿火葬场手机无人认领……人们的心时而担忧，时而悲伤，时而气愤，时而迷茫……疫情的紧张也染入了微拍堂，人们开始无心关注微拍堂，人气越来越少，不管上架什么宝贝都遭到冷落。

我却感觉是机会来了，一连出价五六只形态各异的香炉。有几只，一二人加价竞拍后，就没有了热度。另有几只，最后时刻，冒出几个人来争抢，交替着出价，到了最后五分钟，守候到半夜的我，屏气凝神注视着拍卖平台上的秒表，看着一秒秒的倒计时，我心里异常紧张，怕再有人跳出来竞价。进入心惊肉跳的最后时刻，脑子里的血涌动着，感觉心潮澎湃。终于等来最后一秒，拍锤落下，下框立刻跳出"截拍"两字，我悬着的心瞬时落停。

宝贝一路历经两三天起起落落的竞拍，螭龙三足铜香炉等几只香炉终于归在了我的名下。看到实惠的价位，我像王者一样高兴。拍卖带来的美妙心理感受一直延续了好多天，先给弟弟打电话，说我拍到宝贝的喜悦，再是与同道者讨论拍品的特点和历史渊源，那种快乐和增长的见识，令人难忘。

过完年，天气开始转暖，疫情也好像得到有效控制，卖家陆续发货，我企盼着一只只香炉早早到手。

不想，有几只香炉处在疫区，卖家一个劲给我打招呼，说要再过一星期才能发货。过得一星期，又来信息说要再等一等。那个时候，李文亮已经走了一段时间，但议论声像山洪暴发一样一浪高过一浪，湖北也换了领导……持续了一个多月的拖延，一再联系，卖家随后连个回音都没有了。我搞不清楚身处疫情的卖家到底发生了什么，是染上疫情住进了医院？还是生上别的什么毛病不成？或者碰上了什么急事？家里有了变故？所有的猜测都石沉大海，我只得向平台提出退款。钱一退回来，我的心里弥漫起一种失落，之中也有对卖家的担忧。

有一段时间，看到有位卖家出手多枚或红或黄的寿山石印章，看石色，光滑细润；看工艺，雕工独特，有亭台楼阁，里边或坐或站的细小人物，栩栩如生，鼻子、眼睛都清清楚楚。篆刻的字，线条老到，浑然一体，非一般工匠所能。我一眼相中。让老婆复眼，她即便一点不懂，也像看到西施露脸，眼前一亮。文化的吸引力，来白与你心灵的呼应。

我主动与卖家联系，想弄明白为何这么好的宝贝上架出售？是收来的？还是另有隐情？卖家给我说，他们是武汉人，已经宅家一月有余，家中食物消耗殆尽，钱也成了问题，只得瞒着父亲，把他几十年来艰辛收藏的宝贝，拿出部分来换钱，以能度日。开始我怀疑他的说法，我说政府有那么好的救助机制，怎可能饿着你们全家。他说，总得先自己尽上最大努力，来解决自家的事，能不麻烦政府，就不麻烦政府。不管他说的是真是假，我有了恻隐之心，帮着他尽力跟人竞价。

但是，估计应该价值几千元的宝贝，不到一千元，买家就止手了。我带着慷慨之心，一下子给他拍下三枚。卖家给我信息说，只收回来当年买价的一半，他说就是赔了，也要卖出去，生活要紧。过段时间，快递员把货送上了我家，赶紧拆开，捧在手里来回地细看，看到这石头真是一件精美艺术品，有着文化的灵性和厚重内涵。放进书柜里，让我好不愉悦。

后来一直跟踪，直到牛年过年，微拍堂里再没有出现类似的寿山石章。

这大概就是人们说的捡漏。

恋上微拍堂，一次次沉浸在或者兴奋或者懊悔或者犹豫的拍卖中，觉得时间过得特别快，像了平台上的倒计时，一眨眼一年就过去了。

这一年里，我还拍下了紫檀罗汉床、老木雕楹联、澄泥砚台、古琴、夜明珠、书画……九十件宝贝。每拿到手一件，总会研究上一段时间，在增长见识中也增长了快乐。有幅字我非常喜欢，是山东一位著名书画家所写："品若梅花香在骨；人如秋水玉为神。"他把"梅"和"神"字两个写得特别大，丰满有气势。我把这幅字挂在书房里，天天看着，自感自己也像染上了梅花的香气，人特别有精神。

这一年，宅在家的我，写出了十多万字的文学作品，在中国作家网发表两部中篇小说、一部纪实散文，好不欣喜。

微拍堂里我有了近 V7 的消费等级，也可算得是疫情之下，我对内循环经济一份不小的支持。

琐说梅家巷

　　梅家巷，我出生、长大的地方，以农村说法，叫作"血地"。

　　村巷上直到 21 世纪初拆迁前，有 30 多户人家，130 来号人，最年长的 90 多岁。大多梅姓，还有顾姓、陆姓、夏姓。梅姓人家，几百年前从同一个家族里分化出来，人与人之间都有着清楚的辈分关联。像我们家，在村巷上辈分最大。我还没有出生，侄子辈已经很大了。一落地，就有人叫我"阿叔"。稍微长大一点，就有人叫我"阿公"。我很小就知道，叫阿公的人不一定是老者，辈分决定你的身份位置。像有好几位长者，在我懂事的时候，觉得他们很老了，应该像阿公或者太公辈，但我叫他们阿金老伯伯、逸庆老伯伯、阿善老伯伯……他们与我父亲同辈，岁数却比我父亲大好多。

　　顾姓、夏姓看上去是外来姓，追根溯源，却与我们梅家都是亲缘关系，或者一个血脉。我家一支，奶奶说祖上至少三代没有生育子女，太公、爷爷、父亲都是从外姓人家抱养来的。他们到了梅家，站稳脚跟，就把远在外乡的兄弟或者亲戚带了过来，到梅家巷帮人种田，老辈人叫"种客田"，或者到梅家巷来买田、造房，落根梅家巷，他们保留了原姓。像夏姓人家，搬梅家巷来的第一代是我爷爷的亲哥哥。《夏氏家谱》记载，爷爷其实是长泾七房巷人，原名夏宝元，是这个村上一户夏姓人家最小的儿子。五岁进到梅家巷梅姓人家做养子，改名梅仁宝。爷爷来了，觉得这个地方安全、靠得住，就把自己的哥哥拉了过来。在梅家巷的东头买下一块地，造起了五开间青砖瓦房。从此，爷爷有了哥哥的陪伴，不再感到孤独。兄弟俩遇到事，相互帮衬，有商有量，事事处理得有板有眼。

爷爷在我没有出生的时候就过世了。据父亲说，他从田里干重活回来，一身的汗，哪想洗了个冷水澡，就一病不起，不几天居然就咽了气，当时才 50 多岁。他的哥哥一直好好地活着，我们小时候叫他宝华阿公，他活到将近 100 岁。每逢过年，我们两家，他们来我们家，我们去他们家，相互吃年夜饭，这个时候两家异常地亲热和开心。

顾姓大家庭里有我奶奶陶小妹根上的人脉。奶奶 16 岁从武进潘家桥嫁来梅家巷后，把自家侄子介绍给顾家做了养子。

早些年，不少于百来年这样的周期，梅家巷上的梅姓家庭都无有生育，只得从外地外姓人家抱回养子。像阿金老伯伯是从常熟梅里抱来的、逸庆老伯伯是从洋河头抱来的……从血脉上讲，我们与早先的梅姓人家早不是一个血脉。没有血脉，姓却铁板不动，一直保留着，延续着。

　　这是乡村一个非常有意义的现象，对姓的注重，远胜过对血脉的关注。血脉可以淹没在姓氏里，姓氏却不能因为血脉改变而更改。几十年、几百年、几千年的延续，你可以不知道自己的出处，但你必须清楚自己是梅家一族的后人，这使得乡村家庭得以稳固又有序地传承下来，包括家产、田地、辈分等，给乡村带来了牢不可摧的持续发展能力。

　　梅家巷四百余年前开的村。大明万历年间，因为南起伯渎河、北至苏塘河的走马塘开通，使地处无锡高岸地的东北部片区引来了太湖水的滋养。由苏州光福进到梅村的梅姓一族，一个分支来到了东湖塘西边的一个河湾拓荒开地，建起茅草房，造起小木桥，成就了梅家巷。慢慢有了兄弟分户，拆成三家。1860 年前后，长毛（太平天国）杀进无锡，一把火把梅家巷三户家庭的明清瓦房全部烧成了灰烬。

　　据东湖塘一位热爱研究当地历史的满江好友介绍，1862 年 10 月下旬至 11 月上旬，太平天国军的李秀成，连日来亲自督军围攻无锡的李鹤章、刘铭传等淮军，交战于后宅、梅村、坊前、安镇一带。安镇街头离我们村巷七千米，从大范围讲，我们属"安镇一带"。淮军面对太平天国军的进攻，以"坚壁勿战挫其气，继风滚营并进遏其锋"的战略，稳扎稳打对付太平天国军，使太平天国军损失惨重。

　　太平天国军在离我们村不到两千米的走马塘杜家桥西侧驻有营盘，当地百姓叫那里为"营盘里"。在这里，与淮军一仗打得非常惨烈。太平天国军的锣鼓声响彻云霄，震荡整个东湖塘。据说那里埋有几百具太平天国军的尸体，成了乱坟岗。后来一到阴雨天，人们会听到那里隐隐传出震天的锣鼓声和喊杀声，百姓都不敢再靠近营盘里。

长毛为报复当地百姓，也为补充给养和兵力，上东湖塘街烧杀掠抢、无恶不作。街上大部分古建筑，如庙宇、佛像都被破坏。开街东湖塘的鼻祖包氏一族，本来人丁兴旺，有几十房子孙，被太平天国军杀的只存三四房，大多成了绝户，人口一下子锐减 70%。知道哪个村上有大户，太平天国军就半夜上门杀人抢劫，挥舞大刀，见一个砍一个。抢过后还要把房子烧个精光。东湖塘百姓敢怒不敢言，在私下里称太平天国军为"红羊劫"，即洪秀全、杨秀清两个人名字的谐音。

可见，梅家巷被太平天国军所劫、所烧是铁板钉钉的事实。

三户人家，在苦难中自救。从梅家河边上的老宅地北移三四十米，重新建起一排新瓦房。奶奶告诉我们，当时三家联手，去苏州木渎买回来一个木排，造起了一长排砖木结构的气派瓦房。

烧过的老宅地，为排除晦气，种上一片竹子，拜望以后日子能像竹子一样节节攀高。近百年下来，竹子长成一大片竹园，密密麻麻的竹头，气势恢宏。风吹过，竹头哗啦啦地响。一到傍晚，成百上千的鸟聚进竹林，叽叽喳喳地叫，像唱的交响乐。还有蜻蜓，满天黑压压，围在场头上空，飞来飞去。

每年春季，竹笋一支支地从地底钻出来。尖尖的芽儿一露头，身上就披着几片毛茸茸的嫩叶。每到烧饭的当儿，母亲就快步跑进竹园，迅速地挖出几支嫩笋，边往回走边剥开笋壳。到灶间，洗一下，立马与咸肉或者腌菜或者鸡蛋一起炒。端出来，又鲜又嫩又香，要多好吃有多好吃。总是一抢而光，等母亲上桌，碗早朝了天。我们从小就是吃竹笋长大的。

挖竹笋时，砖块瓦片从地下带出来，看得到，砖块、瓦片上有火烧的痕迹。奶奶的说法是正确的。

竹林在二十世纪七十年代初的一个大热天，曾经派上过大用场。那时，全大队上千号干部、群众集合在梅家巷这片竹林子，装上大喇叭，声势浩大地召开"批林批孔"大会。竹叶被震得一片片掉下来，吓得竹头上的鸟儿不见踪影。但人不一样，竹林里，庇荫深深，凉风习习，高音喇叭尽管震天响，大多人背靠竹竿，东倒西歪，昏昏欲睡。有人索性打起呼噜，任凭口水挂在前胸上。

竹林的北面是一大片砖场，东西长二百余米，南北宽二三十米。从西头最末一户到东头最上手一户都是砖场，一色的小青砖。人呀牛呀踩踏多的地方，砖块成了碎片。梅家巷每个人打小都是在砖场上玩大的，车铁环，由着你从东场飞奔到西场；躲猫猫，随便哪里一钻，无从找得到人影；老鹰抓小鸡，满场的欢笑声，常常闹腾到深更半夜。

砖场在农忙时最能派上用场。上场的庄稼，脱粒、清扬、干晒、堆放都在场头。最壮观的是从东场到西场都晒上金黄色的稻谷。稻谷经扬净后，很少有杂质，一片金黄非常纯净，耀得满村像铺上了金箔。到得傍晚，人们把稻谷堆拢到一起，从东场到西场形成一条长龙。为保险，队长会在长龙上刻上草木灰的印章。那是一个长方形的盒子，底上雕刻着"梅家巷"三个楷体字，盒里放上草木灰，往稻龙上一盖，草木灰写就的"梅家巷"三个字就印得清清楚楚。如果第二天草木灰字消失了，说明有人偷盗稻谷。一到晚上，我们小孩子才不管这许多，把稻龙当成了玩伴，在上边跳来跳去，比谁跳得过去、谁跳得远、谁的本领大。大人就会从家里跑出来，骂自家的孩子，孩子们一边笑一边躲得远远的。过一会儿，大人回屋，孩子们又冒出来自管自地在稻堆上玩，越玩越来劲，直到衣服都被汗水湿透。

夏天晚上，场头是家家户户纳凉的好地方。搬出一张方桌子，桌子底下泼上清凉凉的井水。女主人把菜呀饭呀从灶间搬出来，一家人围坐一起，一顿晚饭吃得要多滋味有多滋味。不时传来蒲扇拍打蚊子的啪啪声，东场到西场此起彼伏。活络的人会端上饭碗，到东家或者西家蹭上点好菜，或者索性坐下来与哪家男主人一起喝上口小酒，说笑声满场飞。晚饭结束后，一堆堆男人或女人，东个葫芦西个茄子，或者家长里短胡侃一通，也有陪小朋友讲故事的。半夜了，好多男人索性睡在条桌上，也不怕蚊子叮咬，一夜凉风习习，睡得像死猪一样。

清末时期，外界不说"梅家巷"，都说"砖场上"。说"去砖场上"，就知道是去梅家巷。

砖场北面，一长排粉墙黛瓦砖木结构明清房，风火墙、翘屋顶、木格门窗，福禄寿禧砖雕，古色古香，写满江南风情。掩映在绿树中，远看像一幅水墨画。

梅姓人家全部都是五间结构，中间三间为敞开厅堂。厅堂前边有两根不小的圆木柱子，平时都叫"庭柱"。下边两个金山石石鼓墩，圆溜溜的。有时会趴上一只猫，或者打盹，或者不住地舔着毛，安全又舒服。平时柱子上都挂着家人的衣服、秤杆什么的，出门顺手一拿，非常方便。有时找东西找急了问家人，家人会生气地说："不好好找！就在庭柱上！"

东西两头是卧房，厚实的木地板，走在上边咚咚响。东头，开始是我父母的卧房。我们兄弟姐妹都出生在这里。后来大哥结婚，成了哥嫂的卧房。西边本来是奶奶的卧房，后来成了二哥二嫂的卧房。大概一代代都是这样相传的吧。后间是生活用房。很小的时候，看到中间的后房，搁着奶奶的寿器（棺材），横满半间房子。光线从屋顶的明瓦里斜照下来，寿器愈加的黑漆阴森，令人恐惧。小时候太阳一落山，一个人根本就不敢待在家里，只好坐在场中央做从学校带回来的作业，等着大人收工回家。

更害怕的是厅堂东墙顶上挂着一口像小房子一样的"家堂"，黑洞洞的。很小时候，奶奶、母亲对我们说："这家堂里是我们的祖宗，一代代，有十来代。"白天看得清楚里边竖着的牌位。一块块大大小小的长形木牌，顶上尖尖的。木牌面上刻有先祖的名字。我们小时候一直认为里边待的是鬼。

在那个时代，红卫兵冲进我们家，把家堂砸下来，拖到场上，与其他几户梅姓人家的家堂点上火一起烧了。奶奶、父亲、还有母亲缩在一边，吓得手脚直打哆嗦。我们几家的小孩子却都高兴坏了，看着火堆，又蹦又跳，说烧掉了就不用怕了。

现年近 90 岁的荷娣姐姐给我回忆，说她很小的时候，大概在民国中期，梅村来了三个穿长袍的人，与她爷爷碰头，要求梅姓人家与他们对接，续上家谱。她爷爷觉得困难，摇头回绝了他们的请求。后来梅村再没有来人对接过。奶奶在我很小的时候，有次一起步行去游胶山，边走边给我说，她早先跟上公公的父亲到梅村扫过墓，一大片的墓地，乌鸦在树头叫，叫得人心里发怵……这些信息都说明我们的根脉来自梅村，也可以推断，家堂里的牌位应该还有在梅村的先祖。

每年的七月半、清明节、过年前，奶奶和母亲都会双手举起点燃的香，向家堂叩拜，嘴里念念有词，说的是请祖宗们下来吃斋饭。不管过什么节，祖宗总要先吃。厅堂里放两张八仙桌，桌中间放的都是肉呀鱼呀猪头呀豆腐呀等菜，桌子边上放着一只只青花小盅和一双双红木筷子，桌子顶头点起两支红烛，整个过程敬酒三巡。小时候我和弟弟总会抢着敬酒，奶奶不许我们碰到桌角，说不然会吓跑祖宗的。我们先被吓着，真以为桌上坐满一桌子的祖宗，敬酒总是小心翼翼的。敬好酒，双膝下跪，给祖宗叩头，叩三个重重的响头。有时我们会嬉笑起来，奶奶就冷不防给我们后脑勺上每人一记。

两个桌面，母亲要做三遍。每遍结束，母亲把菜收回厨房间，一碗碗热上一遍再端出来。我和弟弟不解，对母亲说这多麻烦，菜就别收了，只管抓紧斋第二回。我们早咽着口水，垂涎欲滴，想的是快点结束。母亲一本正经说："不作兴的！"忙上三遍，每遍最少一支香的时间。母亲要忙上整整一天，可想我们家里有多少祖宗。

八仙桌下，还有两张小桌子，一样的菜和小盅，只是菜要少得多。母亲说小桌子上坐的是小祖宗。可见我们祖上夭折的孩子也不少。

房子中间有个天井，后边是养牛、养猪、养羊的舍房。再后边是茅坑、肥料堆什么的。

外姓中除了夏姓人家与我们梅姓人家是一样的青砖大瓦房，顾姓人家、陆姓人家都是两间或三间瓦房，房子小得多。大门也不像我们的六扇门结构，是两断生的囵门。我们的六扇大门，平时东、西四扇门插着门闩。奶奶在的时候，从不允许随意打开，只有逢到家里有大事、喜事时，六扇大门才全部打开，或者可以索性全部拿下来，排上队搁到一边。这个时候家里亮堂堂的，天也好像跑进了屋里。

小时候，我们兄弟两个喜欢坐在木门槛上边吃东西边看野景。一群鸡围拢来，你掉下几粒米饭，都会蜂拥上来，争抢不休。红毛公鸡生气了，竖起尾毛，飞起来先给对方一脚，再用嘴啄对方的头冠，识相的鸡都会乖乖地溜跑。

村上最西头，紧靠梅家河河湾，自古有一口井，全村人都不知道这口井开挖在哪个年代。从青石井圈上深深的沟槽可以看出，有不下二三百年井龄。地面一整块青石板，足有四平方米见方，周边凿有拦水沿和出水槽。出水豁口在南边，弃水直接淌进梅家河。

青石板光光滑滑，一湿上水，闪着光亮。表面有明显的凹陷，都是人一年年踩出来的。井身由小青砖垒起，青砖上长着绿绿的青苔。井里的水碧绿碧绿，你伸头在井口朝里看，水面上活生生照出你的人头，清清楚楚。

这井水一年四季就这么高。遇上最长的干旱天也不见浅，碰上大暴雨，旁边的梅家河水涨上岸头，也不见井水抬起来，总是一副井水不犯河水的样子。

这井水，夏天里冰凉凉的，喝一口，最热的酷暑也能迅速消散。

村上人最喜欢用井水做冰镇面条，也叫冷激面。挑上两只圆木桶，吊起水，倒进桶里，担回家放半天还是冰凉凉的。滚烫的面条，从锅里捞出来，直接丢进水桶里。只听"吱"的一声，面条滑进了水桶。稍等片刻，捞出面条，拌上准备好的佐料，点上几片葱花、姜丝，这面条吃起来要多爽有多爽。一代代孩子的夏天，都在吃这样的冷激面条中度过，从来不觉得夏天有多热。

冬天，井水温温的。村上媳妇都喜欢到井头淘米、洗菜、洗衣服，井头一派热闹景象。媳妇们的手不会觉得冷，洗一冬天的衣服和菜，手还是白嫩嫩得讨人喜欢。

最有意思的是这井里的水是甜的，常喝这井水的人也许不觉得，但过路人、外村人喝过，都会大声惊呼，"井水真甜！"全村人一年四季都吃这口井的水，家家备有成对的圆木桶、吊桶。小媳妇从外村嫁来，都知道梅家巷人吃井水，圆木桶和吊桶是必备的嫁妆。木桶漆成大红色，谁挑了走在村巷里，异常的显眼。

夏天孩子们喜欢围着井台玩，吊起一桶水，把脸埋进水桶里，咕嘟咕嘟喝个够。抬起头，抹一把脸，那个爽和凉快跃然于脸上。或者给脚板倒上一桶水，凉得气都喘不过来，嘴里不自觉地"哦哦"直呼。

大都是一大清早，村上男人刚起床，第一件事就是挑上空桶来到井台。吊桶放下，只听"咚"的一声，像桶与井水亲吻发出的和音。桶拉上来，泼泼洒洒倒进木桶里。一家子用水一般都得挑上三担，家家有一口大水缸，水存在水缸里，屋里都是清凉凉的。

这井的名声传扬出去，邻近的汤村、洋河头等人都来挑水喝，村人与村人，熟络了起来。

我们村庄上有四户家庭人口众多，新中国成立前后都生了八九个子女，其中儿子四个。到了一个个儿子成婚分家时，一下子分割出四五户。大多两个、三个儿子的家庭，也分出三户、四户。梅家巷人丁兴旺，带来了村巷的迅猛膨胀。

到二十世纪八九十年代，村巷上一栋栋明清老宅开始拆除。有的在原地、有的出宅翻建起一栋栋砖混结构的楼房。没有人觉得可惜，相反因为有大量木料可用而感到庆幸。村庄迅速向后扩展，形成东西走向四长排楼房。青砖场也被清除干净，浇成了一马平川式的水泥场。一不小心摔在水泥场上，难免不擦破膝盖，有时甚至会磕碎膝盖骨。

我们一家，兄弟四个，一个个成家，大哥二哥在老宅上翻建新楼房，1982年我和弟弟出宅到村庄的最后一排，邻着水稻田。我把楼上后间做成书房，称作"邻田书屋"。天天晚上，点个台灯，就在那里写作。我请郜峰刻了枚三角形的石章，"邻田书屋"四个字洒脱、雅致。凡买回家的书，都会认真地印上这枚印章。那时从后窗向外看，一望无际的稻田和河塘，直看到锡北大运河边的树林子。

我们兄弟四个受父亲好读书的影响，都喜爱追求知识，学习也孜孜不倦，从小对什么事都要刨根问底弄个明白。大哥苏州农业大学毕业，成为农业专家。他比袁隆平研究水稻杂交要早得多。八十年代初，他一年四季待在海南岛，潜心多年，成功培育出了"农林百选"杂交水稻，亩产近两千斤。因为茎秆粗壮、坚硬，抗倒伏、抗病虫能力特别强，有着极好的种植优势。先在无锡得以大面积推广种植，然后在江苏省得到全面推广。大哥获得省、国家的嘉奖，一批地方领导由此受功，获得晋升。

大哥从农业战线上以国家干部身份退休。退休后继续学习提升，掌握的清洗剂技术超越行业水平。他协助儿子办起了私营企业，买下土地，建起像样的厂房、办公大楼。因为技术领先，生产一派繁忙。十多年积累财富上千万元，在他的一辈人中，成为老有所为的楷模。

小弟成了自学成才的发明家。他创新发明近十种产品，都获得了国家发明专利或实用发明专利。边发明边办厂，把自己的企业做到极致，引进的几十万到上百万的全自动精密设备，加工的产品与国家大型企业配套，为他们解决了功效提升和节能减排的大问题。

本人一辈子只到过东湖塘镇人民政府机关和锡山区人民政府机关两个单位工作，凭着擅长文字吃饭。做一行，专一行，爱一行，成就一行。在我的书橱里，收藏有近百本大小不一的红封面获奖证书，最高获授江苏省的表彰。

我家堂前挂着一副我创作、并请书法家张明用隶体写的楹联："清良明月皓四海，锦梅花红香千里"，清、良、明、月是我们兄弟四个的排名，外公起的名字。"锦梅"是我们"梅锦"的倒叙，楹联代表了我们兄弟四个的宏愿和真实写照。

梅家巷无论四个大家庭，还是诸多小家庭，都有千变万化的不同故事，一个个串接起来，就是梅家巷的前世今生，就是一代代人生机勃勃的精彩传承。

当下，梅家巷的各家各户已经被分散进了多个高层住宅小区，曾经的村巷生活再无踪影。回想起来，村巷里一切的人人事事、朝夕邻里、鸡鸣狗叫……都清晰地浮现在脑海。梅家巷的历史，在繁华城镇的生活里，一声声激荡出延绵不绝的美好回音……

后　记

从 2012 年至今，近十年的时间里，我已逐渐退居二线，诸多工作压力和干扰消散很多，多半活在自己的境况和心情之中。

以自己特有的感受、感悟和视角，写自己想写的文章，反映自己熟悉的生活，宣泄自己的精神快慰。

每有情绪酝酿，提笔时往往充满激情，以真情实感，一泄自己或诗意、或快慰、或激愤、或沉重、或忧郁的内心体味和感受。自 2011 年出版散文集《感动初春》后，又在近十年的时间里积累起了一百多篇散文，还有十多篇中、短篇小说（另结集），涉及自然、景致、乡镇、人情、人性等各个方面，可以说是自己真实生活、真实领悟、真实情感的写照。

这里筛选出 90 多篇散文，近 18 万字，以《心的原生态》为名，结集出版，也算是这近十年心历的一束浪花吧。

时代建设把生态环境、生态文明放上了重要位置，看得到无论城市或者街镇、大山或者乡村、大江或者湖泊……生态环境都在发生或大或小的变化，生态文明也一步步向我们走来。人们渴望大自然有一个优质、优美、优异的循环系统，人们的心，人们的灵魂，我觉得同样需要回归到一个全新又美好的生态系统中。

为此我写作出了一篇篇散文，把开掘人性美、人情美、自然美、环境美等有机地结合起来，对社会上的弊端、丑陋、腐败等进行剖析、揭露、鞭挞，提倡人要有"心的原生态"，即回归朴实、真诚、守信、向善、至德、智慧……人与人能够生活在友善、关爱、亲近、相帮、共进的和谐环境或气氛之中，人们的外在美和内在美能够得到有机的统一和升华。

本着这样的心愿，我把人当作大自然中的一分子，在自己的认知范围内进行着不断的思考和开掘，写就的一篇篇散文，足以反映我的心迹和创作原动力，但愿读者能开卷有益。

此书结集的文章，很多都曾刊发于《太湖》杂志、无锡日报、江南晚报等报刊，给我很多的精神欣喜。这里我要以感恩的心，致谢一贯以来支持、指点我写作的李鸿声、陆永基、苏洪祥等老师！在漫长又艰辛的人生跋涉中，以他们的温暖和智慧，鼓励着我的前行。我想，一路前行还会更远、更美好！

作者：梅锦明

2021 年 3 月 12 日写于草香书屋